BEPPO BEYERL

Abgründe am Semmering

AUS DER SPUR GERATEN Auf dem Semmering treffen sich anno 1929 die reichsten Sommer- und Winterfrischler Mitteleuropas. Als im Südbahnhotel ein Sprengstoffanschlag verübt wird, bietet sich dem Wiener Oberinspektor Max Mitschek, der sich seit seiner letzten Pleite in Triest nur noch mit faden Fällen herumschlägt, eine willkommene Abwechslung. Er fährt mit der Semmeringbahn zum luxuriösen Ort des Geschehens und trifft dort auf die Hautevolee, einen Konstrukteur, der die Südbahn elektrifizieren will, und einen Wiener Füllfederverkäufer, der bei seinen Werbemethoden keine Grenzen kennt. Als ein weiterer Anschlag auf ein Viadukt der Südbahn angekündigt wird, drängt die Zeit. Steckt der Konstrukteur dahinter, der eine Absage von der Eisenbahngesellschaft erhalten hat und sich nun rächen will? Ist der Verkäufer schuldig, der stets behauptet, besser als die Kriminalpolizei zu sein und Einzelheiten über die vermeintliche Sprengung des Viaduktes weiß? Oder hat es jemand auf die Reichen und Mondänen abgesehen? Max Mitschek hat die Qual der Wahl …

© Archiv Beyerl

Beppo Beyerl wurde 1955 in Wien geboren. Er schreibt Reportagen und Bücher über die Insassen Wiens und die Bewohner der restlichen Welt. Er hat drei Heimaten: Wien, Südböhmen und den istrischen Karst. Er ist Mitglied des Österreichischen Schriftstellerverbandes und der Grazer Autorenversammlung. Nach »Mord im Lainzer Tiergarten« lässt er Max Mitschek nun am mondänen Semmering der späten 1920er-Jahre ermitteln.

BEPPO BEYERL

Abgründe am Semmering

SÜDBAHNKRIMI

GMEINER

Immer informiert

Spannung pur – mit unserem Newsletter informieren wir Sie regelmäßig über Wissenswertes aus unserer Bücherwelt.

Gefällt mir!

Facebook: @Gmeiner.Verlag
Instagram: @gmeinerverlag

MIX
Papier | Fördert gute Waldnutzung
FSC® C014496

Besuchen Sie uns im Internet:
www.gmeiner-verlag.de

Im Ehnried 5, 88605 Meßkirch
Telefon 07575/2095-0
info@gmeiner-verlag.de

1. Auflage 2024

Lektorat: Christine Braun
Herstellung: Mirjam Hecht
Umschlaggestaltung: U.O.R.G. Lutz Eberle, Stuttgart
unter Verwendung des Bildes von: © »FOTO: FORTEPAN / Schoch Frigyes,https://commons.wikimedia.org/wiki/File:S%C3%BCdbahnhotel._Balra_a_Silberer_kast%C3%A9ly_l%C3%A1tszik._Fortepan_17836.jpg«
Druck: GGP Media GmbH, Pößneck
Printed in Germany
ISBN 978-3-8392-0554-9

Personen und Handlung sind frei erfunden. Ähnlichkeiten mit lebenden oder toten Personen sind rein zufällig und nicht beabsichtigt.

1. KAPITEL
FREITAG, 13. SEPTEMBER 1929

*Max Mitschek im Büro * Das Attentat auf das Südbahnhotel * Der Zeuge*

Max Mitschek saß früh am Morgen an seinem Stammtisch des Terrassencafés im ersten Stock des Margaretenhofes – mit Blick auf die Statue der heiligen Margarete auf dem davorliegenden Platz – und nippte an seiner Melange. Sollte er sich freuen oder ärgern?

»Der Kaffee ist zu heiß!«, brüllte er zur Kellnerin mit den Perlenohrringen, deren Namen er sich partout nicht merken konnte, vielleicht auch nicht merken wollte.

»Aber Herr Kriminaloberrat! Gestern war er Ihnen viel zu kalt«, rief die Kellnerin von der Schank zum Fenstertisch zurück.

»Und lassen Sie mich mit Ihren blöden Titeln in Ruh, die stimmen sowieso nicht«, grantelte der Oberinspektor.

Frau Amalia, so ihr Name, brachte ihm ein Glas mit kaltem Leitungswasser. »Die Titel sind nicht blöd!«, sagte sie und grinste ihn spitzbübisch an.

»Nur die Träger der Titel, ich weiß. Bitte, den Schmäh kennt sogar die Polizei. Und jetzt lassen Sie mich gefälligst in Ruh, ich muss nachdenken.«

»Bitte sehr, wenn der Herr Oberkriminalrat einmal nachdenkt, dann muss man ihn lassen!«

Mitschek schlürfte wieder an seiner Melange und betrachtete das Hinterteil der heiligen Margarete mitten auf dem Margaretenplatz. Nein, nicht was man jetzt denken könnte. Er ergötzte sich nicht an den weiblichen Formen, von wegen strammes Hinterteil. Stramm war nur sein Junggesellendasein, und zusätzlich war er fest im Glauben der Katholischen Kirche erstarrt, weshalb ihn das von einem steinernen Mantel überdeckte Hinterteil der Märtyrerin normalerweise beruhigte und besänftigte.

Heute aber nicht. Noch immer wurmte ihn das Streitgespräch von gestern Abend.

»Gott ist eine chemophysische Substanz«, hatte im »Café Museum« der Schriftsteller Leo Perutz behauptet.

Und er, Max Mitschek, hatte geantwortet: »Im Gegenteil! Nicht Gott, sondern der Planet Erde ist eine chemophysische Substanz, und die wurde von Gott geschaffen!«

Der Prager Schriftsteller hatte erläutert, dass eine straffe Auslegung seiner chemophysischen These gradaus zu monotheistischen Religionen führen würde, eine liberale Auslegung hingegen zu polytheistischen. »Das ist wie bei Nationalstaaten«, hatte der obergescheite Leo Perutz doziert. »Da gibt es streng geführte Gebilde mit allmächtigen Einzelpersonen an der Spitze, Monarchien beispielsweise. Oder Staaten mit flachen Hierarchien und diversen Entscheidungspersonen, das sind dann Republiken.«

Max Mitschek – er war ein alter Monarchist – wischte sich mit der Papierserviette den Schweiß von der Stirn. Das hat man davon, wenn man sich im Kaffeehaus mit einem dieser Autoren einlässt. Noch dazu mit dem aus Prag stammenden Perutz, der in Wien einen Erfolgsroman nach dem anderen schreibt. Dabei hatte Mitschek überhaupt keine Ahnung, was eine chemophysische Substanz war und welche Wunder sie verrichten konnte. Dieses Problem gehörte zur Kategorie »nicht lösbar«, und er musste jetzt unbedingt auf andere Gedanken kommen.

»Die Kronenzeitung!«, rief er lautstark in Richtung der Schank, und nach gezählten 60 Sekunden brachte ihm die Kellnerin mit den Perlenohrringen – Amalie, wie wir wissen, aber nicht Max Mitschek – die Freitagszeitung. Oberinspektor Mitschek begann zu blättern. Seine Laune verbesserte sich jedoch nicht. Na wunderbar, die Kohlenpreise stiegen schon wieder, der Meterzentner kostete ab Rutsche 8,66 Schilling. Gehörte auch zu »nicht lösbar«, denn die Kohlenpreise stiegen immer, ob jetzt im September oder im Jänner. Schuld daran waren für Mitschek die Tschechen, die »Behm«, die die Kohle nach Wien lieferten und andauernd die Preise erhöhten. Früher, als alles noch ein gemeinsames Land war, nämlich die Monarchie, da wurden die Kohlentransporte billigst und zur Zufriedenheit aller …

Mitschek musste sich beruhigen, sonst würde er den Arbeitstag nur mit seinem dreifachen G, mit Grant und Grimm und Grappa schaffen.

Also blätterte er weiter. Zum Glück fand er im Kulturteil etwas Erfreuliches. Im »Wiedner Grandkino«, Adresse »Am Mittersteig«, also nicht weit weg von seiner Wohnung im Margaretenhof, gaben sie »Vater Radetzky«.

No alstern, das hält Leib und Seele zusammen, dachte Mitschek. Wer wohl den famosen Feldherrn spielt? Er las ein paar Zeilen in den Artikel hinein. Ah so, das ist kein Spielfilm, sondern ein Orchesterkonzert, stellte Mitschek fest. Mit dem Radetzkymarsch vom Strauss-Vater, und das im »Grandkino«. Gut, für eine Abendbeschäftigung wäre also gesorgt.

Den Sportteil ließ Mitschek heute aus. Erstens war gestern, einem Donnerstag, sowieso nichts los gewesen, und zweitens beschloss er nach einem Blick auf die »Schauer«-Uhr* am Margaretenplatz: sofortiger Aufbruch ins Sicherheitsbüro!

»Zahlen!«, brüllte der Oberinspektor. Danach packte er seine Aktentasche – sein dreister böhmischer Assistent Schimany bezeichnete selbige als »Lederrawuzer« – und ging flotten Schrittes zur Station der Stadtbahn. Mit der WD – der Wiental- und Donaukanallinie – fuhr er zur Rossauer Lände und stieg sodann in sein Büro im dritten Stock.

---

* Die »Schauer«-Uhren waren auf den wichtigen Plätzen der Donaumetropole aufgestellt und galten längst als Wiener Identifikationsobjekte. Die Würfeluhren mit ihren vier Ziffernblättern (vorne, hinten, links, rechts), die von innen beleuchtet wurden, hatten ihren Namen von der sie produzierenden Firma »Schauer« erhalten. Die erste regelte die Zeit seit 1907 auf der Ringstraße vor der Staatsoper.

Der Akt vom Vortag lag noch auf seinem Schreibtisch. Ein völlig unbedeutender Fall mit trostlosen und faden Ermittlungen. Ein Wiener Arbeitsloser hatte von seinem Tabakverschleißer eine sogenannte »Zaubernote« erworben. Solche Zaubernoten waren hin und wieder der »Kronenzeitung« beigelegt. Die Zeitungsredaktion zog dann eines der Gegenstücke, und der Besitzer der Zaubernote gewann immerhin 60 Schilling. Als der Arbeitslose in der Zeitungsredaktion eine solche Zaubernote hatte einlösen wollen, hatte man ihn ausgelacht. Diese Note sei schon längst verfallen, hatte es geheißen. Woraufhin unser betrogener Hackenstader* in den Laden des Tabakverschleißers eingedrungen war, ihm einen ordentlichen Nasenstüber versetzt und siedendes Wachs samt der zerrissenen Zaubernote auf seinen Schädel geträufelt hatte. No also. Welch ein spektakulärer Fall! Heute müsste Mitschek den Trafikanten verhören, da dieser mit an Sicherheit grenzender Wahrscheinlichkeit gewusst hatte, dass die Gültigkeit der Zaubernote abgelaufen gewesen war. Und jede Wette, er würde behaupten, er habe vom Ablaufdatum nichts gewusst.

Seit Max Mitschek zu Beginn des Sommers aus Triest zurückgekehrt war, ließ der Polizeichef Doktor Johannes Schober ihn für seine Fehler – man könnte sie auch als unzulässige Dienstüberschreitungen bezeichnen – ganz schön büßen. Ja, freilich, er hatte den falschen Mann des Mordes verdächtigt. Er war verbotenerweise mit seiner

* Im Wiener Dialekt für »arbeitslos«, zusammengesetzt aus »Hackn« (Arbeit) und »stad« (stumm).

Dienstwaffe ins Ausland, nach Italien, gereist. Und er hatte den Mann in seiner noblen Villa aufgesucht – allerdings ohne ihn zu erschießen, nicht einmal beschimpft oder bedroht hatte er den Schlawiner. Der wütende Polizeichef Schober hatte ihn sofort suspendieren wollen, da er mögliche Probleme mit dem von ihm so geschätzten Nachbarland Italien befürchtete. Und diese kämen ihm gar nicht gelegen, denn besagter Polizeichef Doktor Johannes Schober wollte in der nächsten Zukunft Bundeskanzler der Republik Österreich werden. Aber der Chef des Sicherheitsbüros, Hofrat Paul Petzig, hatte mehrmals für Mitschek interveniert. So hatte der Polizeichef allmählich das Interesse an der Suspendierung verloren, die ohnehin innenpolitischen Staub aufgewirbelt hätte, und man hatte Mitschek im Amt belassen. Als Gegenleistung für seine Vergehen durfte er sich jetzt mit Fällen wie mit dem der Zaubernote herumschlagen.

Also gut, der Schimany sollte ihm noch einen Kaffee bringen, dann würde er sich mit diesem mit Wachs begossenen Trafikanten beschäftigen.

Punkt halb neun läutete das Telefon. Die Sekretärin von Max Mitschek warf ihm einen fragenden Blick zu. Mitschek nickte, und sie leitete das Gespräch an ihn weiter.

Kaum hatte unser Oberinspektor den Hörer abgenommen, bellte der Leiter des Sicherheitsbüros, Hofrat Paul Petzig, ihm ins Ohr: »Mitschek, jetzt heißt's ran an die Arbeit, wir haben etwas für Sie!«

»Für mich?«, fragte Mitschek einigermaßen konsterniert.

»Ja, Sie nehmen den nächsten Zug am Südbahnhof und fahren auf den Semmering.«

»Wenn ich fragen darf: Warum?«

»Sie dürfen. Auf das Südbahnhotel ist heute früh ein Attentat verübt worden.«

»Auf das Südbahnhotel?« Max Mitschek war verblüfft. »Aber das müssen doch die Kollegen von dort ...«

Der Chef unterbrach ihn. »Ach was, die Kollegen. Die glauben, das Südbahnhotel sei eine Operettenbühne und der Five o'Clock Tea das Treffen der organisierten Schwerverbrecher. Der Fall wird von uns übernommen. Und Sie sind meines Wissens der Südbahnspezialist.«

Max Mitschek wollte keinen dienstlichen Fehler machen. »Und was passiert mit der Zaubernote, an der ich gerade arbeite?«

»Mitschek! Man muss Prioritäten setzen! Die Zaubernote übergeben Sie an den Schimany, der hockt eh nur im Büro. Sie setzen sich in den nächsten Zug. Zweieinhalb Stunden später sind Sie am Bahnhof Semmering, und dort wird ein Wagen auf Sie warten. Zu Fuß werden Sie nicht vom Bahnhof bis zum Südbahnhotel hatschen wollen.«

»Herr Hofrat, ich bin fassungslos! Was ist passiert mit dem Hotel?«

Der Hofrat war kein Freund langer Wortwechsel mit Untergebenen. »Meines Wissens nicht viel, aber genau das sollen Sie herausfinden. Jetzt schlüpfen Sie sofort in Ihren Rock und fahren zum Wiener Südbahnhof. Und dass ich's nicht vergesse: Heute Abend berichten Sie mir telefonisch, was Sie eruiert haben. Die Causa Südbahn hat jetzt für Sie Priorität!«

Das »Jawohl, Herr Hofrat, ergebenst« hörte dieser nicht mehr, da er den Hörer bereits auf die Gabel gelegt hatte.

Tja, so ändert sich die Geschichte, zumindest die Geschichte des Oberinspektors Max Mitschek. Mit neuem Schwung griff er nach seinem Rock, nahm den Hut von der Ablage, öffnete die Tür zum Nebenzimmer und erteilte dem Schimany mit markanter Lautstärke vier oder fünf Befehle. Sodann eilte er zur Station der WD, der Wiental- und Donaukanallinie der Wiener Stadtbahn, fuhr bis zum Karlsplatz, trottete zur Linie D und bimmelte bis zum Ghegaplatz vor dem Südbahnhof. In seiner durch die Hektik entstandenen Konfusität hatte er vergessen, im Kursbuch der Bundesbahnen die Abfahrtszeiten der Züge zu prüfen. So erfuhr er im Empfangsraum am Schalter, dass um 10.50 Uhr der Schnellzug 283 abdampfen würde. Max Mitschek kaufte ein Exemplar der Wiener Zeitung, weil er stets mit einer Zeitung hinter dem angelegten Ellbogen am Tatort aufzukreuzen und seine Dominanz zu unterstreichen pflegte. Anschließend trank er im Warteraum vor den Bahnsteigen schnell einen Espresso, richtete sich im Klosett vor dem Spiegel die Krawatte und bestieg Punkt drei viertel zehn einen der Waggons des Zuges, der über den Semmering nach Graz fuhr.

Gott sei Dank hatte er nicht den in der Regel überfüllten Schnellzug nach Villach erwischt und nicht einen der Züge mit den modischen Aussichtswagen, in denen die

Passagiere am oberen Deck ohne Dach verweilen konnten. Die Bundesbahnen setzten diese Sonderkonstruktionen für die Semmeringstrecke ein, damit ihre Passagiere die steilen, zerklüfteten Felsen und die hohen, oft schneebedeckten Berge mit freiem Blick bewundern konnten. Mitschek hasste diese Wagen. Erstens war das rhythmische Gebrause und Gezische der Dampflokomotiven nicht zu überhören, und zweitens sank in den zahlreichen Tunnels mitunter ein wahrer Ascheregen auf die sauber geputzten und gestriegelten Häupter der Mitreisenden.

Kurz vor der Station Semmering stellte er sich auf die Plattform bei der Tür, blickte zum Denkmal, das für den Konstrukteur der Gebirgsstrecke, für den Venezianer Carl von Ghega, errichtet worden war. Selbstverständlich kannte Mitschek das Ghega-Zitat, das auf dem Sockel des Denkmals eingraviert war: »Durch die Eisenbahnen verschwinden Distanzen – Ghega 1851«.

Als der Zug um 13.12 Uhr hielt, sprang er behände die Stufen hinunter, schob mit der ausgestreckten Wiener Zeitung die Buben in den Lederhosen beiseite, die ihre Edelweiß-Sträußchen an die aus der Stadt eintreffenden Sommerfrischler verkaufen wollten, und streunte links am Bahnhof vorbei in Richtung Parkplatz. Vor den zahlreichen Automobilen, die von den Hotels geschickt worden waren, um die jeweiligen Gäste abzuholen, erblickte er den Wagen der örtlichen Gendarmerie.

»Mitschek, Sicherheitsbüro«, stellte er sich vor und zeigte seine Kokarde. Die Namen der Gendarmen merkte er sich nicht.

Der Fahrer musste drei- oder viermal hupen, um den von rund 20 Fahrzeugen zugeparkten Vorplatz zu durchqueren. Er nahm die Südbahnstraße, fuhr an der secessionistischen Villa Landau vorbei und musste an der Kreuzung zur Hochstraße anhalten. Dort hatten Gendarmen wegen des Anschlags eine Absperrung eingerichtet, an der sich inzwischen eine Menschenmenge angesammelt hatte. Die Gendarmen ließen den Wagen ihrer Kollegen passieren, und zehn Meter weiter hielt der Fahrer am engen, steil abschüssigen Gasserl vor dem Südbahnhotel.

Dank der Absperrung konnte Mitschek nahezu ungestört arbeiten. Nur ab und zu tauchten genervte Hotelgäste auf, die sofort abreisen oder ihr Geld zurückverlangen wollten. Vielleicht auch nur ein paar der Schilling-Scheine erhaschen, die durch die Explosion in alle Winde verweht worden waren.

Die Einsatzleute der Feuerwehr – freilich verfügte der Semmering über eine eigene Löschpartie, die aus der Privatfeuerwehr des weltweit bekannten Hotels Panhans entstanden war – hatten ihre Schläuche eingerollt und besprachen mit den Gendarmen Einzelheiten über Wind, Wetter und günstige Fortbildungsreisen nach Italien. Der Löschmeister ließ sich gerade mit dem Südbahnhotel im Hintergrund fotografieren.

Der Hoteldirektor rannte aufgebracht hin und her, da er sich um den exklusiven Ruf seines Hauses sorgte, und musste von den Herren der Gendarmerie beruhigt werden. Doch nur der Postenkommandant war halbwegs zu klaren Aussagen und genauen Beobachtungen befähigt. Von ihm ließ sich nun auch Oberinspektor Max Mitschek Auskunft erteilen.

Etwa um 7.15 Uhr war die Detonation im hoteleigenen Post- und Telegrafenamt erfolgt. Man hatte Reste eines Koffers gefunden und darin Spuren des Sprengstoffes Ekrasit, der von einer bisher unbekannten Person gezündet worden war. Woraus unser Oberinspektor schloss, dass der Attentäter entweder Hotelgast war oder sich anderweitig Zutritt zu den Räumlichkeiten des Hotels verschaffen konnte, beispielsweise als Mitarbeiter. Gemeldet worden war die Explosion um Viertel nach sieben vom Hoteldirektor selber, um 7.25 Uhr war die Gendarmerie am Tatort gewesen, kurz danach waren die Löschfahrzeuge eingetroffen. Der Koffer hatte aller Wahrscheinlichkeit nach nur wenig Ekrasit enthalten, sodass sich das Ausmaß der Detonation in Grenzen hielt. Das zur Tatzeit unbesetzte Postamt war dennoch zerstört, das Mobiliar zerfetzt. Die Wucht der Explosion hatte die Fenster bersten lassen und Scherben, Holzteile, Mauerstücke und Putzbrocken im Amt und auf der Straße davor verteilt. Die dichte Staubwolke, die entstanden war, hing noch immer in der Luft.

Max Mitschek wischte mit dem Hut mehrere Male über seinen Rock, dann blies er den Staub von seiner Kopfbedeckung, setzte den Hut wieder auf und betrat das Postamt. Dort stieg er über zerfetzte Stromleitungen, Tapeten- und Kachelstücke, Kleiderhaken und Wandlampen, Aktenordner und Stempelkissen. Und dazu die

Möbelteile und Glassplitter. Überall Glassplitter, die in kleine Körnchen zerbrachen, wenn er drauftrat.

Der Oberinspektor untersuchte alles ganz genau, nach dem Postamt auch die angrenzende Straße, doch er fand keine Zündschnur. Er war kein Spezialist für Sprengungen, nahm aber an, dass die Zündschnur durch die Explosion verbrannt war. Außerdem stolperte er über ein Hirschgeweih, an dem Reste des Schädelknochens hingen. Vermutlich war es an der Wand angebracht gewesen und durch den Druck der Explosion nach draußen geschleudert worden, dachte Mitschek.

»Ist es möglich, dass der oder die Attentäter Zugang zur Post hatten?«, wollte er von der Gendarmerie wissen.

Der Postenkommandant schüttelte verneinend den Kopf. »Um 7.15 Uhr war die Post noch geschlossen.«

»Liegt hier noch alles so wie direkt nach der Explosion? Oder hat bereits jemand mit dem Aufräumen begonnen?«, fragte Mitschek weiter.

Die Herren von der Gendarmerie zuckten die Achseln und putzten ihre vom Staub verdreckten Nasen und Ohren. Mitschek sah ihnen an, was sie dachten: Dem aufgeblasenen Wiener Bazi werden wir gar nichts berichten!

Also wandte Mitschek sich wieder an den Postenkommandanten. »Ist jemand verletzt worden?«

»Nein«, so dieser, »Verletzte gab es keine. Der Telefondienst vom Hotel ist unterbrochen, und die drei Zimmer über der Post mussten geräumt werden, weil auch dort die Fensterscheiben zerstört sind. Außerdem muss der Fußboden auf seine Tragfähigkeit untersucht werden. Der Gäste wegen, aber auch wegen der Schwemme.«

»Welcher Schwemme? Ist über der Post etwa ein Schwimmbad?«

»Nein, Herr Oberinspektor.« Der Postenkommandant lachte. »Der Fußboden muss alle paar Stunden mit sauberem Wasser abgeschwemmt werden, weil die Gäste nach dem fünften Bier zu spucken oder gar zu speiben belieben.«

»Hier in diesem vornehmen Hotel? Das ist ja allerhand!« Unser Oberinspektor war empört. »Und Fingerabdrücke? Wurden die untersucht?«

»Was sollen wir denn da untersuchen?«

»Haben Sie noch nie etwas von der Fingerabdruckkartei gehört, von Daktyloskopie? Das ist doch …« Mitschek fehlten die Worte.

»Hier hat doch eh jeder irgendetwas angegriffen«, verteidigte sich der Postenkommandant.

»Deshalb ja!« Max Mitschek fuhr sich verzweifelt mit dem Handrücken über die Stirn, nahm seinen Hut ab und fächelte sich damit Luft zu. Jetzt erst verspürte er die Hitze des trägen Spätsommertages, die durch das milde Klima am Semmering erträglicher war als in der Stadt. Grant, Grimm und Grappa, fluchte er im Stillen. Was waren das hier für Amateure? Und wo hatte er überhaupt seine Wiener Zeitung deponiert? So ein Durcheinander! Zudem hatte seine empfindliche Nase mit dem Staub und dem beißenden Geruch nach Feuer zu kämpfen, der noch immer in der Luft lag.

Max Mitschek atmete tief durch und bat den Postenkommandanten, noch einmal mit ihm zusammen die Räumlichkeiten des Postamtes in Augenschein zu nehmen. Er kontrollierte mit Bedacht die angesengten Schillingscheine und die im Bauschutt herumliegenden Postbelege.

»Bevor ich's vergesse: Etwas Wichtiges gibt es noch«, raunte ihm der Kommandant zu.

»Was denn?«, knurrte Mitschek.

»Bitte gehorsamst, es gibt noch einen zweiten Koffer.«

»Was? Das sagen Sie erst jetzt? Alpenländische Bagage!«, herrschte der Oberinspektor ihn an.

»Bitte gehorsamst, wir haben diese Information noch geheim gehalten wegen der Indiskretion. Bitte mir zu folgen!«

Die beiden betraten ein verstecktes Kammerl hinter dem Schalterraum, das als Lager diente. In einem Eck stand ein Koffer aus Vulkanfiber, der nicht zerstört war.

»Bitte zu öffnen!«, bat der Postenkommandant den aus Wien kommenden Oberinspektor.

Mitschek drückte auf die beiden Schlösser des zweiten Koffers, klappte den Deckel auf und fand ein mit Schreibmaschine getipptes Papier. Da das elektrische Licht nicht funktionierte, fasste er das etwa zehn mal zehn Zentimeter große Schriftstück trotz seiner Handschuhe mit zwei Fingerspitzen an, trat zum Fenster und las.

Wenn die Direktion der Südbahn mir nicht eine Million Schilling in kleinen Scheinen übergibt,

erfolgt die nächste Sprengung. Diese wird die Südbahn vernichten. Ich erwarte das Geld am 26. September Punkt 12 Uhr. Und zwar im Mistkübel im Schupfen des Wärterhauses beim Viadukt über die Kalte Rinne. Sollte ich das Geld nicht erhalten oder sollte ich Sicherheitskräfte bei der Kalten Rinne sichten, wird gesprengt. Vielleicht ein Viadukt. Peng!
Im Namen der Weltrevolution!
Gegen die Schieber und Unterdrücker!
Alle Kräfte für das Proletariat!

Mitschek seufzte. Darum ging es also. Ein Erpresserbrief! Möglicherweise von den Roten, den Sozis! Und nicht an das Hotel gerichtet, sondern an die Bahngesellschaft! Das änderte natürlich die Interpretation der Sachlage. Die Südbahn, die Paradestrecke der Österreichischen Bundesbahnen, wurde erpresst! Und mit einer Sprengung bedroht! Vielleicht eines Viadukts. Vielleicht. Was sollte das heißen? Mussten jetzt alle Schienen, Brücken, Stationen, Züge, Hotels überwacht werden? Der Oberinspektor benötigte sofort einen Telefonapparat, um seinen Vorgesetzten, Hofrat Paul Petzig, zu informieren. Im Südbahnhotel war die Verbindung noch immer gestört, aber irgendwo am Semmering sollte es doch eine funktionierende Leitung nach Wien geben.

Mitschek seufzte ein zweites Mal. »Der Erkennungsdienst hat den Brief schon untersucht?«, fragte er den Kommandanten.

»Freilich. Aber wie gesagt, wegen der, wie sagt man, also wegen der Brisanz der Botschaft …«

»Ich brauche sofort ein Telefon!«, unterbrach Mitschek den Kommandanten brüsk. Der Oberinspektor hatte offenbar von seinem Vorgesetzten gelernt, dass längere Gespräche mit untergebenem Personal zu keinem brauchbaren Ergebnis führten, auch wenn der Gendarm offiziell gar nicht zu seinen Untergebenen zählte.

»Jawohl, Herr Oberinspektor. Allerdings ist da noch etwas …«

»Noch etwas? So reden Sie geschwind! Oder wollen Sie auf die nächste Bombe warten?«

»Bitte gehorsamst, vor der Absperrung steht einer, der behauptet, dass er alles beobachtet hat.«

Mitschek zog mit der Linken die im rechten Ellbogen eingerollte Wiener Zeitung hervor – aha, hier war sie also versteckt gewesen – und hielt sie dem Kommandanten wie eine Stichwaffe an die Brust. »Wir haben einen Zeugen? Und das sagen Sie mir erst jetzt?«

Der Gendarm sprang einen Schritt zurück. »Ich habe geglaubt, dass …«

»Was Sie glauben, machen Sie mit Ihrem Herrgott aus. Ich möchte sofort den Zeugen sprechen!«

»Und das Telefonat?«

»Zuerst der Zeuge, ehe der abhaut. Also, Tempo!«

»Keine Angst, der haut nicht ab.« Nun war es der Postenkommandant, der seufzte und nur mit allergrößter Willensanstrengung nicht die Beherrschung verlor.

Mitschek wusste, dass sich der Landgendarm nur

ungern von einem Wiener Inspektor herumkommandieren ließ und ihn als aufgeblasenen Besserwisser sah, der sich am Semmering nicht auskannte, diesen am Ende sogar mit dem Wiener Proletenbezirk Simmering verwechselte. Dem würde er es zeigen, denn Mitschek war die Gegend hier durch viele und ausgiebige Aufenthalte recht geläufig. Er steckte den Erpresserbrief kurzerhand in ein halbwegs unbeschädigtes Kuvert, das er vom Fußboden aufhob, und versenkte es vor den Augen des Kommandanten in der Innentasche seines Rockes, bevor er Richtung Absperrung davoneilte. Der Kommandant hinter ihm her.

Unter den harrenden Zaungästen außerhalb der Absperrung hüpfte ein nervöser, gut gekleideter, aber schmutziger Vierzigjähriger von einem Fuß auf den anderen. Auf ihn ging der Kommandant nun zu und stellte ihn mit »Das ist unser Zeuge« dem Oberinspektor vor.

»Und wer sind Sie?«, wollte der vermeintliche Zeuge von Max Mitschek wissen.

»Das erfahren Sie gleich. Kommen Sie, wir suchen einen ruhigen Ort. Hier ist es mir zu voll und zu hektisch«, murrte unser Oberinspektor. Er bahnte sich mit der zusammengerollten Wiener Zeitung wie ein Jäger, der sich mit der Machete durchs Gebüsch kämpft, einen Weg durch die schaulustige Menge und die noch immer herumstehenden Männer der Feuerwehr, schritt vorbei an der Trafik und betrat mit seinem Zeugen die beschauliche Konditorei Katzelberger.*

---

* Ab 1948 wurde sie von der Familie Wagner übernommen, die sie später zum »Panoramahotel Wagner« ausbaute.

2. KAPITEL
FREITAG, 13. SEPTEMBER 1929

*Die Vernehmung des Zeugen * Die Schlüsse des Kriminesers * Das Autorennen auf dem Semmering*

Kaum standen sie vor der Budel, stellte sich unser Oberinspektor vor, doch der Zeuge hörte ihm kaum zu, sondern schimpfte unentwegt, weil er von den Gendarmen nicht längst angehört und damit seiner Ansicht nach nicht entsprechend gewürdigt worden war. Max Mitschek schickte ihn mit Worten, die keine Widerrede duldeten, auf die Toilette. Dort solle er seine verwuzelte Hose und sein verschmutztes Gesicht reinigen. Was waren das für gelbe Flecken auf der Hose des Mannes, überlegte Mitschek. Das musste er ihn nachher unbedingt fragen.

Er setzte sich an einen freien Tisch. Hier war der einzige Ort in ganz Österreich, das wusste Mitschek, von dem aus man sowohl den Schneeberg als auch die Rax als auch die Schneealpe sehen konnte, drei der viel geliebten Hausberge der Wiener. Der Oberinspektor bestellte zwei Espressi und betrachtete das wunderbare Spätsommerpanorama. Doch viel Zeit blieb ihm nicht.

Der vermeintliche Zeuge kehrte zurück und zeterte: »Das ist eine Frechheit! Ich verhindere einen Anschlag auf das Hotel, und niemand will mir zuhören. Das ist eine Unverschämtheit, wegen der ich mich an den Polizeipräsidenten wenden werde!«

Ruhig bleiben, beschwor Mitschek sich selbst. Freundlich, aber bestimmt wies er auf einen freien Stuhl neben sich und sagte: »Da setzen Sie sich nieder und halten den Mund. Wenn Sie ihn wieder öffnen, trinken Sie den Kaffee. Geht auf meine Rechnung.«

Der Mann setzte sich und nippte am Häferl.

»Damit wir uns verstehen: Die Fragen stelle ich!« Der Oberinspektor blickte seinem Gegenüber streng in die Augen.

»Ich habe doch gar nichts gefragt!«, beschwerte sich der Zeuge.

Der Oberinspektor räusperte sich. »Ihr Name?«

»Ernst Winkler, der Goldfüllfederkönig. Mein Füllfedergeschäft liegt am Wiener Kohlmarkt 5. Wissen Sie …«

»Haben wir nicht gesagt, die Fragen stelle ich?«

»War das eine Frage?«

»Die kommt jetzt. Herr Winkler. Was haben Sie beobachtet?« Max Mitschek legte die Wiener Zeitung auf den Tisch und holte seinen Schreibblock und einen Bleistift aus seiner Rocktasche. Der Name Ernst Winkler kam ihm bekannt vor. Er wusste allerdings nicht, in welchem Teil seines sonst penibel aufgeräumten Hirnes er diesen gespeichert hatte.

Dieser ominöse Ernst Winkler atmete erleichtert aus. Endlich konnte er erzählen. »Ich habe die letzte Nacht im Südbahnhotel verbracht, in einem Zimmer oberhalb des Post- und Telegrafenbüros. Heute in der Früh um kurz vor halb sieben habe ich das Fenster geöffnet. Wegen der frischen Luft auf dem Höhenkurort Semmering. Draußen auf der steilen Gasse sind drei Gesellen gestanden, drei arbeitslose Sozis, das habe ich sofort erkannt. Und die haben mit zwei Koffern hantiert. Einer der drei Sozis hat mit einem Fußtritt die Tür zur Post zertrümmert. Ich habe daraufhin – noch ohne Wissen um die wahren Hintergründe, versteht sich – hinuntergebrüllt und um sofortige Ruhe ersucht. Ansonsten werde ich nach der Gendarmerie rufen, habe ich ihnen angedroht. Daraufhin haben die drei Gesellen ihre zwei Koffer in das Büro hineingeworfen. Einer der drei hat Schnüre oder Kabel auf der Gasse abgewickelt und wahrscheinlich mit einem Schwefelholz angezündet. Kurz darauf gab es einen lauten Knall, die Wand ist geborsten und alle möglichen Trümmer sind ins Freie geflogen, auch Geldscheine und Aktenordner und Stempelkissen. Ich habe mich geduckt, aber als nichts weiter geschah, wieder vorsichtig aus meinem Fenster gespäht. Ich habe gesehen, wie die drei arbeitslosen Sozis davongelaufen sind, rechts zur Kreuzung mit der Hochstraße und dann weiter die Südbahnstraße entlang in Richtung Bahnhof. Auch ich habe meine Beine in die Hand genommen und bin – noch im Schlafrock – sofort nach unten gerannt, um die Situation am Postamt als Erster zu überschauen. Ich könnte eine Zeichnung vom demolierten Postamt anfertigen, wenn der

Herr Polizist das will.« Winkler schaute Mitschek an, doch weil der nicht reagierte, fügte er hinzu: »Außerdem möchte ich in aller Bescheidenheit darauf hinweisen, dass durch mein beherztes Auftreten und meine Rufe aus dem Fenster Schlimmeres verhindert worden ist. Es gab ja einen zweiten Koffer, vielleicht wäre mit dem das gesamte Hotel in die Luft gesprengt worden. Oder der ganze Semmering. Wumm!«

»Die Schlüsse überlassen Sie bitte der Polizei«, murrte Max Mitschek grantig.

»Die Schüsse der Polizei?«

»Die Schlüsse! Die Witze überlassen Sie bitte auch uns.« Dieser Ernst Winkler wurde ihm langsam unsympathisch. Wer sich nach der Tat mit besonderem Elan in die Ermittlung einmischte, der machte sich stets verdächtig. Zudem verfügte dieser ominöse Zeuge über viel zu viel Detailwissen. Winkler selbst könnte der Täter sein, der die Polizei mit seinen arbeitslosen Sozis nur auf eine falsche Spur bringen wollte. Also fragte der Oberinspektor: »Wieso waren das Ihrer Meinung nach arbeitslose Sozis?«

»Wer sonst treibt sich am frühen Freitagmorgen am Semmering herum? Die Kurgäste schlafen um diese Zeit. Und die Arbeiter müssen arbeiten.«

Das klang plausibel, dachte der Oberinspektor. Schließlich trieben sich unterhalb des Semmering, in der Gegend um Neunkirchen, tatsächlich hartnäckige Sozis herum, die sogar eine eigene Volksrepublik gründen wollten und stets über die Reichen und Gesättigten auf dem Semmering hetzten und schimpften. Auch von einem Protestmarsch auf den Semmering war die Rede gewesen. Aber warum sollte sich ihr Zorn gegen die Südbahn richten? Welchen Grund hätten sie, die Eisenbahn, deren Mitarbeiter in der Regel selbst Sozis waren, zu erpressen?

»Bitte, vielleicht war es auch Graf Arco«, murmelte Ernst Winkler boshaft.

»Wer ist Graf Arco?«

»Der Favorit des Autorennens, das am Sonntag stattfinden wird. Wissen Sie über den Semmering denn gar nicht Bescheid?«, ätzte Ernst Winkler.

»Haben wir nicht gesagt, die Fragen stellt die Polizei?«, ätzte Max Mitschek zurück.

»War das eine Frage?«, konterte Winkler.

Offenbar war der Goldfüllfederkönig mit Verhören vertraut, dachte Mitschek. Goldfüllfederkönig … Was war denn das für ein Beruf? Der Oberinspektor steckte seinen Schreibblock ein. Jetzt erinnerte er sich an die vielen Plakate, die er bei der Herfahrt auf der Südbahnstraße gesehen hatte. In zwei Tagen, am Sonntag, sollte ein Autorennen stattfinden. Der Zeitpunkt des Attentates war klug gewählt, da sich das Interesse von Medien und Publikum so auf den Semmering konzentrieren würde und dadurch auch das Autorennen mehr Beachtung fände. Die zeitliche Nähe zum Rennen konnte aber auch bloßer Zufall sein.

Mariaundjosef, das Telefongespräch! Siedend heiß fiel Max Mitschek der Anruf bei Petzig ein. Er musste unbedingt mit seinem Vorgesetzten reden! Mit Hofrat Paul Petzig! Und zwar sofort! Was tun mit diesem eigenartigen Zeugen?

»Herr Winkler, es hat mich gefreut. Ich schreibe mir Ihre Adresse auf. Und ich bitte Sie um eine Skizze des Tatorts, wie Sie ihn heute Morgen vorgefunden haben. Und um eine Personenbeschreibung. Der Espresso geht auf mich.«

»Eine Personenbeschreibung wird schwierig, weil ich die Sozis nur von hinten gesehen habe. Zudem war mir die Sicht nach der Explosion vom sich verbreitenden Staub vernebelt. Aber eine Skizze wird kein Problem sein«, antwortete Herr Winkler.

»Schön. Dann sind wir uns also einig!«

»Dafür könnten Sie mich mit dem Wagen nach Wien mitnehmen!«

»Nein, die Polizei ist beileibe nicht die Heilsarmee. Vielleicht haben Sie schon erfahren, dass eine nette Eisenbahn den Semmering mit dem Wiener Südbahnhof verbindet.«

»Das hat man davon, wenn man der Polizei hilft!«

»Murren Sie nicht, ich bin erstens auch mit der Eisenbahn gekommen und bleibe zweitens diese Nacht hier. Kommen Sie am Montag in mein Büro. Mit der Skizze. Sagen wir um 15 Uhr? Hier ist meine Adresse.« Ehe der Füllfederheini wieder von einem Zornesausbruch geschüttelt wurde, stauchte ihn der Oberinspektor an der Schulter mehr oder weniger sanft in dessen Stuhl hinein.

Danach eilte er zur Budel der Konditorei. »Kann ich hier telefonieren«?

»Freilich.«

Er ließ sich mit dem Leiter des Wiener Sicherheitsbüros, mit Hofrat Paul Petzig, verbinden.

Auch wenn es nichts zur Aufklärung des Falles beiträgt: Das Autorennen am Sonntag, den 15. September 1929, gewann nicht dieser Graf Arco, sondern ein gewisser Hans Stuck in einem Austro-Daimler. Er benötigte für die Strecke von Schottwien bis zur Passhöhe, gekennzeichnet durch einen kleinen Obelisken, genau sechs Minuten und 30 Sekunden. Bei dem Obelisken mit der Aufschrift »12 ½ Meilen von Wien« hört das Land Niederösterreich auf und es beginnt die Steiermark. Jetzt sind alle ein bisschen klüger.

3. KAPITEL
FREITAG, 13. SEPTEMBER 1929

*Ermittlungen im Südbahnhotel * Fiakergulasch im Einserrestaurant * Grappas im Wiener Südbahnhof*

Zuerst hatte Oberinspektor Max Mitschek unterbeschäftigt auf dem Trockenen gesessen, und jetzt machte ihm ein einziger Fall Feuer unter dem Hintern. Sein Chef hatte ihn während des Ferngesprächs von der Konditorei Katzelberger aus sofort nach Wien zurückbeordert. Schließlich gehe es um die Erpressung der Österreichischen Bundesbahnen, und das sei politisch ein überaus heikler Fall, allein wegen der Position des Generaldirektors der Bahnen, hatte Petzig gesagt.

Mitschek ärgerte sich. Seine Ermittlungen auf dem Semmering waren längst nicht abgeschlossen, im Gegenteil. Eigentlich müsste er hier wirklich übernachten, wie er es dem aufdringlichen Füllfederheini vorgelogen hatte.

Dem Oberinspektor fiel ein, dass er gar nicht nachgefragt hatte, wieso die Hose dieses Herrn Winkler so viele gelbe Flecken aufwies. Hatten diese Flecken etwas mit der Detonation zu tun? Ekrasit war nichts anders als ein gelbes Pulver, wie er von seinen Einsätzen im Großen Krieg wusste.

Ohne auf einem der vielen Bankerl Platz zu nehmen – auf dem Semmering herrschte die höchste Bankerldichte von ganz Österreich; auf zehn Meter Gehsteig kamen drei bis vier in der Regel besetzte Aussichtsbankerl –, hetzte Max Mitschek zurück zum Südbahnhotel. Der Ort der Explosion war noch immer durch Bänder abgesperrt und von einem Gendarmen bewacht, denn jetzt am Abend würde keine Firma mehr mit den Aufräumarbeiten beginnen. Der Oberinspektor nickte zum fad dreinblickenden Gendarmen, und zehn Minuten später besprach er mit dem Direktor des Südbahnhotels die Lage.

Der Direktor schwitzte und jammerte und klagte pausenlos. Max Mitschek fiel es schwer, seinen sich intensiv meldenden Appetit zu unterdrücken. Der Direktor ließ nur Kaffee servieren, der in eigens mit dem Wappen des Südbahnhotels versehenen Häferln vom Personal dezent auf den Bürotisch platziert wurde.

Auf dem Tisch – der Direktor musste es bereits vorbereitet haben – lag ein dickes Buch, in dem handschriftlich die Namen der Hotelgäste verzeichnet waren. Neben den Namen waren Wohnadresse, Tag der An- und Abreise sowie auch die Konfession des Gastes notiert. Bei vielen stand »kath.«, bei nicht wenigen »mos.«, also mosaisch. Zehn Minuten lang blätterte der Oberinspektor unter dem 12. September sowie 13. September, doch keiner der aufgelisteten Namen brachte ihn auf eine Spur, bei keinem klingelte auch nur das kleinste Alarmglöckchen. Den Namen Ernst Winkler hatte er schlussendlich auch entdeckt.

»Das Buch hier brauchen wir«, ordnete er dem blassen Direktor an.

»Aber im Buch sind alle Kurgäste aufgelistet!« Der Direktor war sichtlich erschreckt.

»Eben deshalb«, meinte der Oberinspektor.

»Unter meinen Gästen ist doch kein Attentäter!«

»Weiß das auch der Attentäter?«, fragte Mitschek.

»Sie glauben doch nicht, dass einer der Kurgäste das Hotel in die Luft sprengen wollte?«, versuchte der Direktor, seine Gäste zu verteidigen.

»Glauben gehört nicht zum Metier eines Kriminalisten. Außerdem bin ich der Meinung, lieber Herr Direktor, dass der Anschlag nicht Ihrem Hotel gegolten hat.«

»Nicht dem Südbahnhotel?« Der Direktor seufzte erleichtert und wischte sich mit einer Südbahnhotel-Serviette den Schweiß von der Stirn. »Wem sonst?«

Alles werde ich dem nervösen Zitterling nicht auf die Nase hängen, dachte Mitschek. »Um Näheres herauszufinden, brauche ich die Namen Ihrer Gäste, also das Buch. Wenn Sie es mir nicht mitgeben können oder wollen, muss ich die Seiten ablichten. Stellen Sie mir eine Telefonverbindung durch.«

»Wir haben noch keine Telefonverbindung. Es ist Freitag spät am Abend, und niemand …«

»Ist schon gut. Ich renne zurück zur Kondi, dort funktioniert der Fernsprecher.«

Wieder zum Katzelberger, und wieder der Griff zum Fernsprecher.

Im Büro der Gendarmerie auf dem Semmering herrschte große Freude, als Mitschek anrief und verlangte, dass die Spurensicherung auf dem schnellsten Wege zum Südbahnhotel kommen solle, um die letzten Seiten des Gästeregisters abzulichten und die Ablichtungen sofort zu entwickeln.

»Es ist sechs am Abend, und die Kollegen sind schon zu Hause«, so der dienstschiebende Gendarm.

»Auch für mich ist es sechs am Abend. Oder glauben Sie, meine Uhr geht anders, weil ich von der Großstadt komme? Sie ordern die Kollegen sofort her, und am Montag in der Früh will ich die entwickelten Bilder in meinem Büro in Wien liegen haben.«

»Sonst noch Wünsche? Vielleicht den Polizeiarzt?«, fragte der Gendarm im Journaldienst sarkastisch, darauf anspielend, ob dem Oberinspektor das Hirn in den Hintern gefallen war.

»Sparen Sie sich Ihren medizinischen Unterton. Die Spurensicherung war unfähig, die Zündschnüre zu finden und ein paar Fingerabdrücke zu eruieren. Dann sollen sie zumindest keine Fehler machen, wenn sie das Gästeregister untersuchen.«

Mit einem »Jawohl, Herr Oberinspektor!« war jeder Widerstand gegen die Forderung des Wieners gebrochen.

Max Mitschek legte den Hörer auf die Gabel. Na also, man musste bei den Gendarmen am Land gezielt und deutlich herumkommandieren, sonst erreichte man nichts.

Nun eilte er die zehn Minuten wieder zurück zum Südbahnhotel. Keine Zeit für Grant, Grimm und Grappa. Ohne zu klopfen, stürmte er ins Büro des Direktors. Dort stellte er dem Leiter des Hauses die üblichen Fragen: »Gab es Konflikte mit dem Personal? Wie ist Ihr Verhältnis zu den anderen Hoteliers auf dem Semmering? Haben Sie briefliche oder mündliche Drohungen erhalten?«

Die Antworten fielen dermaßen nebulös aus, dass Max Mitschek keine einzige davon auf seinem Schreibblock notierte.

Jetzt hatte auch er genug – und einen nicht länger aufzuschiebenden Hunger. »Alstern. Sie warten hier mit dem Gästebuch auf die Fotografen, die müssten jeden Moment kommen. Ich geh in das Restaurant und werde Ihre Küche ausprobieren. Dann brauch ich ein Auto, das mich zum Bahnhof bringt.«

»Selbstverständlich, Herr Oberinspektor. Ich empfehle das erste Restaurant, wir haben ja zwei. Dort werden Sie sicher einen Platz zu Ihrer Zufriedenheit …«

»Gut, gut. Auf Wiedersehen in den nächsten Tagen!«

Die Ankündigung wirkte. Der Hoteldirektor wischte sich mit einer Südbahnhotel-Serviette den kalten Schweiß von der Stirn und atmete dreimal durch.

Max Mitschek schritt ins Restaurant hinunter und bestellte ein Fiakergulasch.*

Der Kellner zog darüber zwar die Augenbrauen hoch,

* Dieses nach den Wiener Pferdekutschern benannte Gericht unterscheidet sich vom klassischen Rindsgulasch einzig durch seine Beigabe von Würsteln, Ei und Gurke.

schließlich galt das Hotel als gastronomische Nobelabsteige, dann notierte er jedoch das Gewünschte.

»Und bringen Sie mir ein großes Bier. Langsam zapfen, aber schnell servieren.«

Zwei Minuten später stand das Krügerl auf Mitscheks Tisch, und bereits eine halbe Stunde später folgte das zweite. In der Zwischenzeit hatte er nicht nur das erste Bier ausgetrunken, sondern auch das Fiakergulasch verzehrt. Auf die Betrachtung der in der Abendsonne erstrahlenden Klippen der Rax durch das hohe Fenster sowie auf die Identitätsprüfung der üppig hergerichteten Hautevolee an den Nachbartischen verzichtete er. Dafür hielt er ein paar Überlegungen und Gedankenblitze in seinem Notizblock fest. Beim Zahlen fragte er den Kellner: »Sagen Sie, gibt es hier eigentlich Sozis?«

»Sozis?«

»Ja, Sozialisten oder Kommunisten. Gibt es die im Hotel?«

Der Kellner zog die Augenbrauen in die Höhe und musterte den eigentümlichen Gast. »Die letzten Sozis hat der Chef vor fünf Jahren entlassen!«

»So was habe ich mir eh gedacht.«

»Es können auch sechs Jahre gewesen sein.«

»Sehr gut. Und jetzt bestellen Sie mir einen Wagen zum Bahnhof!«

»Steht vor der Tür. Wenn Sie rauskommen, gehen Sie nach links.«

Der Schnellzug aus Genua – der um Punkt 20 Uhr vom Bahnhof Semmering abfuhr – war ihm schon längst davongedampft. Deshalb musste er den Personenzug nehmen, der um 21.58 Uhr vom Bahnhof startete und ihn um 0.21 Uhr am Südbahnhof entließ.

Zwei Grappas im Beisl des Wiener Südbahnhofs beruhigten das wackelige gedankliche Gefüge des Kriminesers. Beim dritten Grappa dachte er: Der Grappa passt auf mich auf, dass ich nicht verfalle in Blödheiten und Fehleinschätzungen. Der Grappa ist mein Engel, unter seinem Schirm und Schutz gibt's keinen Dreck und keinen Schmutz!

Er zahlte, gab ausgiebig Trinkgeld – denn Schirm und Schutz sind nie kostenlos – und bestellte einen Mietwagen, der ihn in seine einsame Wohnung im Margaretenhof brachte.

4. KAPITEL
SAMSTAG, 14. SEPTEMBER 1929

*Berta erhält Besuch * Besuch in der Konditorei Katzelberger * Besuch in der Villa Adlerhorst*

Frau Berta Waxriegel wartete am Semmeringer Bahnhof auf ihre Freundin Hanna Knofleben, ihre ehemalige Nachbarin in den im Schweizerstil errichteten Villen in der Meidlinger Eichenstraße. Im Juni letzten Jahres war Frau Berta mit ihrem Mann Florian Waxriegel, einem Erfinder oder, weniger romantisch formuliert, einem tüfteligen Konstrukteur, einem einfallsreichen Bastler, auf den Semmering in die Villa Adlerhorst übersiedelt. Und heute, an diesem heißen Spätsommersonntag, wollte sie der ehemaligen Nachbarin ihren neu erworbenen und noch etwas ungewohnten Luxus zeigen.

Punkt 10.34 Uhr kletterte Frau Hanna von der Plattform des Eisenbahnwaggons mit dem Scherengitter und den hohen Stufen. Sie trug ein Composékleid, darüber einen gegürteten blusigen Jumper aus feinem, gestreiftem Wollstoff. Den Kragen hatte sie in Anbetracht des spätsommerlichen Wetters in der Meidlinger Wohnung gelassen. Und mit ihrem blonden Bubikopf passte sie haargenau in die exklusiven modischen Attitüden der Semmeringer Gesellschaft.

Obwohl 50 bis 60 Ausflügler aus den Waggons geklettert waren, erkannte Berta ihre Freundin sofort. »Gut, dass du nicht auch noch spitze Stöckelschuhe angezogen hast«, meinte sie nach den Begrüßungsbusserln. »Wir sind hier im Hochgebirge!«

»Hoffentlich, meine Kleine.« Frau Hanna deutete auf ihren Jumper. »Am Semmering reiht sich doch Hotel an Hotel, da kann ich nicht in Abwaschfetzen herumflanieren.«

Berta Waxriegel errötete, denn sie trug einen faden glockenförmigen Rock und eine Nylonbluse, dazu Straßenschuhe, die wie gelöcherte Hauspatschen ausschauten. Berta war ursprünglich eine Zugehfrau, also eine Putzfrau gewesen. Und trotz der Heirat mit ihrem reichen Erfinder Florian Waxriegel auch geblieben. Der Frau Hanna hingegen gehörte das Drogenhaus in der Meidlinger Hauptstraße, wo sie – wie in den anderen Drogenhäusern in der Stadt – auf das hygienische Entfernen von Schmutzflecken spezialisiert war. Sie hatte ihrer Freundin Berta sogar eine Flasche Tiorfan mitgebracht, da sie davon ausging, dass man in den Bergen ständig mit Mist und Dreck konfrontiert war.

»Jetzt müssen wir ein bisschen bergauf gehen. Da kann ich dir gleich ein paar Villen zeigen«, wandte sich Berta an die Drogenspezialistin, die freilich lieber einen der zahlreichen, seitlich des Bahnhofes wartenden Mietwagen genommen hätte.

Und während sie hinaufkeuchten, deutete sie auf die Villa Stefanie mit dem filigranen grünen Türmchen. Das einst kleine Gasthaus war vor nahezu 20 Jahren zum Hotel erweitert worden. Wie bei vielen Gebäuden hatte auch hier Alfred Wildhack, Mitarbeiter und später Nachfolger des »Hausarchitekten« am Semmering Franz von Neumann, seine Finger im Spiel gehabt. Wildhack war durch viele Hotels in der istrischen Küstenstadt Abbazia bekannt geworden, eines davon hatte ebenfalls den Namen »Stefanie« erhalten. Auch zur Villa Bündsdorf wusste Frau Berta einiges zu erzählen. Der Wiener Architekt Josef Bündsdorf hatte die Villa für seine Mutter Katharina errichtet, doch mittlerweile gehörte sie dem jüdischen Lederfabrikanten Fritz Spiegler. Sein Meisterwerk auf dem Semmering aber war das Silbererschlössl*, die Villa des »Semmering-Königs« Viktor Silberer, der die unwirtliche Passregion einst zum mondänen Treffpunkt der k. u. k. Schickeria erhoben hatte.

Fünf Minuten später erreichten die Damen die Hochstraße, und Berta wies auf das voluminöse Hotel Pan-

* Das Silbererschlössl wurde 1894 von Josef Bündsdorf für einen der reichsten Abenteurer des Reiches errichtet. Viktor Silberer war Aeronaut, Rennstallbesitzer, Zeitungsherausgeber und der größte Hotelier am Semmering um die Wende zum 20. Jahrhundert. Ihm gehörte das Hotel Erzherzog Johann. Laut Karl Kraus war er nach Amerika gegangen, um dort zu lernen, wie man Geld verdiente. Jenes »Schlössl« ist bis heute das höchstgelegene Gebäude am Semmering. Doch Viktor Silberer sollte damit nicht glücklich werden. Sein Sohn und Alleinerbe – ein Freund von Sigmund Freud – erhängte sich am 12. Jänner 1923 am Fensterkreuz seiner Stadtwohnung. Danach zog sich Vater Silberer von allen Aktivitäten zurück und lebte bis zu seinem Tod in seinem Palais in der Wiener Annagasse 5. Nach seinem Rückzug »schlösselte« – um einen Begriff von Karl Kraus zu verwenden – das Silbererschlössl unerlöst vor sich hin.

hans, das von den Wiener Theaterarchitekten Fellner und Helmer als eine Mischung aus einem Ringstraßentheater und einem Schweizer Sanatorium entworfen worden war. Sie setzten sich auf eine der vielen Bänke, und Berta las aus ihrem Fremdenverkehrsführer vor: »Panhans, modernstes Hotel in Mitteleuropa, 400 Zimmer, maurisches Sprudelschwimmbad, überdecktes Alpenschwimmbad mit Blick auf die verschneiten Berge, erstes konzessioniertes Casino in Österreich, hydraulischer Personenaufzug, Zentralheizung …«

»Ich habe gehört, im Panhans gibt's den Five o'Clock Tea. Wo findet der statt?«, wollte Frau Hanna wissen.

»Im Freien direkt vor dem Hotel.«

»Warst du im Panhans auch schon tanzen? Es soll recht fesche Männer hier geben.«

»Wo denkst du hin, ich habe ja nichts Gescheites zum Anziehen und außerdem keine Ahnung, wie ich mich zu den modernen amerikanischen Rhythmen bewegen soll!«

»Freilich, du bräuchtest eine neue Garderobe. In diesen Klamotten schaust du aus wie eine Putzfrau!«

»Nicht jede kann so fesch sein wie du. Dort vorne gibt's ein Modegeschäft, da können wir meinetwegen die Auslage anschauen, wenn wir vorbeigehen.«

»So machen wir's, liebe Berta. Aber sag, hat das Hotel keine Gäste? Ich sehe kaum Leute …«

»Mein Mann hat gesagt, das Panhans gehöre momentan noch einer Bank, solle jedoch demnächst verkauft werden. An einen Juden aus Estland.«

»Ah, du sprichst von dem Immobilienhändler William Zimdin?« Hanna Knofleben hatte von ihm gehört. »Sein Name steht in jeder Zeitung.«*

Frau Berta wusste nicht, von wem ihre Freundin sprach. Es war ihr peinlich, wie wenig sie sich auskannte bei den wichtigsten Dingen am Semmering, den Eigentumsverhältnissen. Um ihre Unwissenheit zu kaschieren, drängte sie auf die Fortsetzung des Spazierganges, schließlich gäbe es noch viel zu sehen.

»Aber in einem der Hotels möcht ich einen Kaffee trinken«, so der Wunsch von Frau Hanna mit dem Drogenhaus. »Wie wär's mit dem Südbahnhotel? Dort sollen die feschesten Männer überhaupt gastieren!« Hanna fuhr sich mit ihrer Zunge über die Unterlippe. Sie hatte wohl mehr Appetit auf Männer als auf Kuchen.

»Das geht nicht«, erwiderte Berta kurz angebunden. Im mondänen Südbahnhotel konnte sie in ihren Patschen und ihrer Klamotterie beileibe nicht aufkreuzen.

»Wieso soll das nicht gehen?«, fragte Hanna.

»Auf das Hotel ist gestern ein Bombenattentat verübt worden!«

»Was du nicht sagst! Ich habe gar nichts darüber in der Zeitung gelesen.«

»Hier ist es Ortsgespräch. Das Südbahnhotel – Stolz des Semmerings, Zierde der Landschaft, Domizil der alten Adeligen – wollte jemand in die Luft sprengen!«

---

* Bei den nationalistisch gesinnten Zeitgenossen galt der Semmering als »Judenmugel«, als »Judenhügel«. Nach der Machtübernahme der Nationalsozialisten im Jahre 1938 wurden viele der Villen und Hotels arisiert. Hermann Göring kaperte das Panhans und plante darin die ohne Kriegserklärung erfolgte blutige Eroberung des Königreiches Jugoslawien.

»Wurde das gesamte Gebäude zerstört? Gab es Tote?«

»Nein. Soviel ich weiß, hat es nur das Post- und Telegrafenamt erwischt. Das Hotel ist kaum beschädigt worden, und es wurde auch niemand verletzt.«

»Das waren bestimmt die Roten, für die Privatbesitz eine Sünde und Bankvermögen ein Verbrechen ist!«

»Ich glaube, man hat noch nicht herausgefunden, wer dahintersteckt. Gestern hat jedenfalls gleich ein Wiener Kriminalbeamter hier herumgeschnüffelt. Komm, jetzt gehen wir weiter, ich kenne eine schöne Konditorei.«

Die beiden Damen spazierten an der »Pension Alexander« vorbei, und Berta zeigte auf den polygonalen Eckturm mit der markanten Turmspitze und auf das Geschäft für Wirkwaren und auf das Restaurant, in dem ausschließlich koschere Speisen für die jüdische Kundschaft angerichtet wurden. Zu Pessach gab es eine Wochenpauschale samt Seder-Abend*, aber das wusste Frau Berta nicht. Schlussendlich deutete sie auf die Marmorverkleidung der Fassade, denn darüber konnte sie ein klein wenig berichten. »Die ist von diesem Adolf Loos, den wirst du kennen. Der Herr Loos ist ein Jugendfreund meines Mannes. Die waren Nachbarn damals in Brünn in der Zeit vor dem Krieg. Da haben sie sogar miteinander tschechisch gesprochen. Und jetzt verbringt der Herr Loos die Sommer zumeist im Südbahnhotel.«

Nun passierten sie die Villa Helmer, errichtet von dem Architekten Hermann Helmer, der schon in Brünn das Theater an den Wällen gebaut und kurz darauf mit sei-

---

* Seder ist eine zeremonielle Mahlzeit am ersten Abend des Pessach-Festes.

nem Partner Ferdinand Fellner das theatralische Panhans fertiggestellt hatte. Im Erdgeschoss der Villa Helmer war ein Geschäft für Sport- und Modeartikel untergebracht, und auf einmal stieg das Interesse von Hanna Knofleben. Sie schleppte ihre Freundin zu den Auslagen, wo sie eine Damenjacke aus weichem Kamelhaar in Augenschein nahm. Die Jacke trug die Markenbezeichnung »Semmering«. Passend dazu entdeckte sie eine Wollmütze mit dem Namen »Mürzzuschlag« – so hieß der erste größere Ort, wenn man vom Semmering aus in den Süden fuhr.

Hanna Knofleben blickte auf Berta Waxriegel und flüsterte ihr zu: »Liebe Berta, das wäre doch was für den kommenden Winter.«

Doch Frau Berta wollte nichts einkaufen und zog ihre Freundin aus dem Geschäft.

Bald darauf – Frau Hanna war von der frischen Luft im ausklingenden Sommer etwas müde geworden – nahmen beide an einem freien Tisch in der Konditorei Katzelberger Platz und bestellten beim Fräulein mit dem schwarzen Schürzchen und der weißen Hemdbluse eine Melange und einen Topfenstrudel.

Hanna legte ihre Hand auf Bertas Arm. »Jetzt rennen wir seit zwei Stunden herum, und du hast noch gar nichts von deinem Mann erzählt«, sagte sie und schaute ihre Freundin auffordernd an.

»Ach, mein Mann …«, seufzte diese.

»Habt ihr Probleme?«, erkundigte sich die Frau Drogenbaronin.

»Mein Mann hat sich so verändert in letzter Zeit!«

»Dann hat er möglicherweise eine Geliebte«, schlussfolgerte die erfahrene Hanna.

»Ja, er hat eine Geliebte.« Berta nickte traurig. »Die Elektrizität.«

»Was will er denn unter Strom setzen? Dich etwa?«, fragte mit einem hintergründigen Lächeln Frau Hanna Knofleben.

»Ach, wenn es nur so wäre. Aber er will die Eisenbahn elektrifizieren, die Berge am Semmering will er elektrifizieren, wahrscheinlich auch die Zahnbürsten und die Rasenmäher.«

»Und wo ist das Problem dabei? Dann wäre alles hell auf dem Semmering. Man sieht schließlich nur die im Lichte. Hauptsache, er verdient Geld damit.«

»Wie du weißt, hat die Bank meinem Mann einen hohen Kredit erteilt, mit dem er das Haus Adlerhorst gekauft hat. Den Kredit hat er aber erhalten, weil er damit die ganze Südbahn elektrifizieren will.«

»Dann sei doch froh über seine neue Geliebte. Ich tät auch so einen Mann brauchen. Geht einfach her, elektrifiziert eine Eisenbahnstrecke und erhält dafür ein Häuschen auf dem Semmering.«

Berta unterdrückte einen tiefen Seufzer, denn so einfach, wie ihr Floh sich das vorgestellt hatte, war es leider nicht.

Hanna biss herzhaft vom Topfenstrudel, den die Kellnerin mit dem schwarzen Schürzchen und der weißen Hemdbluse in der Zwischenzeit serviert hatte. »Wo ist er eigentlich, dein Florian? Will er mich gar nicht willkommen heißen?«, fragte sie.

»Er ist in Gainfarn bei Bad Vöslau«, antwortete die am Kaffee nippende Frau Berta. Sie blickte weder auf die Rax noch auf den Schneeberg und schon gar nicht auf die Schneealpe, die man von ihrem Tisch aus ohnehin nicht sah. Sondern starr auf ihre Melange. Vielleicht versuchte sie im Sud zu lesen. »Dort in Gainfarn hat er einen Felsen gemietet. Oder einen Steinbruch. Oder ein Kalkwerk. Und dort werkelt er herum, um irgendetwas Elektrisches auszutesten. So genau kenne ich mich nicht aus.«

»Das habe ich gemerkt. Wozu braucht er da einen Steinbruch?«

Berta blickte noch immer in die Melange, und der Sud war bemüht, sich zur verständlichen Antwort durchzuringen. »Er hat auch noch eine Fabrik gekauft.«

»Wofür? Er kann doch nicht eine ganze Fabrik kaufen!«

»Doch, zum Rumwerkeln. Die ehemalige Textilfabrik in Gramatneusiedl ist längst eine Ruine. Vielleicht hat er sie auch nur gemietet.«

»Ein Steinbruch und eine Fabrikruine? Will er etwas erfinden? Am Ende den Blitzableiter?«

Berta reagierte nicht auf den Witz ihrer Freundin. Im Gegenteil. Sie machte sich Sorgen, und gleichzeitig ärgerte sie sich über ihren Floh, der sie nicht mehr an seinem Leben teilhaben ließ. Er war gestern in der Früh mit einem Mietwagen – einen eigenen Wagen konnte er sich nicht leisten – aufgebrochen, und wie üblich hatte er nichts über sein Vorhaben berichtet. Auch hatte er seither nichts von sich hören lassen, denn weder zur Fabrik noch zum Steinbruch gab es eine funktionierende Fernsprechverbindung. Hatte ihr Floh in diesem Gramatneusiedl eine andere Frau kennengelernt? Sie selbst hatte weder die Fabrik noch den Steinbruch je zu Gesicht bekommen. Vielleicht gab es die Standorte gar nicht und sie waren nur ein Vorwand? Um sich mit einer fescheren und standesgemäßeren Frau zu treffen? Was man im Sud nicht alles lesen kann … Doch Berta wollte Frau Hanna mit ihren Problemen nicht belästigen, weshalb sie abrupt das Thema wechselte. »Hat dir die Melange geschmeckt?«

Hanna ging nicht auf die Frage ein, sondern blieb beim Thema. »Du hast Sorgen, weil du glaubst, dass dein Mann dich betrügt. Richtig?«

Berta seufzte, und es schien, als ob ihr aus dem linken Auge eine Träne kullern wollte.

Das war Hanna Antwort genug. Sie wollte ihre Freundin nicht weiter bedrängen, rief nach der schwarz beschürzten und weiß beblusten Kellnerin und bat um die Rechnung.

20 Minuten später standen die beiden Damen vor der Villa Adlerhorst, wie das Haus großspurig genannt wurde. Doch so war das eben auf dem Semmering – hier galt jeder Stadel als Villa und jeder Heuhaufen als Denkmal.

Berta sperrte die Gartentür auf. »Wir haben hier im Adlerhorst ein Siebenschläfernest. Komm, ich zeige es dir.«

Frau Hanna interessierten Siebenschläfer genauso wenig wie elektrische Fabrikruinen, doch sie folgte

Berta und fragte: »Sind Siebenschläfer nicht die Tierchen mit den eigenartigen Augen? Die hüpfen in der Nacht von den Bäumen aufs Dach und krabbeln darauf herum. Und nicht nur darauf, sondern auch darin. Zu Hause in der Holzdecke sind kleine Löcher, und wenn ich da hinaufschaue, sehe ich manchmal ein schwarz umrandetes Auge. Es starrt auf mich hinunter, und ich starre zu ihm hinauf. Ich weiß nicht, wer sich dabei mehr erschreckt.« Frau Hanna war absolut nicht begeistert.

Deshalb entschloss sich Berta Waxriegel, ihrer Wiener Freundin statt des Nestes den Garten mit den Erdäpfelreihen, den Karotten, den Hängen voller Häuptlsalat und den Erbsen zu zeigen. Hinter dem steil abfallenden Garten – am Semmering ist nichts eben, es geht entweder bergauf oder bergab, wir befinden uns schließlich in den Bergen – erreichten sie die Steinstufen, die hinauf zur Eingangstür führten. Berta wies auf den Schupfen ihres Mannes neben dem Wohnhaus, der jedoch stets abgeschlossen war und dessen Schlüssel ihr holder Floh wie ein holdes Geheimnis verwahrte, weil er dort seine elektrischen Experimente durchführte.

Seit sie den Garten betreten hatten, war Berta Waxriegel in ihrem Element. Und auch als sie Hanna durchs Haus führte, war von ihrem Kummer nichts mehr zu bemerken.

Berta öffnete die Tür zur Küche. Hanna sah einen blitzeblank gesäuberten Raum, wie sie es von ihrer Freundin erwartet hatte. Nur ein paar Bierflaschen standen hinter der Tür versteckt.

»Wenn wir hier weitergehen, kommen wir in die Speis, und dahinter gelangt man wieder ins Stiegenhaus! No, was sagst du, liebe Hanna?«

Das Haus gefiel Hanna besser als der Garten. Neugierig fragte sie: »Und wohin führt die Stiege?«

»Zum Schlafzimmer, zum Gästezimmer und zum Studierzimmer meines Mannes im oberen Stock. Aber oben ist der Grundriss ein ganz anderer als im Parterre. Das war eine ausgefallene Idee des Architekten, dessen Namen ich leider nicht kenne.«

Sie gingen auf die Veranda, wo Berta ihrer Freundin stolz den Lüster zeigte, dessen Lampen wie Kerzen aussahen. Unter dem Gewinde war eine breite Schale eingebaut, die den Wachsfänger simulierte. Auch im Gästezimmer, zu dem sie als Nächstes hinaufmarschierten, war ein besonderer Lüster angebracht. Laut Berta stammte er vom Jugendfreund ihres Mannes, diesem Adolf Loos, in Wahrheit jedoch war er der »Wiener Werkstätte« zuzurechnen, der Produktionsgemeinschaft bildender Künstler, die eng mit der Wiener Secession zusammenarbeiteten.

Zurück im Stiegenhaus, machte Berta Hanna auf einen Krug mit Henkel aufmerksam. Diesen Krug habe sie zu Dekorationszwecken mit Kieselsteinen befüllt und am Stiegenaufgang drapiert. Zu fortgeschrittener Stunde habe es fürchterlich darin gescharrt. Sie habe einen Geist verdächtigt, in diesen Kieselsteinen zu wühlen, den Geist des Hauses, den Geist des Semmerings oder gar den Geist der Kieselsteine. Ängstlich habe sie den Krug am Henkel gepackt und hineingeschaut. Eine Siebenschläfermama mit ihrem ganz kleinen Siebenschläferkind sei darin eingerollt gewesen. Sie habe befürchtet, dass die beiden am Ort der Geburt sterben würden, da sie nicht aus dem Krug herausklettern könnten. Und so habe sie nach einem Stoßgebet zum Geist aller Siebenschläfermamas den Krug in den Garten getragen und den siebenschläfrigen Inhalt in die Wiese geschüttet. Und seither lebten die Siebenschläfer in ihrem Garten.

Berta kam aus dem Präsentieren und Erzählen gar nicht mehr heraus. Sie zeigte Hanna die vielen Geweihe im Haus, die vielen Stoffherzen, die an jedem Knauf, an jedem Griff, einfach überall hingen, die Türschlösser, die man mit einem Haken seitlich an der Wand …

»Liebe Berta, auf der Veranda habe ich Schaukelstühle gesehen. Wollen wir uns die noch anschauen und bestenfalls gleich ausprobieren, wie es sich darin sitzt?« Hanna hatte genug von der Hausführung.

Berta kam dem Wunsch gerne nach, denn auf der Veranda gab es einiges, worüber sie vorhin noch nicht gesprochen hatte. Sie entfernte ein paar Blätter, die bereits von den nahen Eichen auf die Sessel gefallen waren, und sagte, dass auch die Stühle von Adolf Loos stammen würden.

Hanna bat inständig um ein Glas Sherry, das Berta ihr ohne Umwege auf einem Abstelltischerl servierte. Natürlich gab es auch zu dem Tischerl etwas zu erzählen, denn darauf war ein Reh aus Porzellan angebracht, das scheu durch Porzellanbüsche schlich.

Da interessierte Hanna sich noch eher für diesen

bekannten Architekten, weshalb sie nachfragte: »Du glaubst wirklich, dass die Sessel von diesem Adolf Loos sind?«

»Mein Mann behauptet es. Vielleicht hat mein Floh sie aus der ersten Wohnung mitgenommen, in der er in Wien gehaust hat. Die hat nämlich dieser Loos eingerichtet. Und ich glaub, der Loos weiß gar nichts davon. Deshalb bitte zu niemandem ein Wort darüber!«

»Selbstverständlich!« Hanna schlürfte vom Sherry, während Berta an ihrem Himbeersaft nippte. Hanna wippte mit dem Schaukelstuhl nach hinten, dann wippte sie nach vorne, sodass der Holzboden der Veranda knarrte. Dabei schien sie nachzudenken. Als sie fertiggedacht hatte, fragte sie: »Sag, ist dieser Adolf Loos eigentlich zu haben?«

»Du meinst für eine Frau?«

»Für was denn sonst? Schau ich etwa aus wie ein Mann?« Hanna grinste und schenkte sich Sherry nach.

Berta bückte sich nach einem braun gefärbten Eichenblatt und schnippte es auf die Wiese hinaus. »Liebe Hanna, das weiß ich nicht.«

»Was soll das denn heißen?«

»Jedenfalls nicht, dass du wie ein Mann aussiehst«, antwortete Berta missmutig. Es hatte nämlich ein Gerücht gegeben, damals, als sie noch Haus an Haus mit Hanna in der Meidlinger Eichenstraße gewohnt hatten. Damals hieß es, ihr Floh habe es auf ihre Freundin Hanna abgesehen, er solle des Öfteren mit ihr … Doch Schluss damit, das wollte Berta nun wirklich nicht ansprechen! Trotzdem, dass es Hanna häufig nach Männern gelüstete, war ihr bekannt. Viele waren ihren Avancen schon erlegen …

»Dann also, dass du nicht weißt, ob dieser Loos zu haben ist?«, unterbrach Hanna Bertas verwickelte Gedanken.

»Woher denn? Er verbringt seine Sommer zwar im Südbahnhotel, aber ich war noch nie dort.«

Aus für Berta nicht ganz verständlichen Gründen hakte Hanna nicht weiter nach, sondern interessierte sich plötzlich doch wieder für die Villa. Sie erkundigte sich nach merkwürdigen Einzelheiten wie dem Ausmaß des Gartens und unterwarf sogar das Klosett samt dem angebauten Türschloss einer genauen Visitation.

Was hatte Hanna vor? Wollte sie die Villa am Ende gar erwerben? Oder gab es ein Geheimabkommen zwischen Hanna und ihrem Mann? Wollten die beiden sie, Berta, loswerden und Hanna würde hier wohnen? »Willst du auch auf den Semmering ziehen?«, fragte Berta möglichst beiläufig.

Doch Hanna murmelte nur ein rasches »Schön ist diese Villa« und verwies dann auf die Abfahrt des Schnellzugs, die in einer Stunde erfolgen sollte. »Ich habe dir meine Mitbringsel noch gar nicht überreicht«, sagte sie und zog das angekündigte Flascherl Tiorfan aus ihrem Täschchen. »Sollte jemandem ein Durchfall passieren!«

War das eine versteckte Botschaft oder bloß der Rat einer Freundin?

Weiterhin drückte Hanna ihr eine Flasche Salmiak und eine Dose Essigsäure in die Hand. »Damit kannst du jeden Dreckfleck in Flohs Arbeitsgewand rausputzen. Ich nehme an, dass du es bist, die seine Wäsche macht. Du darfst aber nur in eine Richtung wischen, von oben nach unten, sonst gibt's ein Flecken-Tohuwabohu!« Sie stellte Flasche und Dose auf den Abstelltisch und imitierte mit der Rechten die Bewegung bei der Putztätigkeit.

Berta seufzte wieder einmal. Hannas Bemerkung hatte ihren wunden Punkt getroffen, sie war und blieb eben die Putzfrau Berta! Nun goss sie sich aus der Sherryflasche doch ein paar ordentliche Schlucke in ihr Himbeersaftglas, um Hirn und Herz zu beruhigen.

20 Minuten später begleitete Berta ihre Freundin zum Semmeringer Bahnhof. Ohne Probleme erwischte Hanna den aus Belgrad kommenden Schnellzug um 19.38 Uhr. Obwohl an Samstagen ein beträchtlicher Reiseverkehr herrschte, fand sie im Speisewagen einen Platz mit Fensterblick. Allerdings gab es hier keinen Sherry, so musste sie mit einem Slibowitz vorliebnehmen. Ihren ersten Schluck trank sie, als Berta noch winkend vor dem Zugfenster stand.

Von der Hinterseite des Bahnhofes aus beobachtete Floh Waxriegel den Abschied und wartete sehnlichst auf das Verschwinden der lieben Hanna. Auf keinen Fall wollte er ihr begegnen. Und kaum war der Zug aus dem Bahnhof gerollt, stürmte er auf einem Seitenweg in die Villa Adlerhorst, um dort in angemessener, wenn auch vorgetäuschter Ruhe seine liebe Frau in Empfang zu nehmen.

5. KAPITEL
SAMSTAG, 14. SEPTEMBER 1929

*Der Floh ist verdreckt * Der Floh ist pleite * Der Floh geht in die Schwemme*

Als Berta in ihren Adlerhorst oder Siebenschläferschlupf zurückkehrte, saß zu ihrer Überraschung ihr geliebter Floh in der Küche und trank in langen Schlucken – das überraschte sie weniger – aus einer Bierflasche. Die mit Sand und Erdklumpen verdreckte Jacke lag am Fußboden. Auf der linken Wange sickerten ein paar rote Tropfen Blut durch die Haut und tröpfelten über die Wange auf sein Hemd. Seine Haare waren ebenso verdreckt und standen in alle Richtungen.

»Florian, wo bist du gewesen?« »Florian« nannte sie ihn ausschließlich in ernsten Situationen.

Floh nahm einen kräftigen Schluck aus der Bierflasche und schwieg beharrlich.

»Ich mach mir Sorgen um dich, du warst seit gestern verschwunden!«

Er wischte mit dem Handrücken den Blutstreifen auf der Wange weg. »Ich war in der Fabrik. In Gramatneusiedl. Besser gesagt in Marienthal, denn dort steht die Fabrik. Aber das ist ja egal.«

»Und was machst du zwei Tage lang in deiner Fabrik?«, fragte Berta. Sie hob die Jacke auf, holte einen Lappen aus dem Spülbecken und versuchte, den Dreck wegzuputzen.

»Lass das, die wird wieder schmutzig. Ich muss zu einer Lösung kommen, und dazu brauche ich die Fabrik. Arbeiter hätte ich genug, es gibt so viele Arbeitslose in Marienthal.«

»Aha. Sind da auch Frauen dabei, die dir helfen, zu einer Lösung zu kommen?«, fragte Berta bissig. Sie wollte endgültig wissen, mit wem sich ihr Mann dort herumtrieb.

»Aber nein, was denkst du denn von mir? Ich arbeite dort an meinen Experimenten und vergnüge mich nicht mit einer anderen Frau!«

»Dann erkläre mir doch endlich, an was du ständig herumexperimentierst! Ich bin keine blöde Putzfrau! Aber ich weiß nicht, wozu das alles – der verdammte Felsen in Gainfarn, die dumme Fabrik in Gramelgesiedl!« Verzweifelt schrubbte Berta mit dem Lappen auf Flohs Jacke herum.

»Gramatneusiedl heißt der Ort. Berta, hör bitte auf zu putzen, das macht mich ganz nervös!«

»Wieso? Ich bin für dich doch ohnehin nicht mehr als eine nichtsnutzige Putzfrau!«

Floh sprang auf und riss ihr seine Jacke aus der Hand. »Das ist doch Blödsinn! Und das weißt du auch. Es ist so: Mir ist etwas passiert.«

»Passiert? Mit einer Frau?«

»Nein, nicht mit einer Frau. Hör endlich auf damit! Komm, wir machen einen kleinen Spaziergang, da redet es sich leichter.«

»Willst du nicht wenigstens das Hemd wechseln?«

»Nein, ich will dir etwas erklären.«

Kurz darauf nahmen sie auf einem der vielen Bankerl an der Hochstraße Platz. Flohs Wange blutete nicht mehr, doch in seinem dreckigen Gewand glich er einem Bauarbeiter. Deswegen legte er auch nicht seinen Arm um die Schultern seiner Ehefrau. Sein Blick fiel auf das Südbahnhotel. Die Zufahrt in den Fuhrpark war offen, der unten vorbeiführende Weg jedoch noch immer abgesperrt. Die Terrasse war beinahe vollständig besetzt, jetzt um neun am Abend genossen viele der Gäste die laue Septemberluft. Die Stehlampen auf der Terrasse waren eingeschaltet und auch aus den Fenstern schien das Licht, jawohl, das elektrische Licht. Floh fand, dass die einzelnen Teile des Hotels eher planlos zusammengeschachtelt wirkten, irgendwie unharmonisch, dennoch beeindruckend durch seine exklusive Gestaltung mit Türmchen und Giebelchen und Erkerchen. Dazu die vielen schlanken Rauchfänge mit ihren grünen Dächern. Vielleicht war gerade diese Uneinheitlichkeit einer der Gründe, warum das Hotelgebäude von modernen Architekten wie Adolf Loos geschätzt wurde.

Von der Rückseite des Hotels führte ein überdachter Verbindungsgang hinauf zur Villa Waldhof, die auf des Berges Gipfel ruhte und so die beste Aussicht sowohl zur Rax als auch zum Sonnwendstein bot. Nebenbei konnte man hier auch dinieren, und zwar billiger als im exklusiven Südbahnhotel.

Das Südbahnhotel war im Jahre 1882 vom damaligen Generaldirektor der Südbahn eröffnet worden.* Für jene, die friedvolle Beschaulichkeit und zurückgezogenes Wohlgefallen schätzten, war das Südbahnhotel die erste Adresse. Wer hingegen den zeitgenössischen Moden – Tänze im Foxtrott-Rhythmus, Mitternachtsgelage mit Champagner und Auftritte der legendären Tänzerin Josephine Baker – bevorzugte, suchte eher im Panhans Zuflucht.

Zurück zu unserer Geschichte. Floh und Berta saßen also auf einem der Bankerl. Die Rax im Hintergrund lag bereits vollkommen im Dunkeln. Man hörte das Rauschen der Blätter, ab und zu trillerte ein Vogel, seltener hämmerte ein Specht. Und Floh raunte, ohne mit der beschmutzten Wimper zu zucken, seiner Berta ins Ohr: »Berta, ich bin pleite.«

Jetzt erzählte Floh die gesamte Geschichte. Die Generaldirektion habe entschieden, dass die Südbahn nicht elektrifiziert und sein Angebot somit nicht angenommen werde. Und das nach seinen langwierigen Vorarbeiten, auch die zur Stromgewinnung. Alles sei – im wahrsten Sinne des Wortes – umsonst gewesen. Und er gestand,

* Friedrich Julius Schüler entwickelte ein Fremdenverkehrskonzept für die Oberschicht, das gleichzeitig der Südbahn-Gesellschaft zugutekam. Er ließ an Orten, die mit der Südbahn erreichbar waren, noble Hotels errichten, darunter auf dem Semmering, in Abbazia (heute Opatija in Kroatien) und in Toblach (heute in Südtirol).

dass er der Assicurazioni Generali schon längst die ersten Raten für den Kredit hätte zurückzahlen müssen. Er habe bereits zwei oder drei Mahnungen höchstpersönlich im Küchenofen verheizt. Die Assicurazioni Generali wolle sich nun an der Villa Adlerhorst schadlos halten und deshalb die ganze Villa pfänden. Weil die Kohlenpreise derzeit so niedrig seien wie noch nie, wäre ein Dampfbetrieb für die Bahngesellschaft viel billiger. Doch in ganz Europa würden die Bahnstrecken auf elektrische Traktion umgestellt. Er habe eine derartige Wut, dass er jetzt unbedingt ein Bier benötige. Ein Pilsner. Oder ein Budweiser. Oder ein Altbrünner.

Der armen Berta sickerte eine Träne aus dem rechten Auge. Es schien, als wolle aus dem linken gleich eine folgen. »Wenn wir doch bloß in unserem Häuschen in der Eichenstraße geblieben wären. Das hätte uns vollkommen gereicht!«

Berta war mit sieben Geschwistern in einer Einzimmerwohnung mit Küche in Neumargareten aufgewachsen. Klosett und Bassena hatten sich auf dem Gang befunden. Sie hatte mit ihrer Schwester die stark besudelte Matratze geteilt. Ihr ältester Bruder hatte, statt die Schule zu besuchen, die meiste Zeit im Wald des »Gatterhölzl« in Meidling verbracht, wo das Gesindel und die Obdachlosen hausten. Später war er zu einem der fähigsten Einbrecher der Wienerstadt geworden, nicht einmal Waffenfabriken waren vor ihm sicher. Der größte Coup war der Einbruch in die Hirtenberger-Waffenfabrik. Aber das war eine andere Geschichte. Berta jedenfalls war froh gewesen, eine Stellung als Putzfrau bei einem merkwürdigen Brünner Erfinder gefunden zu haben. Dieser Erfinder war Florian Waxriegel gewesen, der ihr aber – wie in solchen Verhältnissen üblich – kein Kind gemacht, sondern ihr die Heirat angeboten hatte. Worauf sie ihre elterliche Wohnung verlassen hatte und in das kleine Häuschen ihres Erfinders in der Eichenstraße an der Südbahn übergesiedelt war.

Floh stand auf und griff nach dem die Bankreihen begrenzenden Holzgeländer. Er starrte in die Dunkelheit, die die Rax verhüllte, und murmelte: »Im Nachhinein weiß man alles besser.«

»Floh, was bleibt uns jetzt? Eine kaputte Fabrik und ein kaputter Steinbruch?«

»Nein, selbst die nicht. Denn die Fabrik gehört nicht mir, und der Steinbruch ist auch nur gepachtet.«

Berta schluchzte laut auf.

Floh setzte sich wieder aufs Bankerl und hüllte trotz des verdreckten Arbeitsgewandes seinen Arm um Bertas Schulter. »Hör auf zu weinen. Ich weiß einen Ausweg.«

Berta wischte sich die Tränen von den Wangen und sah ihren Mann fragend an. »Wie willst du denn aus dieser Situation herauskommen ohne Geld?«

»Das ist vorerst mein Geheimnis. Und Geheimnisse soll man nicht verraten. Sonst sind sie keine Geheimnisse mehr.«

»Bitte sag es mir.«

»Nein. Aber eines kann ich dir sagen: Es ist alles so watscheneinfach, man möcht es nicht glauben!«

»Was ist watscheneinfach?«, versuchte Berta, ihrem Mann sein Geheimnis zu entlocken.

»Mein Ausweg, du wirst schon sehen. Heute ist der 14. September, und in ein paar Tagen sind wir aus dem Schneider, dafür arbeite ich wie ein Haftelmacher*. Was ist denn …« Flohs Blick wanderte erneut zum Südbahnhotel. »Sag, liebe Berta, was ist denn da unten mit dem Hotel passiert?«

»Das weißt du ja noch gar nicht! Ein Attentat! Eine Sprengung!«

Floh blickte sie erstaunt an. »Wieso eine Sprengung?«

»Jemand wollte das Südbahnhotel in die Luft jagen.«

»Wann?«

»Gestern in der Früh oder am Vormittag, als du schon in der Fabrik oder wo auch immer warst.«

Floh rang nach Worten. »Warum … also … wer … Weiß man schon, wer das getan hat?«

»Ein ganz ein gemeiner Verbrecher!«

»Wie kommst du darauf?«

Berta beantwortete die Frage nicht. »Der gehört auf der Stelle elektrifiziert!«

»Du meinst hingerichtet, auf dem elektrischen Stuhl?«

»Ja. Und ich würde persönlich zuschauen, wenn der Verbrecher elektrisch stirbt!«

»Nicht möglich!« Floh wischte sich über die Stirn.

»O doch, das ist möglich!«

---

* Hafteln sind kleine Verschlüsse an der Kleidung, bestehend aus Haken und Öse. Bei der Herstellung dieser winzigen Verschlüsse bedurfte es früher einer besonderen Sorgfalt. Wer also besonders sorgfältig arbeitet, arbeitet wie ein Haftelmacher.

»Ich mein, die Hinrichtung ist nicht möglich. In Österreich ist die Todesstrafe abgeschafft, es gibt keinen elektrischen Stuhl.«

»Aber zuschauen würde ich. Wie kann man so ein schönes Hotel in die Luft sprengen wollen?«

Flohs Hand wanderte von der Stirn zu einem Schmutzfleck auf seiner Jacke, an dem er nun herumrieb. »Berta, das ist grauslich. Lass uns das Thema wechseln!«

»Von mir aus. Aber dein Thema war auch nicht besser.«

»Deshalb lass uns endlich auf ein Bier gehen.«

Berta blickte ihren Mann skeptisch an. »So, wie du aussiehst? Man könnte glauben, du hast die Bombe gelegt.«

»Blödsinn! Ich und ein Bombenleger? Ich war ja gar nicht hier. Da müsste ich zaubern können! Wir gehen hinunter in die Schwemme. Dort wimmelt es von Bauhacklern, und ich falle mit meinem Drecksgewand nicht auf.«

Berta seufzte. »Also gut, gehen wir in die Schwemme. Mir würd ein Bier auch nicht schaden.«

Beide erhoben sich vom Bankerl.

»Weißt du, woher der Ausdruck ›Schwemme‹ kommt?«, fragte Floh.

»Das hast du mir schon hundertmal erklärt.«

»Weil in der Schwemme der Boden alle drei Stunden mit sauberem Wasser geschwemmt wird. Um den Fußboden von der Speibe der Besoffenen zu säubern.«

»Und da passe ich als Putzfrau hin. Willst du mir das sagen?«, war die Reaktion der zerknirschten Berta.

6. KAPITEL
MONTAG, 16. SEPTEMBER 1929

*Besuch beim Leiter des Sicherheitsbüros * Besuch beim Direktor der Bundesbahnen * Besuch beim Kiosk am Praterstern*

Max Mitschek saß wie gewohnt um Punkt acht im Terrassencafé am Margaretenplatz und trank seine Melange. Frau Klara Damböck, seine Zugehfrau, räumte heute seine Wohnung auf, und er hatte keine Lust, die penetranten Hinweise auf den angehäuften Dreck in seiner Wohnung sowie auf die geleerten Grappaflaschen zu ertragen oder gar zu kontern. Denn diese resolute Klara Damböck konnte nicht einmal ein Oberinspektor in ihre Dienstbotenschranken weisen.

Die Kellnerin mit den Perlenohrringen brachte ihm die aktuelle Kronenzeitung. Gott sei Dank, von der Bombe im Südbahnhotel war nichts zu lesen. Er hatte noch am Samstagabend beim Postenkommandanten um strengste Geheimhaltung gebeten, besser gesagt, er hatte sie strengstens gefordert. Doch der Oberinspektor kannte auch das eherne Gesetz der Journalistik: Je strenger die Geheimhaltung, desto schneller wird veröffentlicht.

Interessanterweise wurde in der »Krone« über eine andere Gräueltat berichtet, die am Samstag passiert war: Im berühmten Warenhaus Herzmansky in der Mariahilfer Straße hatte es eine Brandstiftung gegeben. Vielleicht eine Bombe? Mitarbeiter und Kunden waren keine verletzt worden, dafür aber drei Feuerwehrleute, unter ihnen der Löschmeister. Über das Motiv wurde noch spekuliert. Immerhin haben alle den Löscheinsatz überlebt, dachte Max Mitschek. Aber damit hatte ein Oberinspektor des Sicherheitsbüros nichts zu tun.

Er bestellte noch einen kräftigen Mokka, denn der gestrige Sonntag hatte ihn über das übliche Maß hinaus mitgenommen. Er war schon um zehn am Vormittag beim Leiter des Sicherheitsbüros, Herrn Hofrat Doktor Paul Petzig, zum Rapport vorgeladen gewesen. In knapper Weise hatte er über die ihm bekannten Fakten berichtet und sodann den Brief des Erpressers vorgezeigt.

Der Hofrat hatte den Erpresserbrief studiert, sich ein paarmal in einer Lautstärke geräuspert, über die selbst Max Mitschek erstaunt gewesen war, hatte sich eine Zigarette angezündet und gemurmelt: »Schlechter Zeitpunkt, ganz schlechter Zeitpunkt …« Danach hatte der Hofrat wie üblich nicht seine Sicht der Lage, sondern die weitere Vorgehensweise präsentiert oder vielmehr diktiert. »Ich werde höchstpersönlich die Verhaftung der Sozis und Kummerl* im Raum Neunkirchen veranlassen. Die zuständige Gendarmerie muss gleich am Montag in der Früh die Betriebszelle in der Neunkirch-

* Kommunisten

ner Firma Brevillier & Urban ausheben. Das ist doch der Brutkasten der Sozis, die sogar an jedem geheiligten Sonntag die Ordnung der Stadt mit ihren lautstarken, provokanten Umzügen stören. Dann wäre einmal eine große Tätergruppe ausgeschaltet, und das wäre für das weitere Vorgehen recht passabel. Sie, lieber Max Mitschek, werfen höchstpersönlich ein Auge auf diesen angeblichen Zeugen, diesen Goldfüllfederkönig Ernst Winkler. Bei diesem Herrn müssen wir vorsichtig sein, denn er hat für die Polizei große Verdienste erworben.«

Auf die Frage des Oberinspektors, wer die Generaldirektion der Bundesbahnen verständigen solle, denn die werde ja vom Attentäter erpresst, hatte Herr Hofrat Paul Petzig gesagt: »Den Herrn Generaldirektor Foest-Monshoff habe ich schon heute in der Früh informiert, schließlich ist er ein alter Parteifreund. Seine Antwort: Die Bundesbahn lasse sich selbstverständlich nicht erpressen. Und selbstverständlich könne die Bundesbahn nicht alle Brücken und Viadukte und Bahnhöfe überwachen. Er erwartet so bald wie möglich, also sofort, einen Bericht über die Tätlichkeit am Semmering sowie über den Erpresserbrief in seinem Büro.«

Max Mitschek hatte geschwiegen, da er noch keinen Bericht verfasst hatte, und der Hofrat hatte sich erneut geräuspert und etwas von einem schlechten Zeitpunkt gemurmelt.

»Hofrat Petzig, was meinen Sie denn mit ›schlechtem Zeitpunkt‹?«, hatte Mitschek nun wissen wollen.

»Herr Mitschek, manches Mal gibt es Koinzidenzen,

doch kein Mensch versteht die Zusammenhänge. Und trotzdem hängt alles mit allem zusammen.«

»Ich verstehe nicht …«

»Unterbrechen Sie mich nicht! Das hat übrigens schon Humboldt so gesagt. Alexander von, wenn Sie es genau wissen wollen. Was ich Ihnen jetzt mitteile, das habe ich nie gesagt. Wir verstehen uns? Unser Polizeipräsident Doktor Johannes Schober soll in ein paar Tagen, am 26. September, erneut Bundeskanzler der Republik Österreich werden. Die amtierende Regierung unter Ernst von Streeruwitz wird einen Tag davor zurücktreten. Und zwar, weil unsere Heimwehr* das so will, und damit basta. Und wann läuft das Ultimatum des Erpressers ab? Am 26. September. Jetzt verstehen Sie, was ich gemeint habe, von wegen schlechter Zeitpunkt und so.«

Max Mitschek hatte sich ebenfalls geräuspert. »Erlauben Herr Oberst die Frage: Was hat das Attentat am Semmering mit der erneuten Amtseinführung unseres Polizeipräsidenten zu tun?«

»Sie sollen mich nicht unterbrechen! Aber weil Sie das Thema schon anschneiden: Genau diese Frage sollen Sie in den nächsten Tagen klären. Und noch etwas: Der Fall Südbahn bleibt vorerst unter Verschluss. Genauso wie die Sache mit dem Füllfederkönig, diesem Winkler. Ist das klar?«

Max Mitschek hatte pflichteifrig genickt. Nach kur-

* Die österreichische Heimwehr war eine paramilitärische Formation, die für die Abschaffung der Demokratie und der ohnehin nicht sehr stabilen Republik votierte. Zur christlich-sozialen Regierungsspitze hatte sie zumeist ein von gegenseitigem Respekt gepflegtes Verhältnis.

zem Überlegen hatte er wissen wollen: »Was soll ich denn dann ermitteln?«

Der Oberst hatte sich die nächste Zigarette angezündet. »Ist doch klar. Sie fahren morgen stante pede, das ist lateinisch und meint ›sofort‹, mit einer Elektrischen zum Nordbahnhof. Sie sind beim Generaldirektor Herrn Foest-Monshoff schon gemeldet. Mit dem besprechen Sie alles Weitere. Und noch etwas: Beobachten Sie die Sozis von Neunkirchen ganz genau!«

Soda. Das hatte sich also gestern, am Sonntag, ereignet. Die Fülle von Instruktionen hatte jedoch mehrere Unklarheiten hinterlassen. Wieso sollte er im Falle Winkler sehr vorsichtig, wenn überhaupt, ermitteln? Und wie sollte er die Position des Generaldirektors, dieses Herrn Foest-Monshoff einschätzen? Außerdem: Waren die Sozis von Neunkirchen tatsächlich die Attentäter? Er benötigte dringend die Liste der kommissionierten Sprengbücher. Ein solches Sprengbuch brauchte man nämlich, um Sprengstoff wie Ekrasit einzukaufen. Das gab es schließlich nicht bei der Spezerei ums Eck. In der Regel erhielten nur die nachweislichen Besitzer von Steinbrüchen ein Sprengbuch. Mitschek beschloss, dafür seinen alten Trinkkumpan, den Doktor Madrowetz vom Erkennungsdienst, zu kontaktieren. Madrowetz wusste mit der Sicherheit einer kiloschweren Sprengpackung genau Bescheid.

Max Mitschek legte die Zeitung zur Seite und zahlte seine Melange. Sollte er noch schnell in seine Wohnung im Margaretenhof, um mit der Zugehfrau Klara Damböck die Einkaufsliste zu besprechen? Besser nicht, wollte er sich nicht ihren Vorwürfen wegen seiner vom Semmering verdreckten Maßschuhe anhören. Sie wird den Einkaufszettel auf dem Esstisch schon finden, dachte er. Also los geht's.

Der schnelle Griff zur ledernen Aktentasche, hinunter zur Station der Stadtbahnlinie WD und ab zur Station Rossauer Lände, wo er in sein Büro im dritten Stock eilte.

Der Sekretärin ordnete er an: »Einen Kaffee!« Dann stellte er die fernmündliche Verbindung mit Doktor Madrowetz her und bat ihn um die Namensliste jener, die zur Führung eines Sprengbuches konzessioniert waren. Ende des Telefonats.

»Schimany!«, rief er nach seinem Adlatus. Jetzt wollte er die Wahrheit wissen. »Schimany! Bringen Sie alles, was wir zum Fall Winkler haben.«

»Winkler?«, äußerte sich Schimany zögerlich. »Dieser Ernst Winkler? Der mit den Füllfedern? No, das wird aber ein schöner Stoß.«

»Ja, und deshalb auf und marsch!«

Schimany wischte sich den Schweiß von der Stirn, ehe er auch nur einen Schritt getan hatte, und verließ seufzend das Büro.

Mitschek ließ sich sodann mit der Generaldirektion der Bundesbahnen verbinden. Rudolf Foest war durch seine Heirat ein »Edler von Monshoff« geworden, wie der Oberinspektor wusste. Für einen alten Monarchisten wie Max Mitschek wäre es eigentlich selbstverständlich, den Generaldirektor würdevoll mit seinem Adelsprädikat anzusprechen. Doch in diesen Zeiten sollte man vorsichtig sein, schließlich befand man sich seit über zehn Jahren in einer Republik, wenn auch – so die Einstellung des Oberinspektors – in einer kaum funktionierenden. Also nannte er seinen Namen und fragte schlicht und einfach nach dem Herrn Generaldirektor.

»Der erwartet Sie bereits«, antwortete ihm eine barsche Frauenstimme.

»Am Telefon oder vor Ort?«, fragte Mitschek.

»Vor Ort, Max Mitschek. Sie wurden von Oberst Paul Petzig avisiert.«

»Oberinspektor Max Mitschek«, murmelte unser Krimineser ungehalten.

»Von mir aus. Sie werden in einer halben Stunde erwartet, Oberinspektor Max Mitschek!« Aufgelegt.

Himmelherrgott, der Montag fängt ja gut an, dachte Mitschek, schnappte seine lederne Aktenmappe, fuhr mit dem WD zurück zur Urania und stieg in die Linie A um, die er am Praterstern wieder verließ. Gegenüber des mächtigen und kolossal wirkenden Nordbahnhofes, der vor allem für die Kohlenlieferungen in die Hauptstadt errichtet worden war, befand sich in der Nordbahnstraße in einem ehemaligen stattlichen Hotel die Generaldirektion der Bundesbahnen.

Deren Direktor, besagter Herr Rudolf Foest-Monshoff, war einst der Leiter eines Sensenbetriebes im steirischen Judenburg gewesen. Ob ihn dies befähigte, einen der wichtigsten Posten der jungen österreichischen Republik zu übernehmen, darüber wollte Max Mitschek nicht urteilen. Rudolf Foest war jedenfalls bekannt für seine penible Sparsamkeit. Dass er dafür umso ausgiebiger seine Geheimkonten füllte, konnte unser Krimineser zu diesem Zeitpunkt freilich nicht wissen. Auch nicht, dass er im Folgejahr, 1930, wegen der Veruntreuung öffentlicher Gelder rechtskräftig verurteilt werden sollte.*

Im Büro des Generaldirektors angekommen, nahm Max Mitschek Platz und zeigte Foest-Monshoff den Erpresserbrief.

Der Direktor setzte seine Brille auf, und seine Miene wurde beim Lesen des Briefes immer finsterer. »Eine Million Schilling sollen wir zahlen? Dass ich nicht lache!« Er lachte aber nicht, sondern las weiter: »›Peng! Im Namen der Weltrevolution! Gegen die Schieber und Unterdrücker! Alle Kräfte für das Proletariat!‹ Ist ja köstlich.«

Max Mitschek nahm den Brief wieder an sich und fragte nach entlassenen Mitarbeitern, die sich möglicherweise an der Südbahn rächen wollten.

»Wissen Sie, wie viele Mitarbeiter wir haben? 70.000! Und ich muss jedes Jahr ein paar Tausend entlassen. Wegen des Sparkurses – denken Sie nur an den Stopp der weiteren Elektrifizierung unserer Bundesbahnen. Dem mir vorgeschriebenen Sparkurs fühle ich mich verpflichtet. Meinen Sie, ich kenne die Lebensumstände jedes Entlassenen? Dass unsere Eisenbahner in der Regel Sozis und Kummerl sind, die sich gegen die Entlassung jedes Einzelnen wehren, dürfte Ihnen so gut wie mir bekannt sein.«

---

* Der Generaldirektor gab nach Verkündigung des Urteils bekannt, dass er den veruntreuten Betrag nicht zurückzahlen könne, da er selbst arm wie eine Kirchenmaus sei und über kein Vermögen verfüge.

Im weiteren Gespräch erwähnte der Oberinspektor, dass heute, am Montag, im Raum Neunkirchen viele Sozialdemokraten verhaftet werden würden, vor allem Mitarbeiter der Firma Brevillier & Urban.

»Das ist ja fabelhaft!«, jubelte der Generaldirektor.

»Bitte? Ich kann Ihren geschätzten Gedanken nicht folgen.«

»No, wissen Sie, was diese Firma produziert? Dampfkessel, Schrauben und so fort. Und was glauben Sie, für wen? Für die Bundesbahnen!«

»Dann werden die Festnahmen Ihre Bahngesellschaft treffen. Warum finden Sie das fabelhaft?«

»Weil die Erpressung durch die Verbindung der Firma und der Bundesbahnen auch von einem entlassenen Mitarbeiter dort kommen kann. Der Racheakt eines Roten! Wie Sie selbst sagen – da sind alle Sozis. Und vielleicht ist der Täter bei Ihren heutigen Festnahmen dabei.«

»Möglich, allerdings sollten wir uns nicht vorschnell festlegen. Sie sagten etwas vom Stopp der Elektrifizierung. Gab es in diesem Zusammenhang böses Blut, vielleicht gar mit unserem führenden Elektroindustrieunternehmen Siemens & Halske?«, hakte Mitschek nach.

Darauf antwortete der Generaldirektor: »Angebote gab es viele, auch nach unserer vor zwei Jahren veröffentlichten Berechnung, die ganz eindeutig zeigte, dass die Elektrifizierung wegen der gesunkenen Kohlepreise nicht mehr rentabel ist, weshalb wir auf neue Dampfloks setzen. Die Details kenne ich jedoch nicht, dafür ist unser hauseigenes Elektrifizierungsamt zuständig. Schauen Sie, die

Bundesbahnen müssen an ihrem Sparkurs festhalten, da fährt sozusagen die Eisenbahn drüber.« Er lachte über sein misslungenes Wortspiel. »100 Millionen Schilling wurden mir fürs Kalenderjahr 1929 an Zuschüssen bewilligt. Wissen Sie, was 100 Millionen sind? Ein Fliegenschiss! Damit können wir uns keine Investitionen leisten.«

Mitschek versuchte eine Erwiderung. »Aber speziell die Semmeringstrecke müsste doch höchstrentabel sein. Auf dem Semmering ist im Frühjahr und Sommer Saison, im Winter Saison und sicher auch im Herbst. Aus halb Osteuropa buchen die Begüterten und Betuchten dort ihre Unterkünfte.«

»Ja, der Semmering, das ist eine lohnenswerte Strecke, nicht zuletzt aufgrund unseres Südbahnhotels. Hoffen wir, dass das Attentat die Gäste nicht fernhält! Und da hinauf ist etwas Spezielles in Planung, ein Wien-Semmering-Express. Darüber aber bitte kein Wort! Ab nächstem Jahr wird die Firma Austro-Daimler sich mit der Konstruktion eines Schienenbusses befassen, der mittels Verbrennung in einem Sechszylinder-Viertakt-Ottomotor die Passagiere in Rekordzeit auf den Semmering bringen soll. Und bedenken Sie die neue Konkurrenz: Automobile! Zurzeit sind 30.000 Kraftwagen in Österreich zugelassen. Herr Doktor Schober, den Sie auch kennen dürften«, der Generaldirektor lachte erneut über seinen vermeintlichen Witz, »versorgt mich stets mit den aktuellen Zahlen.«

Max Mitschek hatte Bedenken. So ein Schienenbus könnte bei Weitem nicht so viele Personen befördern wie eine Eisenbahn. Und wieder mit Verbrennung, wenn auch nicht Kohle, sondern Benzin. Wieder ein fürchterlicher Gestank, dazu sehr laut. Die Fahrt in einer elektrischen Eisenbahn hingegen war sehr komfortabel. Er hatte es einmal in der ersten elektrischen Bahn im Land, der Lokalbahn Mödling–Hinterbrühl, ausprobiert. Dieser Schienenbus würde mit Sicherheit ein Reinfall werden. Konnte sich das der Herr Generaldirektor nicht auch denken?

Als könnte Foest-Monshoff seine Gedanken lesen, fragte er: »Sie wissen wohl nicht, wo das nächste Kraftwerk steht?« Er schenkte sich Kaffee nach – dem Oberinspektor hatte er keinen angeboten – und wartete erst gar nicht auf eine Antwort, sondern dozierte in gespreiztem Tonfall: »In Mallnitz. Wissen Sie, wo Mallnitz liegt? Hunderte Kilometer entfernt. Mallnitz ist verbunden mit Spullersee, Achensee, Stubach und Ruetz. Mit 55 kV-Leitungen. Wie sollen wir den Strom von dort bis zur Südbahn kriegen?«

Max Mitschek versteckte sein Unwissen hinter einer Gegenfrage: »Und was gedenken die Bundesbahnen in der betreffenden Causa zu tun?«

Herr Rudolf Foest-Monshoff ließ sich nicht weiter auf dieses Thema ein und konterte: »Ist es für Sie nicht wichtiger zu wissen, was Sie gegen den linken Erpresser zu tun gedenken?«

Max Mitschek lehnte sich zurück und antwortete: »Nun, die Sicherheitskräfte unseres Landes werden alle Bahnhöfe auf der Strecke überwachen, alle Viadukte und dazu selbstverständlich auch die Unzahl der Tunnels.«

»Oh, wie bemerkenswert!«

Mitschek beugte sich grinsend vor. »Lieber Herr Generaldirektor, Verzeihung, aber das war ein Witz meinerseits. Das Innenministerium verfügt nicht über so viele Kräfte. Für eine solche Überwachung müssten wir Mitarbeiter in vierstelliger Anzahl bereitstellen. Selbst wenn der verehrte Herr Polizeipräsident eine neue Sondereinheit bilden würde, könnten wir diese Objekte niemals alle überwachen.«

»Und wenn wieder eine Bombe gezündet wird, wer trägt dann die Verantwortung?«

»Herr Generaldirektor, wir haben gewisse Spuren, und diese verfolgen wir mit großem Diensteifer.« Den Namen Ernst Winkler wollte er Foest-Monshoff nicht auf die adelige Nase binden.

»Gut, falls Sie damit die Roten meinen. Dann möchte ich mich nicht in Ihre Ermittlungen hineinmischen.«

Mitschek hielt das Gespräch für beendet und erhob sich vom Sessel. »Da fällt mir noch etwas ein. Kennen Sie das Viadukt über die Kalte Rinne?«

Herr Rudolf Foest-Monshoff nickte.

»Und genau dort, beim Bahnwärterhaus vor der Kalten Rinne, soll die Million dem Erpresser übergeben werden.«

»Na und?« Der alte Adelige behielt seine starre Miene.

Max Mitschek führte aus: »Dieses lange Viadukt besteht aus Ziegelbögen auf zwei Ebenen. In der oberen Ebene sind zwischen den Bögen, also unter dem Niveau der Gleise, insgesamt acht bis zehn Hohlräume, runde Löcher, eingelassen. Was glauben Sie, welchen Zweck diese Löcher haben?«

Der Generaldirektor blickte ihn verständnislos an.

»Als Carl von Ghega ... Ich muss Ihnen nicht erklären, wer dieser Herr war, oder?«

»Ich bitte Sie! Selbstverständlich kenne ich den Erbauer der Semmeringbahn!«

»Dachte ich mir. Jedenfalls, als Ghega dieses Viadukt baute, bestand das damalige Kriegsministerium auf diese Löcher. Damit nämlich im Fall eines Krieges Sprengstoff darin gehortet werden konnte, um die Brücke beim Nähern des Feindes zu sprengen. No, was sagen Sie jetzt?«

Herr Rudolf Foest-Monshoff überlegte, wie er diese Information einordnen sollte. »Jaja«, witzelte der Sensenfachmann kurz darauf, »das Militär denkt und der Foest-Monshoff lenkt. Zumindest wäre das in Zeiten der Monarchie so gewesen. Und heute?«

Max Mitschek bezweifelte, ob dieser adelige Sensenschmied den Sinn seiner Erörterung verstanden hatte. Nein, mit diesem Generaldirektor würde er wegen der Bombendrohung auf keinen grünen Zweig kommen. Mitschek wandte sich ein letztes Mal an Rudolf Foest-Monshoff: »Werter Herr Generaldirektor, sollte jemand Sie kontaktieren wegen der Erpressung, brieflich oder fernmündlich, dann ersuche ich Sie inständig, diese Nummer zu wählen!« Er kritzelte seine Dienstnummer auf ein Stück Papier, das er seinem Portemonnaie entnahm.

Der Generaldirektor nahm es entgegen, bekundete jedoch süffisant: »Gut, aber vorher werde ich Ihren Polizeichef benachrichtigen.«

Max Mitschek lächelte noch süffisanter zurück und verließ ohne Gruß das Büro des Generaldirektors.

Beim nahe gelegenen Praterstern bestellte er an einem Kiosk eine Flasche Bier. Er richtete die Flasche, nachdem er sie erhalten hatte, zum Denkmal des Admirals Tegetthoff, welches inmitten der kreisförmig angelegten Fläche des Pratersterns stand. »Prost!«

Nach dem dritten Schluck fasste er seine Gedankenkrümel zusammen. Dieser Tegetthoff hatte 1866 in der Seeschlacht von Lissa zumindest gewusst, wie er seine Schiffe gegen die Italiener in Position schickte. Und hatte die Seeschlacht gewonnen! Der Chef der Eisenbahnen kannte sich nicht einmal mit den Eisenbahnbauten aus, die vor seiner Haustür lagen. Kein Wunder, dass die junge Republik mehr oder weniger zerbrechen würde.

Nach der zweiten Flasche Bier entspannte sich Mitschek. Gut, dass dieser Sensenschmid nicht weiß, dass ich aus einer alten Eisenbahnerfamilie stamme und deshalb mit dem Bahnbau auf der Südbahnstrecke durchaus vertraut bin, dachte er und richtete die Flasche erneut zum Denkmal des Admirals.

Und nach dem dritten Bier überlegte er zum wiederholten Male, ob er nicht doch, der Familientradition folgend, Eisenbahner hätte werden sollen. Weiterhin beschloss er, heute keinen Refosco mehr mit Doktor Madrowetz zu trinken. Er könnte sich dessen Erläuterungen über Sprengkapseln und Zündschnüre ohnehin nicht mehr merken.

7. KAPITEL
MONTAG, 16. SEPTEMBER 1929

*Der Goldfüllfederkönig im Sicherheitsbüro * Der falsche Graf von Donnersmarck * Der Grappa in der Geheimlade*

Um Punkt 15 Uhr betrat Ernst Winkler, wie oben am Semmering vereinbart, das Büro des Oberinspektors.

Dieser hatte sich in der verbliebenen Zeit in Windeseile durch die Aktenberge gewühlt, die der Schimany im Schweiße seines Angesichtes herbeigekarrt und auf den Schreibtisch geschichtet hatte. Dementsprechend motiviert startete er nun seine Frontalattacke. »Herr Ernst Winkler, Sie sind einigermaßen amtsbekannt.«

»Das wundert mich überhaupt nicht! Schließlich bin ich der Goldfüllfederkönig! Darf ich mich trotzdem setzen?«

Mitschek wies auf einen freien Sessel und bestellte bei seiner Sekretärin den obligatorischen Kaffee. »Wie ich den Akten entnehme, leben wir seit einigen Jahren in einer vom Adel weitgehend … no, wie soll ich sagen … verschonten Republik.« Mitscheks Versuch, auf den Adel zu sprechen zu kommen, war nicht gerade ein Paradestück.

Winkler schien die Andeutung nicht zu verstehen. Er nahm Platz und sagte mit einem Lächeln: »Seltsame Dokumente sammelt unsere republikanische Polizei …«

»Ich gebe es zu, das steht nicht in den Akten. Das war meine Einleitung, wenn Sie so wollen. Ich dachte, beim Stichwort ›Adel‹ fällt der Groschen bei Ihnen. Aber sei's drum, dann erkläre ich es Ihnen. Sie sind am 12. September 1924 oder am Tag davor in Reichenau an der Rax gesichtet worden. Dort haben Sie sich in der ehemaligen Villa des Kaisers Karl, also des letzten Kaisers der Monarchie, einlogiert. Dann sind Sie mit einem gemieteten Automobil zum Juwelier gefahren mit Gehrock, Zylinder und Monokel. Dem überreichten Sie eine Visitenkarte mit folgendem Absender: Edgar Graf Henckel Freiherr von Donnersmarck, Fideikommißherr auf Beuthen. Unter diesem Namen wurden Sie schon vor Jahren in Deutschland wegen Hehlerei und Erpressung verurteilt. Aber lassen wir das, das gehört in die Zuständigkeit unseres Nachbarlandes.«

»Ich …«

»Sie haben jetzt nichts zu sagen, Sie haben zu schweigen. Jedenfalls ließen Sie sich die wertvollsten Exponate von den Mitarbeitern des Juweliers in die alte Kaiservilla bringen. Als Sie mit den Schmuckstücken in Ihrem Leihwagen durchbrennen wollten, wurden Sie von der Gendarmerie geschnappt, weil der Juwelier wegen Ihrer Maskerade misstrauisch geworden war und die Sicherheitsdienste verständigte hatte.«

Endlich kam Ernst Winkler zu Wort. »Das war doch nur ein Jux! Ich habe nicht damit gerechnet, dass der Juwelier darauf reinfällt!«

»Solche Juxe betreiben Sie für Ihr Leben gern, nicht wahr? Der Staatsanwalt brachte beim Prozess den Enkel des echten Edgar Graf Henckel von Donnersmark nach Wien. Der Graf selbst konnte nicht kommen, der verbringt seine letzten Lebensjahre halb gelähmt auf Schloss Brynek in Oberschlesien. Was sagen Sie dazu, Herr Winkler?«

Der Goldfüllfederkönig, im Gegensatz zu seinen extravaganten Aktionen etwas altbacken gekleidet mit Hut, Rock und Stoffhose, trank einen Schluck Kaffee und blickte auf den Schreibtisch des Oberinspektors. »Brauchen Sie einen Goldfüller, Herr Oberinspektor? Für Sie heute umsonst. Es ist ein Weltraumfüller, man kann ihn so oder so drehen. Auch ein Schifahrerfüller, mit dem man während der Schifahrt einen Liebesbrief schreiben kann.«

»Sie wissen nicht um Ihre Situation Bescheid, Herr Winkler!«, brüllte Max Mitschek ihn an. »Sie werden als Beschuldigter geführt und wollen mir allen Ernstes einen Füller aufschwatzen?«

»Ich wollte Ihnen nur zeigen, wofür ich meine Aktionen unternehme. Für den Schifahrerfüller, den kann man beim Schifahren ...«

»Jetzt reicht es! Antworten Sie auf meine Frage!«

»Pardon, haben Sie mich etwas gefragt? Sie haben nur gebrüllt.«

Max Mitschek wusste aus den Direktiven seines Vorgesetzten, dass er Vorsicht walten lassen musste. Also zählte er stumm bis zehn. Dann fragte er: »Herr Winkler, wozu haben Sie in Reichenau dieses Spiel getrieben?«

»Weil ich Werbung machen wollte für mein Geschäft. Goldfüllfeder, Weltraumfüller, Schifahrerfüller ...«

»Was glauben Sie: Warum sind Sie in unserem Land nie verurteilt worden?«

Der Goldfüllfederkönig trank erneut aus der Kaffeeschale, dann nahm er einen seiner Goldschreiber aus der am Stuhlbein lehnenden Tasche und hielt den Füller gegen den Lampenschirm. »Warum? Das müssen Sie die Justiz fragen. Die hat erkannt, dass ich kein einziges Mal eine ungesetzliche Handlung begangen habe, sondern nur eine Werbekampagne für meine Goldfüllfeder starten wollte.«

»Jetzt ist es jedenfalls vorbei mit der Straflosigkeit. Jetzt haben wir Sie am Schlafittchen. Denn am 12. September dieses Jahres, bitte beachten Sie die Wahl des Datums, also am 12. September haben Sie sich im Südbahnhotel am Semmering einquartiert. Sie wurden mit zwei Koffern an der Rezeption gesichtet. Laut Auskunft der Kellner und der Dienstboten haben Sie noch am selben Tag aufgesucht: das Post- und Telegrafenamt, die Bank, die Schwemme, das Hotel Waldhof sowie das Denkmal des ehemaligen Generaldirektors der Südbahn, des Herrn Schüler, das hinter dem Hotel steht. Ich interpretiere das folgendermaßen: Sie suchten nach einem geeigneten Ort, um Ihre mit Ekrasit gefüllten Koffer zu deponieren. Und am Folgetag, also am 13. September, stellten Sie in der Früh den Koffer in die noch leere

Postabteilung und zündeten die Ladung. Die gelben Flecken auf Ihrer Hose am Tattag zeugten davon. Als die Kollegen vom Gendarmerieposten und die Löschfahrzeuge auftauchten, erzählten Sie Ihr Ammenmärchen: dass Sie drei auffällige Gestalten beobachtet und diese drei Armleuchter persönlich vertrieben haben. Dann sind Sie herumgelaufen und haben jedem unter die Nase gerieben, dass ausgerechnet Sie, und nur Sie, durch Ihren wagemutigen Einsatz das Südbahnhotel vor einer weiteren Explosion bewahrt haben. Stimmt das so ungefähr?« Max Mitschek lehnte sich zurück und beobachtete die Reaktion des von ihm beschuldigten Kaufmannes.

Dieser lächelte hinterhältig. Dann leerte er die Kaffeeschale und fragte: »Herr Oberinspektor, wollen Sie mich in mein Geschäft begleiten?«

»Warum sollte ich?«

»Um mein Bekennerschreiben zu sehen, das ich mit meinem Goldfüller verfasst habe. Es hängt in meiner Auslage.«

»Sie geben es also zu? Und das öffentlich in Ihrem Schaufenster?« Max Mitschek vermutete zu Recht schon wieder einen albernen Streich.

»Morgen in der Zeitung können Sie es ebenfalls lesen.«

Wie von einer Tarantel gestochen sprang der Oberinspektor auf. Gut, dass er keinen Gummiknüppel in der Rechten hielt, denn einen solchen durfte die Polizei seit August 1928 tragen und benutzen. »Was kann ich morgen in der Zeitung lesen, Herr Winkler?«

»Bitte beruhigen Sie sich! Ich möcht nicht, dass Sie

in Ihrem Büro Opfer eines Schlaganfalles werden. Ich habe eine Kopie des Schreibens angefertigt, die ich bei mir trage.« Er zog ein Blatt Papier aus seiner Tasche. »Erinnern Sie sich? Sie haben mich oben am Semmering um eine Skizze des Tatortes gebeten. Nun, ich habe den Vorgang schriftlich skizziert. Schauen Sie«, er reichte Mitschek das Papier, »diese Worte hängen seit heute früh in meinem Geschäft am Kohlmarkt Nummer 5.«

Max Mitschek las:

Am 13. September dieses Jahres wurde das allseits bekannte Südbahnhotel auf dem Semmering durch einen Bombenanschlag beinahe zerstört. Da unsere Polizei wie immer unfähig oder unwillens ist, den Spuren tatkräftig nachzugehen, sah sich Ihr Goldfüllfederkönig gemüßigt, die Arbeit der Polizei zu verrichten. Während die Sicherheitstruppe also noch in den Windeln, will sagen, in ihren Bettdecken lag, schaffte es Ihr Goldfüllfederkönig, die üblen Attentäter zu vertreiben. Daher können Sie, verehrte Sommerfrischler, weiterhin sorgenfrei Ihren schönen Semmering besuchen. Und vergessen Sie nicht: Mit einer Goldfüllfeder schreibt sich sogar das Unheil leichter.

Gezeichnet: Ihr Ernst Winkler

Ein weiterer Wortwechsel zwischen den beiden Männern erübrigte sich an diesem Tag. Der Oberinspektor boxte den Kaufmann wutentbrannt mit beiden Händen aus seinem Büro, brüllte einige Verleumdungen und Beleidigungen, die wahrscheinlich zu einer Verurteilung wegen Verletzung allerlei Paragrafen reichen würden, und schrie dem die Stiege hinunterhetzenden Kaufmann nach: »Das war Ihr letzter Akt!« Dann drehte er sich keuchend um und holte aus der Geheimlade in seinem Sekretär seine Grappaflasche. Nach dem zweiten Stamperl wusste er noch immer keine Antwort auf die Frage, warum dieser Hund jedes Mal ungestraft davonkam. Nach dem dritten Stamperl fragte er sich: Wer deckte ihn? Jemand aus dem Polizeipräsidium?

Zu diesem Zeitpunkt wusste er nicht, wie recht er mit dieser Vermutung hatte.

Ernst Winkler war unterdessen zur Station der Stadtbahnlinie WD geeilt und wartete auf den Zug. Schade, dachte er, jetzt habe ich vergessen, ihm den Goldfüller als mein persönliches Geschenk zu überreichen. Da hätte er sich sicher gefreut.

Zehn Minuten, nachdem Winkler weg war, keuchte Max Mitschek mit seinen drei Stamperl Grappa intus heran. Mit der nächsten Garnitur der Stadtbahn fuhr er zum Karlsplatz und mit der Straßenbahn H2 weiter in den 2. Bezirk. In seiner Lieblingsspezerei in der Weinbergstraße 63 kaufte er drei Flaschen Refosco, die er erst verpackte und dann in seinem Lederrawuzer verbarg. Wie er den Abend in seiner Wohnung im Margaretenhof verbrachte, darüber soll hier nicht berichtet werden.

8. KAPITEL
DIENSTAG, 17. SEPTEMBER 1929

*Die Halluzinationen des Oberinspektors * Sozis oder keine Sozis * Die Exkulpation des Goldfüllfederkönigs*

Die laue Septembernacht verbrachte unser Oberinspektor halluzinierend. Das waren die üblen Folgen des Refoscos. Er lag schnarchend im Bett, und gleichzeitig tummelte sich der tatverdächtige Ernst Winkler auf dem Semmering herum, sprengte eine zum Semmering führende Brücke der Südbahn, möglicherweise das Viadukt über die Kalte Rinne, und hinterließ beim Bahnwärterhäuschen eine Visitenkarte mit der Büroadresse von Max Mitschek. Deshalb verkündete der Generaldirektor der Bundesbahnen, dass unser Max Mitschek zur Verhaftung ausgeschrieben werden müsse. Und als er verhaftet wurde, entdeckte er gelbe Flecken auf seiner Hose, während der Bundeskanzler erschien …

Als Max Mitschek um fünf in der Früh aufwachte, zitterte er wie ein alter Klappergaul. War es das nahende Alter, das ihn so übermannte? Oder doch der violettschwarze Refosco? Er schluckte schnell ein paar Tabletten, die auf seinem Nachtkasterl lagen, ohne über deren genaue Wirkung Bescheid zu wissen, und fuhr im gleich darauf einsetzenden nächsten Traum mit der Südbahn nach Triest, wo er in der Bar Tivoli ein Glas Refosco trank. Da betrat der Teufel das Lokal mit seinem trauten Begleiter, dem lieben Gott. Und der Teufel lud den lieben Gott auf eine Flasche Refosco ein. Denn, so verkündete es der Teufel, der Refosco hatte eine teuflische Farbe und einen göttlichen Geschmack. Er trank sie jedoch innerhalb kürzester Zeit alleine aus, ohne dem lieben Gott einen Schluck zu gönnen.

Sofort aufhören! Jetzt reicht es! Unter großer Anstrengung kämpfte Mitschek sich aus dem finsteren Tal des Refoscorausches. Am Nachttischerl läuteten die Tabletten, nein, es war der Fernsprecher. Die Sekretärin des Hofrates Paul Petzig meldete sich und kündete eine Verbindung mit dem Chef, dem Leiter des Sicherheitsbüros, an.

Max Mitschek strich mit der zittrigen freien Hand 20 Sekunden lang den Angstschweiß von der Stirn, dann hörte er, wie sein Chef in den Fernsprecher brüllte: »Ihren Amtseifer in Ehren, aber mit dem Ernst Winkler haben Sie sich was Feines eingebrockt!«

»Wen habe ich mir eingebrockt?«, murmelte unser Oberinspektor.

»Na, hören Sie, den Ernst Winkler haben Sie sich eingebrockt. Doch der ist unschuldig wie ein Waserl*! Und das gilt bis auf Weiteres, ist das klar?«

»Unschuldig? Wer sagt das?«

---

* »Waserl« steht mundartlich für Waise und meint einen unbeholfenen Menschen, der sich nichts zuschulden kommen lassen hat.

»Wer sagt das?«, äffte der Hofrat ihn nach. »Der Polizeipräsident persönlich, der hat mich vor fünf Minuten aufgeweckt und mich gefragt, welcher Trottel den Ernst Winkler verdächtige!«

»Darf man fragen, wieso?«

»Wieso Sie ein Trottel sind? Das kann ich Ihnen sofort sagen.«

Max Mitschek hatte den Traum endgültig abgeschüttelt und war mit erklecklichem Tempo aus dem Bett gestiegen. »Nein, wieso der Winkler unschuldig ist!«

»Wieso der Winkler unschuldig ist?«, äffte Petzig ihn schon wieder nach. »Ach, Herr Oberinspektor, belieben Sie auf dem Mond zu leben?«

Auje, dachte Max Mitschek, in welche Hinterhalte bin ich da unversehens hineingetappt?

Der Hofrat brüllte in einem fort: »Sagt Ihnen der Name Fackelkraus etwa nichts mehr? Wollen Sie behaupten, dass Sie den Fackelkraus nicht kennen? Was hat dieser Kraus denn damals in ganz Wien affichieren lassen? No, wissen Sie es jetzt?«

Jessasmariantjosef! Auf einmal fiel es Max Mitschek wie Schuppen von den durch Refosco verhängten Augen. Der Karl Kraus! Der Fackelkraus!* Vor zwei Jahren hatten die Sozis und die Kummerl wegen eines vermeintlichen Justizirrtums die Ringstraße gestürmt, dabei hatte durch noch nicht ganz geklärte Umstände

* In unregelmäßigen Abständen erschien in Wien von 1899 bis 1936 die Zeitschrift »Die Fackel«, herausgegeben von Karl Kraus. Darin prangerte der Publizist und Satiriker verschiedene Missstände in der Journalistik und in der Tagespolitik an.

der Justizpalast zu brennen begonnen. Der Polizeipräsident Doktor Schober hatte den Polizisten den Schießbefehl erteilt, und nach der blindwütigen Schießerei waren über 89 Sozis und vier Polizisten tot auf dem Pflaster der Wienerstadt liegen geblieben. Danach hatte dieser Schmierfink Karl Kraus in ganz Wien Plakate an den Litfaßsäulen angeschlagen, auf denen in großen Buchstaben stand: »An den Polizeipräsidenten von Wien Johann Schober: Ich fordere Sie auf, abzudanken.«

Und hier kam unser Ernst Winkler ins Spiel. Als Kontrastprogramm zur Aktion von Karl Kraus hatte dieser ebenfalls Riesenplakate angeschlagen mit dem Text: »An den Polizeipräsidenten von Wien Johann Schober: Ich fordere Sie auf, nicht abzudanken. Ihr Goldfüllfederkönig E. W.«

Dadurch war die Reputation des Präsidenten in der Öffentlichkeit einigermaßen gewahrt geblieben. Der Verteidiger der Aktion Schobers war vielerorts gerühmt worden, und seither hielt Doktor Johannes Schober, wie der Polizeipräsident eigentlich hieß, seine schützende Hand über die zahlreichen Streiche des Ernst Winkler.

Der Oberst musste eine Stimmausbildung absolviert haben, denn er brüllte noch immer in den Fernhörer. »Sie wissen also, was Sie zu tun haben!« Und klapp, der Fernhörer war aufgelegt.

Nein, das waren keine Halluzinationen gewesen, das war die reale Anordnung des Herrn Oberst. Je älter Petzig wurde, desto ungenauer wurden seine Befehle, dachte Mitschek kopfschüttelnd. »Sie wissen, was Sie zu tun haben.« Soso. Also eine schnelle Katzenwäsche, dann hinein in die Gewandung, Schuhe an die Füße, Hut auf den Kopf und mit klammheimlichem Ärger hinaus in den Morgen des spätsommerlich heißen 17. Septembers.

Eine halbe Stunde später saß Max Mitschek mit Schimany im Büro und trank den dritten Kaffee. Für heute hatte er sich vorgenommen, die Ablichtungen des Gästebuches vom Südbahnhotel zu untersuchen, die ein Postbote gestern am frühen Abend noch abgegeben hatte. Er wollte die Besucher im wahrsten Sinn des Wortes unter die Lupe nehmen. Doch jetzt wusste er nicht, wie er die Prioritäten setzen sollte. In seinem Schädel kreuzten, überschlugen sich mehrere Gedankenketten. Das kam bei seiner sonstigen Korrektheit und Disziplin recht selten vor.

Schimany räusperte sich.

Mitschek schaute auf. Doch weil sein Assistent nichts sagte, fragte er: »Noch etwas belieben?« Offenbar hielt Schimany es wie Petzig und setzte aufs Gedankenlesen.

Darauf böhmakelte der Schimany, dessen Herkunftsland die vor elf Jahren geschaffene Tschechoslowakei war: »Die Sozis in Neunkirchen sind verhaftet alle!«

»Das ist mir bekannt.«

»Bitte schön, die können nicht gewesen sein Bombenleger auf Semmering!«

»Wieso denn nicht? Unter den Verhafteten sind sogar drei Elektrotechniker! Einer davon stammt aus der Deutschen Republik. Denken Sie nur an die Rätebewegung in den letzten Jahren! Was haben die bolschewistischen Arbeiter- und Soldatenräte nicht alles gefordert, unter anderem, es den Ausbeutern und Schikanierern auf dem Semmering heimzuzahlen! Die Bolschewisten am Fuße des Semmerings! Ich kann mich noch gut erinnern.«

»Melde gehorsamst, dass das alles ist passiert vor einigen Jahren.« Schimany legte dem Oberinspektor eine Kopie des Erpresserbriefs auf den Tisch. »Das ist nicht Text von Sozis.« Mit Bedacht und jedes einzelne Wort betonend, las er die letzten Sätze: »›Sollte ich das Geld nicht erhalten oder sollte ich Sicherheitskräfte bei der Kalten Rinne sichten, wird gesprengt. Vielleicht ein Viadukt. Peng! Im Namen der Weltrevolution! Gegen die Schieber und Unterdrücker! Alle Kräfte für das Proletariat!‹« Schimany räusperte sich. »Ist nicht Diktion von Sozis oder Kummerln. Weil die kenn ich.«

»Ach was! Sind Sie am Ende auch bei den Sozis?«

»Aber wo, Herr Oberinspektor können mir vertrauen. Doch lese ich Arbeiterzeitung.«

»Und?«

»Bitte schön, Herr Oberinspektor, ich darf frei reden: Genosse Seitz* sagt: ›Ich segne nicht Waffen, sondern ich eröffne Wohnungen.‹ Und Genosse Seitz sagt: ›Wir sind gegen Faschismus und gegen den Bürgerkrieg.‹ Und: ›Arbeitendes Volk von Wien‹.«

---

* Der Sozialdemokrat Karl Seitz (1869–1950) war von 1923 bis zu seiner Verhaftung am 12. Februar 1934 Bürgermeister von Wien.

»Gott bewahre, Schimany, Sie wissen aber Bescheid!«

»Sind nur Zitate aus Arbeiterzeitung. Deshalb ich glaube, dass Brief nicht von Sozi geschrieben. Schon gar nicht von Neunkirchner Sozi. Haben, wie gesagt, ganz andere Diktion.«

Max Mitschek überlegte kurz und schlürfte laut seinen vierten Kaffee. »Und die wäre, Ihrer Ansicht nach?«

»Nie im Leben Wörter wie ›Im Namen der Weltrevolution‹. Weil ›Weltrevolution‹ ist seit 1923 endgültig vorbei, Wort wird nicht mehr verwendet, auch nicht von Neunkirchner Sozis. Und nie was mit ›Peng‹. So die Sozis nicht schreiben. Darf ich vorlegen Arbeiterzeitung von 17. September? Ist heutiger Tag.«

»Schimany, wollen Sie mich zu Tode ärgern?«

»Schade, steht nämlich drinnen: ›Frauen gegen den Bürgerkrieg‹ und ›Wiedereröffnung des städtischen Uhrenmuseums‹ und ›Großes Dachfeuer auf dem Alsergrund‹. Alles harmlos, kein Aufruf zum Kampf. Und vor allem: nichts von Weltrevolution.« Er legte die aufgeschlagene Seite auf den Tisch seines Vorgesetzten.

Und so kam es, dass Herr Max Mitschek, bewährter Oberinspektor zu Wien, am Dienstag, den 17. September 1929, zum ersten Mal seit Jahren mit Neugierde in der Arbeiterzeitung blätterte, auch wenn er nicht bis zum Sportteil kam.

»Bitte schön, Herr Oberinspektor. Was machen wir mit Elektrotechniker aus Deutscher Republik? Er kann zu Problemen führen mit Nachbarland.«

»Scheiße!«, entfuhr es unserem Max Mitschek.

»Herr Oberinspektor?«, bemühte sich Schimany zu einer näheren Erkundung des Fluches.

»Der Deutsche macht mir im Moment am wenigsten Sorgen. Wenn es nicht die Sozis waren, die die Sprengung am Südbahnhotel verursacht haben, wer dann? Dann muss es ein Einzeltäter gewesen sein, und wir müssen von vorne anfangen. Der Goldfüllfederkönig Winkler wäre zwar ein Einzeltäter, aber der steht unter dem persönlichen Schutz unseres Doktor Schober.« Mitschek reichte Schimany die Arbeiterzeitung zurück, befahl ihm mit einer Handbewegung sein Entschwinden aus dem Reiche des Oberinspektors und stützte sein weises Haupt in die Hände.

»›… wird gesprengt. Vielleicht ein Viadukt. Peng!‹«, murmelte er und überlegte, was er übersehen haben könnte. Neun Tage hatte er noch Zeit bis zum 26. September. Ein Blick auf die Aufnahmen des Gästebuches vom Südbahnhotel, die noch immer ungeprüft auf seinem Schreibtisch lagen. Die könnte er später durchblättern, die liefen ihm nicht davon. Erst einmal wollte er sich über die aktuelle Lage auf dem Semmering erkundigen. Am besten wäre es, mit dem nächsten Zug hinaufzufahren, doch das ging nicht.

Also flugs ein Ferngespräch mit dem Postenkommandanten vom Semmering. Und so erfuhr er: Das Bahnwärterhäuschen bei der Kalten Rinne wurde observiert. Bei Tag und bei Nacht. Und nicht von einem Dauerraucher, der mit der Zigarettenglut die Hütte gleich selbst in die Lüfte jagen würde. Auffällige Personen waren im

Hotel nicht gesichtet worden. Bloß die üblichen Herren Schriftsteller und Doktoren, und die kümmerten sich nicht um den Ort der Explosion. Im Post- und Telegrafenamt hatte eine Baufirma mit vielen Elektrikern die Arbeit aufgenommen. Einem der Elektriker war die Uhr gestohlen worden, wahrscheinlich von einer Dame, die mit ihrem Hund, der ein Mascherl trug … Doch das gehörte nicht zu seinem Fall. Mitschek legte missmutig den Hörer auf die Gabel.

Der Grund, warum er nicht sofort auf den Semmering fahren konnte, war folgender: Ihm stand ein von seinem Chef mehr oder weniger befohlener Canossagang bevor. Also auf in die Höhle des Löwen, das Schreibwarengeschäft am Kohlmarkt Nummer 5. Dort herrschte der selbst ernannte Goldfüllfederkönig in seinem Imperium.

Mitschek war schon über 50 Jahre alt, und sein ausgesprochen systematisches und pragmatisches Vorgehen bei Kriminalfällen hatte seine Karriere im Sicherheitsbüro gefördert – trotz des Rückschlages im heurigen Sommer mit der italienischen Fährte. Doch in seiner umfassenden Systematik waren zwei Dinge nicht vorgesehen: nähere Frauenbekanntschaften und eine ausgiebige sportliche Betätigung. Aber manchmal überlistete er absichtlich sein eigenes System nach dem Motto: Ich oder ich, wer ist jetzt gescheiter?

So auch jetzt. Er bekämpfte seinen Unwillen gegen jegliche körperliche Anstrengung und schlug einen forschen Fußmarsch zum Franz-Josefs-Kai ein, eine der wenigen Straßen in Wien, die nach der Ausrufung der

Republik den alten, an das Hause Habsburg erinnernden Namen behalten hatte. Beim Hotel Métropole* bog er ins Stadtinnere und erreichte über die Tuchlauben den Kohlmarkt. Und schon stand er vor der Nummer 5, einem typischen Haus aus der Gründerzeit. In der ebenerdigen Zone das Schreibwarengeschäft des Goldfüllfederkönigs.

Max Mitschek trat zu den Auslagenscheiben und las mit zunehmendem Frust die von innen fixierten Schriften. Diejenige mit der von Ernst Winkler persönlich verhinderten Explosion des Südbahnhotels kannte er schon. Weiters ein Bericht über ein Collier, das Winkler jener Frau geschenkt hatte, die ihren Ehemann, den berühmten Tenor Traian Grozăvescu**, ermordete hatte. Kannte der Goldfüllfederkönig diese betörende Frau, die in einem die Massen aufrührenden Prozess freigesprochen worden war?

Auf einer Höhe von etwa einem Meter über dem Boden waren die Goldfüller platziert. Durch ihre besondere Einfärbung schimmerten sie im Glanz der Sonnenstrahlen tatsächlich golden.

Mitschek hätte am liebsten kehrtgemacht, als er

---

* Ab März 1938 diente dieses Hotel als Gestapo-Zentrale in Wien. Nach einigen Bombentreffern im Jahr 1945 wurden die Reste des Gebäudes 1948 abgerissen. Heute erinnert ein Denkmal an dieser Stelle an die Opfer des Nationalsozialismus.

** Traian Grozăvescu, rumänischer Sänger an der Wiener Staatsoper, wurde am 15. Februar 1927 in seiner Wohnung in der Wiener Lerchenfelder Straße von seiner Frau Nelly erschossen. Nelly Grozăvescu hatte kurz zuvor eine Fehlgeburt erlitten. Ihr wurde deswegen eine »Sinnesverwirrung« attestiert und sie wurde am 25. Juni 1927 freigesprochen.

Ernst Winkler hinter der Budel sah, der ihm grinsend zuwinkte. Aber es half alles nichts, er musste hinein.

»Meine Verehrung!«, rief der Füllerkönig ihm entgegen. »Herr Oberinspektor, Sie sind doch nicht gekommen, um mich zu verhaften?«

Der weiß genau, dass ich ihm nichts nachweisen kann, und macht sich über mich lustig, dachte Mitschek verstimmt. »Diesmal wohl nicht«, gab er zur Antwort, wandte sich ab und betrachtete die in den Vitrinen ausgestellten Füller, Stifte und Tintenfässchen.

»Nicht? Andere haben für einen Lercherlschaß* den Achter** erhalten«, tat Winkler erstaunt.

Im Oberinspektor kochte die Wut. Er trat zur Budel und fixierte den Goldfüllfederkönig kampfeslustig. Doch er riss sich zusammen und sagte ruhig: »Herr Winkler, ich will Ihnen mitteilen, dass amtlicherseits nicht mehr gegen Sie ermittelt wird.«

»Aha, amtlicherseits. So bahnt sich die Gerechtigkeit ihren Weg. Und was glauben Sie persönlicherseits?«

»Was ich glaube, das ist nicht weiter von Belang. Schöne Bleistifte haben Sie!« Er deutete auf eine der Vitrinen.

Ernst Winkler öffnete die Vitrine. »Wollen Sie einen Bleistift? Hardtmuth, mit 16 Härtegraden. 1, 2, 3, 4 …«

Mitschek besah sich die rechte Hand des Füllerkönigs, mit der er den Stift hochhielt. »Sehen Sie, das verbindet uns. Dem Anschein nach sind auch Sie Junggeselle, weil Sie keinen Ring tragen.«

---

* Kleinigkeit, Geringfügigkeit

** Handschellen

»Kompliment, da bemerkt man den Chefinspektor. Gegen mich wird also nicht mehr ermittelt? Welche Fügung hat Ihnen zu dieser Erkenntnis verholfen?«

Das weiß der doch genau, der will mich nur erniedrigen, dachte unser Krimineser. Deshalb ging er nicht auf die Frage ein. »Ist Ihnen übrigens bekannt, dass dieser Hardtmuth auch Architekt war? Unter anderem hat er den Husarentempel auf dem Kleinen Anninger gebaut.«

»Aha, auf dem Anninger, den man von Mödling aus erreichen kann?«

»Richtig. Nach zwei Jahren hat eine Sturmbö den Tempel weggerissen, und dann ist der Architekt Joseph Kornhäusel drangekommen und hat den neuen Tempel errichtet.«

»Und um mir das zu sagen, sind Sie in meinen Laden gekommen?«

»Sie haben den Grund, die Exkulpation, schon vergessen? Vielleicht, weil Sie es schon gewusst haben? Sei's drum, das hab ich mir eh schon gedacht. Ich bin auch gekommen, weil ich mir Ihren Laden hier am Kohlmarkt ansehen wollte. Dürfte ja recht gut gehen.«

»Sehen Sie, und damit er noch besser geht, mache ich meine ausgefinkelte Reklame. Mit dem Südbahnhotel, mit dem toten Tenor. Vielleicht haben auch Sie bald die Ehre, als Chefermittler meine schöne Auslage zu schmücken.«

»Tot oder lebendig?«

Winkler lachte lauthals. »Das hängt von Ihnen ab«, antwortete der mit allen Wassern gewaschene Füllfederkönig.

»Vorerst reicht mir eine kleine Feder. Sozusagen als ewige Erinnerung an unser Treffen.«

»Wie der Herr Oberinspektor belieben. Welche ist Ihnen recht?«

Mitschek war es vollkommen egal, er zeigte auf die dritte von links.

Ernst Winkler nahm sie aus der Vitrine, umwickelte sie mit Papier und legte sie in eine kleine Schatulle. »8,50 Schilling für unseren Herrn Chefinspektor.«

Mitschek reichte ihm einen Zehner und steckte die Schatulle in die Außentasche seines Rockes. »Und für den Rest kaufen Sie sich ein Packerl Ekrasit!« Ohne mit der Wimper zu zucken, machte er auf dem Absatz kehrt und verließ den Laden. Zu schade, dass er Ernst Winklers Reaktion nicht mehr sah. Aber umdrehen konnte er sich auf keinen Fall.

Am Abend betrat Max Mitschek mit den Ablichtungen des Gästebuchs vom Südbahnhotel das Café Museum. In Wien schlief man nämlich vorsorglich bei der Arbeit, dafür arbeitete man im Kaffeehaus, und zu Hause wurde man krank. Oder so ähnlich.

Schon am Eingang ärgerte sich der Oberinspektor über einen Mann am ersten Tisch, der einen Rotwein vor sich stehen hatte. Bestimmt ein Deutscher, dachte Mitschek. Im Kaffeehaus trank man einen der zahlreichen Kaffees, die es in Wien gab, aber niemals einen Wein! Dazu besuchte man einen Heurigen. Dieser wiederum hatte keinen Kaffee, denn der Heurigenwirt durfte gemäß der Konzession keinen Kaffee ausschenken. Und im Biergarten trank man Bier. Nur in Sonderfällen durfte von diesem Regulativ Abstand genommen werden. Etwa bei blutwurstmäßiger Besoffenheit. Wenn man blunzenfett war, auf gut Wienerisch.

Doch wozu sich echauffieren? Schnell huschte er am Tisch von Leo Perutz vorbei, er hatte im Moment keine Lust auf Metaphysik. Der Kellner servierte umgehend einen Großen Schwarzen, und Max Mitschek studierte mit voller Konzentration die fotografierten Seiten des Gästebuches vom 12. und 13. September. Er notierte alle Namen, doch keiner kam ihm bekannt vor. Außer Ernst Winkler, Konfession kath. Am fünften Blatt waren die Übernachtungen zu Monatsbeginn eingetragen. Dort kannte er zwei Namen: Karl Kraus – aha, dieser Fackelkraus nächtigte also im Südbahnhotel – und Adolf Loos. Kurz erstarrte er vor Ehrfurcht. Dieser Adolf Loos hatte doch das Mobiliar des Kaffeehauses entworfen, in dem er gerade saß! Adolf Loos war der Ausstatter des Café Museum. Schnell ließ er seinen Blick durch den Raum schweifen. Das Eckcafé mit der Sitzkassa, die fehlenden Plüschgarnituren, die hängenden Kugeln als Lampen, die Regale mit den Lexika …

Zurück zu seiner Arbeit. Doch mit dem Gästebuch kam er nicht weiter. War es nicht auch unwahrscheinlich, dass der Attentäter – oder vielleicht mehrere – im Südbahnhotel übernachtet hatte? Er rief nach dem Zahlkellner.

Als er sich erhob und Richtung Ausgang ging, hielt Leo Perutz ihn beim Vorbeihuschen an. »Herr Oberinspektor, einen kurzen Moment für eine Frage. Ein Kommissar lügt nicht. Ist diese Behauptung richtig oder falsch?«

»Das hängt davon ab, ob das Wort ›ein‹ ein unbestimmter Artikel oder ein Zahlwort ist. Richtig oder falsch?«

Durch seine Antwort hatte der Prager Literat ein zu bekiefelndes Problem erhalten, und der Oberinspektor konnte ungestört das Kaffeehaus verlassen. Seine nächsten Untersuchungen mussten schnell und präzise erfolgen. Da konnte er sich keine Metaphysik leisten.

9. KAPITEL RETARDIERENDES INTERMEZZO I

*Die Werkstatt von Adolf Loos * Die verkaufte Braut * Die Welt wird Licht*

Weil dieser Florian Waxriegel unvermittelt in diese Geschichte schlüpfte und damit auch seine überhaupt nicht auf den Semmering passende Frau Berta, soll an dieser Stelle etwas über seine Herkunft und seine Ambitionen erzählt werden.

Geboren ward Florian Waxriegel 1896 in Brünn in der Friedhofsgasse nahe des Palais Kaunitz.* Sein Vater betrieb dort in einem Kellerlokal eine Koks- und Kohlehandlung, das Brennmaterial verkaufte er vorzugsweise an die in der Gegend wohnende tschechische – eigentlich mährische – Bevölkerung. Seine Mutter half gelegentlich beim Aufladen der Kohlensäcke und verstarb früh an einer Lungenkrankheit. Die kleine Wohnung befand sich ebenerdig genau über dem Kohlelager. Der junge Floh, wie er bald genannt wurde, manche sagten auch »blecha« zu ihm, weil

* Wenzel Anton Graf Kaunitz agierte von 1753 bis 1792 als Staatskanzler in der Bürokratie der Monarchie. Hinter dem damaligen Brünner Friedhof lag das Palais Kaunitz, seinen Stammsitz hatte er in Slavkov (Austerlitz) in der Nähe von Brünn (heute Brno).

das der tschechischen Übersetzung entsprach, verstand sich kaum mit seinem stets vom Ruß geschwärzten Vater. Außerdem stieg ihm der penetrante Kohlengeruch zusehends in die Nase, weshalb er seine jugendliche Freizeit ein paar Häuser weiter stadteinwärts verbrachte, wo das »Deutsche Haus« mit dem Denkmal für Kaiser Joseph II. den Herrschaftsanspruch der Deutschsprachigen in der Stadt Brünn markierte. Dort hielt er sich im Ausstellungsraum eines Steinmetzbetriebes auf, der einem gewissen Adolf Loos gehörte. Der alte Adolf Loos hatte nichts dagegen, wenn der junge Floh zwischen den ausgestellten Grabsteinen und Brunnenfiguren aus Marmor »Verstecken« spielte oder ein paar Kerzen in die dafür vorgesehenen Ampeln stellte. Nur wenn er auf die Brunnenfiguren pinkelte, musste er vorsichtig sein, denn der alte Adolf Loos hätte ihn verprügelt, wenn er ihn erwischt hätte. Der Steinmetz besaß auch einen Marmorsteinbruch bei der Burg Pernštejn, etwa 40 Kilometer nordwestlich von Brünn, wohin ihn Floh manchmal begleiten durfte.

Mit Adolf Loos' gleichnamigem Sohn sollten sich Flohs Lebenslinien auch später noch des Öfteren kreuzen, aber das konnte der junge Floh damals nicht wissen. Sohn Adolf Loos besuchte in Brünn die Staatsgewerbeschule. Floh gelang es, seinen rußgeschwärzten Vater davon zu überzeugen, auch ihn auf jene Schule zu schicken, in der sich der Sohn des Steinmetzen von nebenan das sogenannte Wissen anzueignen trachtete.

Kurz vor der Matura, genauer im Jahr 1915, besuchte der junge Florian Waxriegel das von den Wiener Theaterarchitekten Fellner & Helmer errichtete »Theater auf den Wällen«*. Auf die Spuren dieses Ferdinand Fellner sollte Floh später am Semmering noch öfter stoßen, denn die Geschichte der Menschen verläuft nie linear, sondern stets in Schlingen und Kurvungen, so auch diese Geschichte.

Zurück zum Floh. Der ergötzte sich in Brünn im »Theater auf den Wällen« an einer Aufführung der Oper »Prodaná nevěsta«, auf Deutsch: »Die verkaufte Braut« von Bedřich Smetana. Für sein weiteres Leben war dieser Opernbesuch aus zweierlei Gründen prägend. Erstens stellte Floh mit Interesse fest, dass der schmachtende Hans – oder Jan – während seiner hingebungsvollen Liebesarie an sein Mariechen auf der Bühne zwei Flaschen Bier trank. Ob in den Flaschen tatsächlich das Hopfengetränk abgefüllt war, das konnte unser Floh nicht wissen. Vielleicht war darin nur Zitronenwasser. Oder Eiskaffee. Jedenfalls dachte der Floh: Aha! Der trinkt ein Bier, wenn er etwas erreichen will. Also muss man ein Bier trinken, um zum Ziel zu kommen. Und seither bestellte er bei jeder Gelegenheit, ob in einem Wiener Kaffeehaus oder in einem durch unbekannte Gegenden rollenden Zugrestaurant, eine Flasche Bier. Bald kam er darauf, dass ihm das gezapfte Bier – Pilsner, Budweiser oder Altbrünner – besser mundete als das Flaschenbier, also trank er stets ein gezapftes Bier.

Zweitens war das »Theater an den Wällen« seit seiner Eröffnung 1882 elektrifiziert. Es war das erste Thea-

* Heute Mahen-Theater oder tschechisch: Mahenovo divadlo.

ter in der Monarchie, das ohne Petroleumlampen auskam. Erst ein Jahr zuvor, im Dezember 1881, hatten über 380 Besucher im Wiener Ringtheater wegen eines sich schnell ausbreitenden Brandes ihr Leben gelassen. Insgesamt strahlten im Brünner Theater also 1.920 Glühbirnen mit Kohlefasern von den Decken und Wänden, für die Energieversorgung war ein eigenes Dampfkraftwerk errichtet worden. Die Elektrifizierung war nach den Planungen und Berechnungen des großen Thomas Alva Edison aus dem fernen Amerika durchgeführt worden, der bei der feierlichen Eröffnung des Opernhauses als Ehrengast geladen gewesen war.

Wie leuchteten die Augen des jungen Floh, als zu Beginn der Pause und nach dem langen Schlussapplaus mit einem Schlag – oder Handgriff – das gesamte Theater illuminiert wurde. Die Welt wird Licht, dachte er, und die theatralische Illuminierung gefiel ihm fast besser als die Inszenierung der Oper.

Das waren also die beiden Lebenselixiere des Florian Waxriegel: Bier und Elektrizität. Noch in der letzten Klasse der Staatsgewerbeschule begann er, sowohl die Biergärten als auch die Module, Generatoren und Turbinen der Stadt mit äußerster Sorgfalt und Akribie zu studieren. Sein älterer Freund Adolf Loos – Vater Adolf Loos war bereits gestorben – ließ ihn dabei in der zu einer Werkstatt umgebauten Ausstellungsfläche des Steinmetzbetriebes mit den Marmorblöcken experimentieren. Und er nahm ihn mit, als er zu den Mädels in der Eichhorngasse ging und mit ihnen in einem der Keller in den Hinterhöfen verschwand. Dass sich Adolf Loos dabei eine Krankheit holte, die er nicht behandeln ließ, weil er sich vor den Ärzten genierte, ist wieder eine andere Geschichte. Jedenfalls war der aufstrebende Architekt dadurch zeugungsunfähig geworden, was ihm später bei seinen zahlreichen Geliebten manches Mal von Vorteil, manches Mal aber auch von Nachteil war. Nicht selten diente der junge Floh ihm als Hilfskraft, aber vorerst nicht bei den Mädels in der Eichhorngasse, sondern bei der Konstruktion von Anrichtetischerl oder einer Sitzcouch für die betuchte Gesellschaft. Oder wenn er verschiedenste Steinblöcke zu einem nicht symmetrischen Ordnungssystem zusammenstellte, das er dann als Siedlung oder als Wohnanlage oder als Ausstellungsobjekt bezeichnete.

Nach seiner Matura ersuchte der Floh Waxriegel die Banken in Brünn demütigst um Kredite, um seine ersten, etwas großspurigen Vorhaben zu verwirklichen. Etwa die Stromversorgung von Kommunen durch die Errichtung von riesigen Flusskraftwerken, was in der mährischen Hauptstadt durchaus im Bereich des Möglichen lag. Weiters wollte er Patente anmelden, etwa für die interne Kommunikation bei elektrisch betriebenen Eisenbahnstrecken. Die prompten Ablehnungen und damit die Tatsache, dass er die Kredite nicht zurückzahlen konnte, hatten für ihn jedoch keine weitreichenden Folgen, denn im Jahr 1914 brach jener Weltkrieg aus, der viel später als der Erste bezeichnet werden sollte.

Florian Waxriegel wurde im Herbst 1915 als Flachländler mit vielen Ungarn – ebenso Flachländler wie er selbst – kurioserweise in den Bergkämpfen oberhalb des Isonzotales eingesetzt. Da mit den MG-Stellungen im toten Gestein nicht viel zu erreichen war, spezialisierte er sich auf Sprengungen. Er bohrte Gräben und Löcher und kleine Tunnels in die verwitterten, unzugänglichen Kalkgebilde, und ab und zu gelang es seiner Sprengtruppe, den Gipfel, unter dem sie einen Schacht gebohrt hatten, mit einem Handgriff in die Luft zu jagen. Da bei diesen Sprengungen jedoch vor allem die Ungarn und Böhmen und Mährer erschlagen wurden und nicht die feindlichen Italiener, versetzte man den tapferen Floh in eine Truppe, in der er mit seinen Sprengversuchen weniger Schäden anrichten konnte.

1918 war der Krieg beendet, und Herr Waxriegel glitt in die Orientierungsphase. Sein Vater, der Kohlenhändler in der Brünner Kaunitzgasse, war verstorben, Brünn hieß jetzt Brno und gehörte zu einem anderen Land. Also schlug Floh sich nach Wien durch und fragte in den Kaffeehäusern nach Adolf Loos, Steinmetz oder Siedlungsplaner oder Architekt, der sich seines Wissens nach in der Donaumetropole aufhalten sollte. Und tatsächlich, nach einem gezielten Tipp spürte er besagten Jungarchitekten im Café Museum am Karlsplatz auf.

Adolf Loos zeigte sich von seiner charmanten Seite, zahlte seinem Brünner Exgehilfen gleich drei Biere und half ihm mit einer größeren Anzahl von Geldscheinen aus. Und auch das Wohnungsproblem löste der spendable Herr Loos auf seine Weise. Florian Waxriegel konnte in der von Loos gestalteten oder errichteten oder geplanten Wohnung »Löwenbach« in der Wiener Reischachstraße 3 eine kleine Logie beziehen. Die Wohnung des Privatiers Löwenbach im 1. Bezirk umfasste insgesamt 500 Quadratmeter, und etwa 50 davon durfte unser Floh nutzen, eine Dienstbotenwohnung mit einem von Adolf Loos extra hinzugebauten Verbindungsgang zu den Räumen des Privatiers. Ab und zu warf unser Floh einen Blick in die von Loos eingerichteten Zimmer mit den Teppichverkleidungen und den luxuriösen Marmorwänden. Das war keine Wohnung, das waren imposante Räumlichkeiten! Die Zimmer konnten durch Schiebetüren variabel gestaltet werden, und anhand eines Spiegels riesigen Ausmaßes wurden die Räume durch Illusion beinahe grenzenlos erweitert. So ein Heim möchte ich mir auch einmal leisten können, dachte er nicht nur einmal. Doch bis zum Schluss seiner Bleibe in dem kleinen Dienstbotenzimmer konnte Floh nicht herausfinden, welcher Profession dieser Herr Emil Löwenbach nachging.

Nebenbei studierte er an der Wiener Universität Elektrotechnik, und hauptbei trank er im Weinhaus Wild nicht den angebotenen Retzer Wein, sondern stets ein paar gezapfte Biere. Zudem beschäftigte er sich mit Experimenten und Erfindungen. Von Elektrifizierungsprogrammen für kommunale Beleuchtungen war er abgekommen, mit Staudämmen und Kraftwerken konnte er in Wien keinen Staat und schon gar keine Kommune gewinnen.

Direkt am Weinhaus Wild führte eine Bahntrasse mit Dampfzügen vorbei. Wenn Floh im Garten des Weinhauses aus seinem Bierkrügel schlürfte, zischte, keuchte und pfauchte alle 15 Minuten eine den Zug schleppende Dampflokomotive vorbei. Und ihm kam eine neue Idee: die Elektrifizierung von Eisenbahnstrecken. An dieser Idee tüftelte er fortan ohne Unterlass.

Und er hatte Erfolg. Freund Loos weilte des Längeren in Paris, wo er unter anderem eine Villa für die Tänzerin Josephine Baker entwarf. Über seine Kontakte mit den französischen Eisenbahnen wurden diese auf das Konzept des unbekannten Erfinders aus Wien aufmerksam. Und binnen einem Jahr, also 1922, kauften sie das System von Florian Waxriegel, das dieser längst beim Patentamt angemeldet hatte. In Frankreich hatte die Regierung 1920 beschlossen, eine Versorgung mit Gleichspannung von 1500 Volt für alle neuen Elektrifizierungen der Bahnstrecken durchzuführen. Im System Waxriegel wurde eine dritte Schiene geplant, die der Kommunikation zwischen Lokführer, Zentralstellwerk und Stationsvorstand dienen sollte.

Auf einmal war Herr Waxriegel ein begüterter Mann. Während Freund Loos das verdiente Geld mit vollen Händen zum Fenster hinauswarf, ungeachtet seiner Maxime, dass Fenster nur dazu dienten, die Räume zu belichten, wollte Floh Waxriegel einen sicheren Weg gehen. Einen Teil des Geldes deponierte er in der Assicurazioni Generali, einem großen Versicherungsunternehmen. Sodann hielt er Ausschau nach einer passenden Wohnung oder einem kleinen Häuschen. Diesbezüglich hatte er nur zwei fixe Bedingungen: Es sollte in der

Nähe einer Eisenbahnstrecke sein und er sollte zu Fuß ein gutes Bierlokal erreichen können.

In der Wiener Zeitung vom 14.4.1924 fand er eine Anzeige, und sofort nach der ersten Besichtigung schlug er zu. Das Häuschen befand sich in der Eichenstraße im Bezirk Meidling direkt an der Südbahnstrecke, und fünf Minuten fußläufig lag der »Neumargaretner Spitz«, ein Wirtshaus, das für exzellenten Bierausschank bekannt war. Im Jahr 1925 war seine Übersiedlung beendet. Ganz in der Nähe führte die Philadelphiabrücke über die Gleise der Südbahn. Die Brücke hatte ihren Namen nach der ersten auf der Südbahn eingesetzten Dampflokomotive erhalten, die von der Firma Norris in Philadelphia hergestellt worden war. Die Lok war per Schiff nach Triest und von Triest mit Pferdegespannen über den Semmering nach Meidling transportiert … Wir verlieren das Thema der Geschichte, von wegen Windungen und Schlingen, also schnell zurück zum Floh Waxriegel.

10. KAPITEL RETARDIERENDES INTERMEZZO II

*Floh heiratet seine Berta * Floh gründet eine Firma * Floh feiert im »Neumargaretner Spitz«*

Das neue Waxriegel-Heim war eines von sechs etwa gleichartig im »Schweizerstil« errichteten kleinen Häusern, die im Jahre 1875 an der Eichenstraße in Wien-Meidling gebaut worden waren. Das linke Nachbarhaus wurde von der bereits erwähnten Frau Hanna Knofleben bewohnt. Sie leitete ein »Drogengeschäft« in der Meidlinger Hauptstraße, in dem sie Putz- und Waschmittel an die zumeist weibliche Kundschaft verkaufte. Ob sie damals mit unserem Floh ein Verhältnis hatte, war ungewiss, aber viele Indizien deuteten auf ein intimes Zusammenleben der beiden Hausnachbarn. Jedenfalls streckte sie ihm später, als er sie anpumpte, um die Villa auf dem Semmering zu erwerben, ein paar Hunderttausender vor.

Aber noch handelt die Geschichte in der Meidlinger Eichenstraße. Zu jedem dieser Häuser gehörte ein kleiner Innenhof sowie ein relativ großer Schupfen, den Floh als seine Werkstatt einrichtete. Die Häuser hoben sich merklich ab von den billigen Eisenbahnerbauten, die der

Architekt Wilhelm Flattich für die Hackler der Südbahn errichtet hatte. Dies waren unverputzte Zinskasernen mit Einzimmerwohnungen, deren Kleingärten direkt ans erste Gleis der Südbahn grenzten. Und oft schlichen die Eisenbahnerfrauen verbotenerweise auf die Gleise, um die vom Tender gepurzelten Kohlestücke einzusammeln und ihre kleine Wohnung damit zu beheizen.

Bei jedem vorbeidampfenden Zug und ungünstigen Windverhältnissen hatte der Floh den Aschestaub in seinem kleinen Garten und manchmal sogar eine dicke Schicht Rußflankeln in seinem Zimmer. Er fühlte sich ganz wie in der Wohnung seines Vaters in der Kaunitzgasse in Brünn, des Kohlenhändlers, der stets rußverschmiert abends seine Suppe gelöffelt hatte. Und Floh suchte nach einer Putzfrau. Er fand eine tüchtige, die Berta Prassnitz hieß. Da sie dem Floh auch gutes Bier brachte, erst einmal in der Woche, dann zweimal in der Woche und schließlich jeden Tag, fiel ihm die Liebesarie ein, die der gute Hans dem Mariechen im »Theater an den Wällen« geschmettert hatte. Er benötigte jedoch keine Liebesarie, sondern sagte klipp und klar heraus, dass sie in den Stand der Ehe treten könnten, da sie ohnehin jeden Tag die Wohnung putze und ihm Bier vorbeibringe. Und weil die Berta dem nichts entgegenzusetzen hatte, verführte er sie auf der von seinem Freund Loos konstruierten Liegecouch in seinem Wohnzimmer. Genauso wie sein älterer Freund litt auch er an Zeugungsunfähigkeit, seit er zusammen mit ihm noch vor dem Krieg die Mädeln in der Brünner Eichhorngasse besucht hatte. Er würde also seiner Berta zu keinem kleinen Floh und keiner Flöhin verhelfen.

Der Termin für die Hochzeit wurde auf den 14.4.1926 vereinbart. Für Zahlenmystiker: Genau an diesem Datum vor zwei Jahren hatte Floh Waxriegel die Anzeige des Hauses in der Wiener Zeitung gelesen. Sie heirateten in der dem heiligen Nepomuk geweihten Kirche am Migazziplatz und feierten danach im Wirtshaus »Am Neumargaretner Spitz«, das später als »Pauser« im ganzen Bezirk bekannt werden sollte. Zur Hochzeit geladen waren die Bewohner der übrigen im Schweizerstil erbauten Häuser. Im Wirtshaus stieß er mit seinem Krügel auf seinen alten Spezi Adolf Loos an. Jedoch nur *in effigie*, also bildlich, wie sich Herr Loos dazu ausdrücken würde. Denn dieser weilte schon wieder in Paris, um dort die Dependance des bekannten und überaus mondänen Wiener Herrenmodesalons Kniže zu errichten.

Von nun an – immerhin zählte unser Floh schon 30 Jahre, seine Berta hingegen hatte erst 24 hinter sich – führten die beiden ein ausgeglichenes und zufriedenes Zusammenleben, das nur dadurch getrübt wurde, dass die arme Berta andauernd den Ruß der Südbahn wegputzen musste. Sie putzte am Morgen, sie putzte zu Mittag, sie putzte am Abend, nur in der Nacht, da putzte sie nicht, weil die Meidlinger Finsternis den Ruß der Südbahn überdeckte. Aber riechen konnte man ihn, am Morgen, zu Mittag, am Abend und auch in der Nacht, wenn die Glocken der Nepomuk-Kirche am Migazziplatz die Geisterstunde einläuteten.

Also hatte Frau Berta Waxriegel eine tolle Idee: Im Dienstbotencomptoir fand sie die Adresse einer Putzfrau, die von nun an jeden Werktag mit dem Putzfetzen im Haus an der Eichenstraße herumwerkte. Sie selbst besprach mit den Damen der Nachbarhäuser die Schnitte der modernen Hüte und die Notwendigkeit von Volants an den Röcken.

Auch der Floh hatte eine ganz tolle Idee: Er wollte die Südbahn elektrifizieren, so wie der Herr Edison das »Theater an den Wällen« in Brünn elektrifiziert hatte. Nach einem Jahr der Tüftelei und der Visitation der bereits bestehenden elektrischen Trasse von Mödling bis in die Hinterbrühl plante er, der Generaldirektion der Bundesbahnen sein genaues Konzept vorzulegen: Stromerzeugung mit Turbinen in der Donau und Stromübertragung zunächst für die Strecke vom Wiener Südbahnhof über den Semmering, dann, in einer zweiten Bauphase, weiter nach Graz, Maribor, Ljubljana bis nach Triest. Freilich ein technischer und auch ein arbeitsmarktpolitischer Hammer, denn damit könnten Tausende Arbeitslose beschäftigt werden, die derzeit an den Halden der Südbahn hockten und bevorzugt in deren Kohlenlager übernachteten.

Um dies zu erreichen, überlegte er, eine Baufirma zu gründen, bei deren Konstituierung ihm sein Freund Adolf Loos bestimmt behilflich sein würde, denn auch ein bekannter Architekt wie Loos würde nichts einzuwenden haben, wenn er seine Bauaufträge mithilfe einer ihm vertrauten Firma verwirklichen könnte.

Als er die Gründung der Baufirma beschlossen hatte, hieß unser Floh seine Berta, ihr bestes Abendkleid anzuziehen. »Die Südbahn wird mit Strom versorgt werden! Sie wird illuminiert, sie wird erstrahlen im Lichte des unaufhaltsamen Fortschrittes! Die Bahngesellschaft kann mein Angebot gar nicht ablehnen!« Noch im Wohnzimmer, in dem er dereinst seine damalige Putzfrau verführt hatte, öffnete er die erste Bierflasche, sodann im Vorzimmer die zweite. Dann eilte er mit seiner nunmehrigen Ehefrau hinunter zum »Neumargaretner Spitz«, um beim Wirten ein gezapftes Bier zu bestellen.

Berta hatte für den Eigenbedarf zwei Kracherl in ihrer Handtasche versteckt, und als die Glocken des heiligen Nepomuk die Geisterstunde einläuteten, goss die brave Berta ihr erstes Kracherl in ihre bislang trockene Kehle. Und der Floh griff ihr mit seiner Linken, in der Rechten hielt er ja sein Krügerl, in den tiefen Rückenausschnitt ihres exklusiven Abendkleides.

Der Wirt rief laut, sodass es auch die Besucher im letzten Winkerl hören konnten: »Prost dem edlen Herrn Erfinder!«

Ein paar Tage später hängte er ein Foto des edlen Erfinders an die Lamperie des Schankraums im »Neumargaretner Spitz«. Daneben prangte das Foto der damaligen Kicker des Fußballvereins Rapid, da sich im selben Wirtshaus die Gefolgsleute des grün-weißen Vereins einmal in der Woche zu einem kickerischen Besäufnis trafen.

11. KAPITEL RETARDIERENDES INTERMEZZO III

*Die Fahrt nach Triest * Der Bankkredit * Die Villa auf dem Semmering*

Zwei Jahre später, am 14.4.1928, stieg Florian Waxriegel am Wiener Südbahnhof um 8.10 Uhr in den Schnellzug nach Triest. Nachdem er im Restaurantwagen einen behaglichen Platz gefunden hatte, schaute er aus dem Fenster und betrachtete die vorüberziehende Weingegend hinter Gumpoldskirchen. Bei der Einfahrt in das Busserltunnel erhaschte er einen Blick auf das Motto des Erbauers am Tunnelportal: »Recta sequi« – »Folge der Geraden«. Der Grund für den Bau des ältesten Bahntunnels Österreichs an dieser Stelle war umstritten, wie Floh wusste, denn es durchquerte keinen Berg, sondern nur einen kleinen Hügel. Die einen sagten, Kaiser Ferdinand I. habe einfach Freude daran gehabt, ein Eisenbahntunnel zu bauen, die anderen behaupteten, man wollte durch die Begradigung der Strecke an dieser Stelle die Kosten senken. Floh gefiel eine andere Erklärung am besten: Die kurze Dunkelheit während der Passage sollte den Fahrgästen Zeit für ein schnelles heimliches Busserl verschaffen.

Im Bahnhof Gloggnitz wurde während einer längeren Pause eine kolossale zweite Dampflokomotive vorgespannt. Dann ging es weiter, und bald schon näherte sich der Zug dem 13-bögigen Schwarza-Viadukt bei Payerbach, auf dem sich die Trasse um 180 Grad drehte, um anschließend die Steigung auf den Semmering zu bewältigen. Es folgten unter anderen das Höllgraben-Viadukt, das fünfbögige Abfaltersbach-Viadukt und später, nachdem die Trasse bei Eichberg erneut um 180 Grad gedreht hatte und der Zug bei Breitenstein angelangt war, das Krauselklause-Viadukt mit zwei Ebenen. Am besten aber gefiel unserem Floh das Viadukt über die Kalte Rinne, das sogar eine Wendung um mehr als 190 Grad ermöglichte, um von einer Talseite auf die andere zu wechseln. Von dort aus hatte er nun einen guten Blick auf die Bahntrasse, auf der der Zug vor zehn Minuten gefahren war, und die Polleroswand, hinter der die Strecke den steilen Felsen als Galerie durchbrach.

Nun erreichte der Zug den Bahnhof von Semmering mit der Büste von Carl von Ghega. Vor 100 Jahren hatten viele Ingenieure die Befahrung der steilen Strecke auf den Semmering mit Dampfmaschinen für unmöglich gehalten, und auch unter den Einheimischen hatte es einige gegeben, die dem Projekt Alpenüberquerung per Bahn misstraut hatten, nicht nur die Fuhrwerksunternehmer. Doch der in Venedig geborene Ingenieur Ghega hatte es allen gezeigt, indem er spezielle Lokomotiven mit Adhäsionsantrieb konstruiert hatte.

Im Semmering-Tunnel trank Floh sein erstes Bier, und

weiter ging es über Mürzzuschlag und Bruck an der Mur nach Graz, von dort aus nach Maribor, Ljubljana und Borovnica, wo die Südbahn über das phänomenale Viadukt über den Laibacher Sumpf fuhr.* Es war unglaubliche 561 Meter lang, zweigeschossig, und für dessen Bau waren 5 Millionen Ziegelsteine verwendet worden. Das obere Geschoss umfasste 25 Bögen, wodurch das Bauwerk als das längste und schönste Viadukt in Europa galt.

In der Kalkschicht des Karstes genehmigte Floh sich ein zweites Bier und betrachtete die engen Kalktröge bei Sežana, die zur Trassenführung durch den Karst gegraben worden waren, und die Viaduktfolge von Aurisina, bevor der Zug um 20.10 Uhr die Endstation der Südbahn, nämlich den Bahnhof Trieste Centrale, erreichte.

Dem Waggon entstiegen, trank Floh Waxriegel in der Bar des Bahnhofs das dritte Bier, das ihm gehöriges Bauchgrimmen verursachte, denn es war weder ein Pilsner noch ein Budweiser und schon gar kein Altbrünner.

Über die Piazza Oberdan suchte er das legendäre Posthotel auf, in dem er ein Zimmer gebucht hatte. Und dort sah er nur noch die Klosettmuschel, weil er das dritte Bier, das er in der Bahnhofsbar getrunken hatte, in die Muschel zurückspülte. Den Namen der Biersorte hatte er bereits vergessen.

---

* Das kleine slowenische Dorf Borovnica wurde von der Habsburgischen Bürokratie Franzdorf genannt, das Viadukt entsprechend »Franzdorfer Viadukt«. Der kolossale, von Ghega konstruierte Bau wurde im Zweiten Weltkrieg größtenteils zerstört und Jahre später vollends demontiert. Ein paar Überreste gibt es noch, darunter ein Pfeiler in Borovnica, der zur Gedenkstätte gehört, in der ein Modell des Viadukts zu sehen ist.

Als Floh am nächsten Tag nach dem Frühstück auf die Piazza Oberdan schritt, war das Grimmen vom Vorabend vergessen und er bestellte am Kiosk auf Deutsch und auf Tschechisch eine Flasche Bier. Als Antwort erhielt er ein paar italienische Flüche, und Floh Waxriegel wusste nicht, ob er als Idiot galt, weil er ein Bier verlangt oder weil er dies auf Deutsch und auf Tschechisch probiert hatte.

Also ließ er das mit dem Bier und kaufte sich in Gebärdensprache ein Billett für die Tranvia, die Straßenbahn, die vor dem Kiosk startete und hinauf in den Karst nach Opicina fuhr. Und der Betrieb erfolgte elektrisch! Keine unnötige Dampferei hier in der Küstenstadt! Hingegen zwei Gleichstrommotoren mit je 20 Kilowatt, die über zwei Fahrschalter mit sechs verschiedenen Fahr- und ebenso vielen Bremsstufen gesteuert wurden.

Floh setzte sich in das hölzerne Vehikel mit den Strombügeln und fuhr an dem Obelisken an der Karstkante samt dem dazugehörenden Hotel vorbei bis in das von Slowenen bewohnte Dorf Villa Opicina oben auf dem Karstplateau.

Am Folgetag, am 15. April 1928, reiste Floh Waxriegel mit dem Dampfzug nach Wien zurück. Er hatte seine Orientierungsphase beendet, die Strecke sozusagen in der Westentasche, kannte jeden Abschnitt der Eisenbahnlinie zwischen Wien und Triest. Nun wurde es Zeit, die Südbahn mit der Elektrifizierung und somit mit dem Licht der Moderne auszustatten.

Am 30. April 1928 fuhr Florian Waxriegel mit der Elektrischen zum Wiener Praterstern, dann eilte er in der Nordbahnstraße in das Büro des Generaldirektors, des besagten Rudolf Foest-Monshoff. Durch welche Tricks oder Versprechungen oder Verheißungen er es geschafft hatte, in dessen Büro vorzudringen, ist ungewiss. Möglicherweise erwähnte er seine traute Freundschaft mit dem in Wien bereits bekannten Vortragskünstler und Architekten Adolf Loos.

Dem vollends überraschten Generaldirektor überreichte er an die 30 geheftete Papierseiten. Hier ein Auszug aus dem etwas konfusen Konvolut:

Dabei erhält jeder Wagen eigene Motoren, die gezielt gesteuert werden können. Man braucht also einen Steuerstromkreis und einen Motorstromkreis, die durch einen Schaltschütz getrennt sind, wodurch der Steuerstromkreis mit niedriger Spannung belegt werden kann. Diese Vielfachsteuerung erspart den Einsatz separater Lokomotiven auf steilen Strecken oder bei langen Zügen. Der Strom soll aus eigens vom Projektbetreiber, also von mir, entworfenen Turbinen kommen, die den Strom in der Donau erzeugen.
Und ich würde zur Stromübertragung für Bügelstromabnehmer plädieren, die im Gegensatz zu den altherkömmlichen Stangenstromabnehmern nicht vom Fahrdraht »entgleisen« können.

Dazu stellte er ein Modell seiner Turbinen auf den Bürotisch des Direktors, die er in der Donau einsetzen wollte. Neben dem Kaffeehäferl wirkten die Waxriegelschen Turbinen geradezu futuristisch, als hätte dieser Adolf Loos sie entworfen. Eine Konstruktion aus Weißblech, bei der viele Schaufeln das imaginäre Wasser sammelten, welches über Propeller in spezielle Kammern gelenkt wurde.

Der Generaldirektor Rudolf Foest-Monshoff nippte schnell aus seinem Kaffeehäferl. Er befürchtete wohl, dass Floh den Mechanismus der Turbinen auslösen und sein Kaffeehäferl dabei in tausend Trümmer zerschlagen werden könnte. Ratlos und auch ein wenig beklemmt über den Vorschlag verharrte er mit der Tasse an den Lippen. Der Sensenfachmann kannte sich nämlich weder bei der Elektrifizierung noch bei den ihm unterstehenden Bundesbahnen besonders gut aus. Also bestätigte er dem Projektbetreiber Floh Waxriegel den Erhalt des Konvolutes, drückte ihm die Turbinen in die Hand, äußerte ein paar lobende Worte über das bestehende System, mit dem die Semmeringbahn seit Langem betrieben wurde, und verwies auf etwaige Unstimmigkeiten in der Eigentumsfrage der Südbahn, die erst nach dem Großen Kriege in den Besitz der Bundesbahnen eingegliedert worden war. Anschließend bemühte er sich kraft seiner Autorität, den ihm gegenübersitzenden Florian Waxriegel samt seinen futuristischen Turbinen aus seinem Büro zu schmeißen.

Kaum hatte der verwegene Erfinder den Direktionsraum verlassen, huschte Rudolf Foest-Monshoff durch eine Seitentür in die Verwaltungszentrale und fragte, weshalb das Dienstreglement es zulasse, dass jeder dahergelaufene Depp bis in sein Direktionszimmer vordringen könne.

Dieser »dahergelaufene Depp« steuerte mit seinen Turbinen in der Tasche in direkter Richtung den geräumigen Praterstern an. Bei einem der vielen Kioske kaufte er eine Flasche Bier, denn er wähnte sich als erfolgreicher Verkäufer seines Konzeptes und wollte zusammen mit seinen Turbinen feiern. Zum zweiten Bier erwarb er eine Zeitung, das »Neue Wiener Tagblatt«. Schnell überflog er die Neuigkeiten und stutzte bei einem Beitrag. Das durfte doch nicht wahr sein! Die Wirte und deren Standesvertreter votierten für einen »Bierboykott«, um gegen die Preiserhöhungen durch die marktführenden Brauereien zu protestieren. Schnell genehmigte Floh sich noch ein drittes Bier, bevor es keins mehr geben würde.

Der bevorstehende Bierboykott war Flohs größte Sorge, denn er hatte keine Ahnung, wie man bei den Bundesbahnen zum Thema Elektrifizierung stand, im Gegenteil, er war überzeugt, den Auftrag zu erhalten. Allerdings votierte im Jahre 1928 niemand mit vollem Ernst für die Elektrifizierung. Erstens war das Österreichische Bundesheer strikt dagegen, da es eine elektrifizierte Strecke im Falle eines Krieges für äußerst anfällig und verwundbar hielt und sich deshalb auf die mächtigen, schmauchenden Dampflokomotiven verließ. Das Bundesheer war in der österreichischen Republik ein nicht zu übergehender Machtfaktor. Zweitens war der Kohlenpreis auf einen Tiefststand gesunken, und die Herren Kohlenbarone und mit ihnen die Vertreter der Industrie waren überzeugt von der Aktualität einer Dampftraktion. Auch die Vertreter der Industrie waren nicht zu übergehende Machtfaktoren in der österreichischen Republik. Und drittens war da der Generaldirektor der Bundesbahnen, der Sensenfachmann, der sich vor allem für die Einrichtung von schwarzen Konten oder Geheimfonds bei der Assicurazioni Generali interessierte. Schließlich musste ein Generaldirektor auch von etwas leben. Welchen Vorteil hätte er von einer elektrifizierten Bahn auf den Semmering gehabt?

Unser Floh jedoch pilgerte am nächsten Tag in hoffnungsfroher Absicht zu seinem Berater bei der Assicurazioni Generali.

»Bringen Sie wieder Geld zu uns?«, wurde er höflichst begrüßt.

»Im Gegenteil, dieses Mal will ich Geld holen«, verkündete Herr Waxriegel.

»Das heißt, Sie wollen Ihr Konto kündigen?«

»Aber nein. Ich will einen Kredit nehmen!«, so der forsche Floh.

»Mit welcher Höhe haben Sie spekuliert?«

»Ich spekuliere nicht, ich brauche nur das Geld. Sagen wir, eine halbe Million Schilling.«

»Eine halbe Million?«*, echote der Bankberater.

* Ein Schilling entsprach im Jahr 1928 etwa 4,40 Euro, ein Krügel Bier konnte man im Wirtshaus unter einem Schilling erwerben. Eine halbe Million Schilling von damals entspricht dem heutigen Wert von etwa 2,2 Millionen Euro.

»Ich nehme auch Dollars«, konterte Florian Waxriegel gut gelaunt.

»Bei dieser Höhe muss ich mit meinem Vorgesetzten sprechen. Haben Sie die notwendige Bürgschaft?«

»Jawohl, von einem Bürgen, den Sie wahrscheinlich recht gut kennen. Von Herrn Adolf Loos, dem berühmten Architekten!«

»Haben Sie das schriftlich?«, fragte staunend der Bankberater.

Floh Waxriegel überreichte ihm mit angemessenem Grinsen die Rekommandation des Herrn Adolf Loos, ungeachtet der Tatsache, dass dieser im Moment nicht viel reicher als eine arme Kirchmaus war.

»Ah, der Herr Loos!«, antwortete der Bankberater anerkennend. »Der hat das Café Museum eingerichtet. Na, ich denke, Herr Waxriegel, das mit dem Kredit wird dann kein Problem sein. Ich muss dennoch dem Dienstweg folgen und das Ganze meinem Chef vorlegen. Sie erhalten in Kürze Bescheid.«

Mit einem vornehmen Blick drehte Florian Waxriegel sich um und verließ das Büro des Bankberaters.

Ein paar Tage später wurde der Kredit auf das Konto des glücklichen Erfinders überwiesen. Dieser hatte die nun möglichen finanziellen Optionen bereits mit seinem alten Freund Adolf Loos besprochen.

Zwei gute Nachrichten folgten in den kommenden Wochen.

Erstens: Der Bierboykott wurde niedergeschlagen,

weil die Sozialdemokraten nicht wussten, ob sie solch einen Boykott unterstützen oder sich eher um den Bierverkauf an die durstenden Hackler kümmern sollten. Zudem einigten sich die Wirte und die Brauereien auf einen von beiden Seiten akzeptierten Preis.

Zweitens: Floh kaufte die Villa Adlerhorst auf dem Semmering, wieder einmal über Adolf Loos. Dieser verbrachte, wenn er flüssig, also bei Kasse war, die Sommermonate zumeist im Südbahnhotel. Dort saß er mit seinem Freund Karl Kraus auf der Terrasse und schimpfte über die nur ästhetisierenden und keinen weiteren Zweck verfolgenden Ornamente in der Architektur, der Kunst und der Literatur. Durch seine Kenntnis der Preise und der Besitzverhältnisse der Häuser in der Umgebung des Hotels gelang es Adolf Loos, die adrette kleine Villa Adlerhorst an Florian Waxriegel und seine Frau Berta zu vermitteln. Der Adlerhorst lag an der Straße zwischen dem Bahnhof und dem Südbahnhotel, der Südbahnstraße. Blickte man von der Terrasse aus nach rechts, sah man den Sonnwendstein. Blickte man nach links, war da ein dichter, unzugänglicher Fichtenwald. Die Vorbesitzer, ein älteres Ehepaar, wollten sich dem extremen Winter mit den kalten Nächten und der hohen Schneedecke nicht mehr aussetzen und übersiedelten fürderhin in ihre Wiener Stadtwohnung.

Am 4. Juni 1928 war es so weit. Floh hatte einen Leihwagen gemietet, den er in der Meidlinger Eichenstraße mit der in Kisten gestapelten Wäsche sowie mit den

Utensilien, die man als Hausrat bezeichnete, belud. Die Waxriegels besaßen nicht viel – ein einziger Transport hätte also vollkommen ausgereicht.

Doch nach der zweistündigen Fahrt in die Semmeringer Südbahnstraße machte Floh kehrt und fuhr zurück nach Meidling. Er wollte sich von Frau Hanna Knofleben verabschieden. Schließlich hatte sie ihn beim Kauf der Villa finanziell unterstützt, weshalb sie für ihn und für die Geschichte weiterhin eine nicht unerhebliche Rolle spielen sollte. Nach der Verabschiedung, die sicher nicht für immer war, lud Floh sein Werkzeug, seine Modellbau-Utensilien und seine dicken Aufzeichnungen über die Elektrifizierung in den Wagen, nicht zu vergessen die Kisten mit tschechischem Bier.

Zurück auf dem Semmering fuhr er durch die gesonderte Einfahrt zur Villa und parkte in Schieflage, denn eben war hier nichts. Er verstaute sein Werkzeug und seine Bierkisten im Schupfen und beschloss, den Leihwagen erst am nächsten Tag nach Wien zurückbringen.

Das Grundstück der Villa konnte für Fußgänger auch durch ein Tor im Holzzaun betreten werden, der das Grundstück gegen die Straße absteckte. Berta war während Flohs Abwesenheit dreimal an dieses Tor gegangen und hatte geprüft, ob die Schlüssel das Tor auch verschlossen. Dann war sie im Garten hin und her gestreift, hatte einen Nussbaum entdeckt, unter ihm ein paar Nüsse aufgesammelt, und mehrere Obstbäume inspiziert. Außerdem hatte sie beschlossen, einen kleinen Nutzgarten anzulegen. Doch für Kartoffeln war es heuer schon zu spät. Entlang des Gartenzaunes wäre Platz für Himbeeren und Ribisel, und die Erbsen und Fisolen könnte sie an verschiedenen Plätzen hochziehen. Aber wohin mit dem Salat? Schließlich wollte und konnte sie ihrem geliebten Floh die Zufahrt zum Schupfen nicht mit dem Anbau von Gemüse versperren.

Zum Überlegen hatte sie sich auf ein zerkratztes Holzbankerl an der Hauswand gesetzt und mit geschlossenen Augen die nach Föhren duftende Luft eingeatmet.

Berta benötigte zwei Tage, um mit den Wegen innerhalb des Hauses vertraut zu werden. Andauernd verwechselte sie die Tür, die zur Küche führte, mit jener, durch die sie aufs Klosett gelangte. Und mit Entzücken hatte sie festgestellt, dass die Vorbesitzer sämtliches Mobiliar zurückgelassen hatten, das bestimmt im Verkaufspreis enthalten gewesen war. So genau hatte sie die finanziellen Aspekte mit ihrem Floh nie besprochen. Auf jeden Fall fand sie in den Küchenschränken Geschirr, in der Speis Stöße von Holzscheitern, die auf einen kalten Winter hinwiesen, und in einer verborgenen Holzvitrine sogar drei Staubbesen.

Als das meiste ihres eigenen Hab und Guts eingeräumt und verstaut war, setzte sich das Paar auf das zerkratzte Holzbankerl unterhalb der Terrasse. Floh hatte sich eine Bierflasche aus dem Schupfen geholt, den er vorsichtshalber immer absperrte, und legte seine freie Hand um die Schulter seiner Berta. Diese hatte sich eine Weste mitgebracht, denn hier kühlte es abends schnell ab, vom nahen Wald wehte stets eine kalte Brise auf das neue Anwesen der Familie Waxriegel. In der Bundeshauptstadt hingegen hätten sie jetzt noch geschwitzt.

Ruhe senkte sich hernieder, und Berta hörte zu. Sie lauschte, wie die ihr unbekannten Vögelchen zwitscherten und wie die Spechte klopften, ehe auch diese Geräusche verstummten und die Nacht langsam ihre schwarze Decke über den Semmering breitete.

In den nächsten Tagen erkundeten sie ihre neue Heimat. Floh und Berta eruierten, in welchem der insgesamt fünf Delikatessenläden sie ihre Grundnahrungsmittel einkaufen wollten, wobei zwei Faktoren die Auswahl bestimmten: der Preis der Ware und die Wegeslänge zur Villa. Für Floh war wichtig, ob es Fachgeschäfte für Wirtschaftsgeräte wie Sensen oder Sägen gab, oder ob er diese mit dem Zug von der nächsten größeren Ortschaft herbeischleppen musste. Und ganz wichtig war die Frage nach dem Bier. Floh hatte vor, mit dem zuständigen Personal des Südbahnhotels über den Ankauf von Bierflaschen oder gar Bierkisten zu verhandeln.

Es gab also viel zu tun in dieser ersten Zeit auf dem Semmering. Das Paar soll sich deshalb ungestört von unserer Geschichte einleben.

12. KAPITEL
MITTWOCH, 18. SEPTEMBER 1929

*Max Mitschek auf dem Weg zum Südbahnhof * Hanna Knofleben auf dem Semmering * Floh wird erpresst*

Nun ist es Zeit, dass wir uns wieder dem Attentat auf das Südbahnhotel und der Suche nach dem dafür verantwortlichen Übeltäter widmen.

Herr Oberinspektor Max Mitschek hatte am Dienstagabend die Liste der Sprengmeister – offiziell hießen sie in Österreich Sprengbefugte – erhalten, die sein Trinkkumpan Doktor Madrowetz für ihn zusammengestellt hatte. Sie war nach Bundesländern gereiht, und Mitschek hatte gleich die Befugten des Landes Niederösterreich gesichtet. Er kannte keinen der Namen, unter W tauchte auch kein Winkler auf. Doch damit hatte er ohnehin nicht gerechnet. Im Sprengbuch waren nicht nur die Personen verzeichnet, sondern auch die Zahl der verwendeten Sprengkapseln, die Länge der Zündschnüre und so weiter.

Mit dieser Liste wollte er heute wieder auf den Semmering fahren und eine Nacht bleiben. Er beschloss, den Weg von seiner Wohnung zum Südbahnhof zu Fuß zu absolvieren. Durch das Gleichmaß seiner Schritte wurde seine geistige Kombinationsgabe in die Gänge gesetzt, und so kam ihm noch vor der Querung der Wiedner Hauptstraße der Gedanke, dass der Attentäter auch aus Wien stammen könnte, auch wenn dem ersten Anschein nach kein Zusammenhang bestand. Abgesehen von diesem Ernst Winkler natürlich. Die Sprengbefugten aus der Bundeshauptstadt hatte er auf der Liste nicht überprüft. Ob der Goldfüllfederkönig darauf zu finden war? Vielleicht sollte er vom Südbahnhotel aus mit dem Fernsprecher als Erstes seinen alten Kumpel Doktor Madrowetz kontaktieren und ihn fragen, das ginge schneller, als alles selbst zu sichten. Aber die zerstörte Telefonverbindung war bestimmt noch nicht erneuert.

In der Belvederegasse musste er dem lästigen 13er ausweichen und wurde in seinen Überlegungen gestört, wie er weiter gegen diesen Ernst Winkler ermitteln könnte, ohne dass ihm jemand auf die Fährte kam.

Bei der Elisabethkirche am Karolinenplatz bekreuzigte er sich, denn auch dachte er weiterhin an diese Sozis und Kummerl. Für ihn waren die noch nicht ganz aus dem Schneider. Trotz der profunden Sprachanalyse seines Schimany hätten die Agitatoren genug Gründe, die ihnen verhasste Südbahn zu erpressen. Und dass der böhmische Schimany die Arbeiterzeitung las, das ging unserem Mitschek noch immer sehr unter die Haut.

Als der Oberinspektor den Südbahnhof betrat, um sich die obligatorische Wiener Zeitung zu kaufen, blickte er auf seine Uhr. Den Zug um 10.50 Uhr erreichte er mit

Leichtigkeit. Mitschek beschloss, alle gelisteten Personen im Sprengbuch mit den am Kurort Semmering gemeldeten Personen und Gästen abzugleichen. Sollte es einen Treffer geben, war der Fall mehr oder weniger gelöst. Gäbe es keinen, müsste er zurück nach Neunkirchen, um mit der dortigen Gendarmerie die Einwohnerlisten durchzublättern und mit seiner Liste zu vergleichen.

Er kaufte am Schalter des Südbahnhofes das Ticket und fühlte sich plötzlich wie gelähmt von dem Berg an Arbeit, der ihm bevorstand. Für die Anzahl der geplanten Tätigkeiten müsste er sich zweiteilen. Oder gar dreiteilen. Er merkte schon jetzt, wie es ihn zerriss, so wie es den Herrn Architekten Franz Neumann zerrissen hatte. Ihn hatte es stets auf den Semmering gezogen, wo er eine Vielzahl an Villen errichtet und den Semmering-Stil mitgeprägt hatte. Als der Herr Architekt am 1. Februar 1905 vom Südbahnhof aus in sein geliebtes Paradies starten wollte, hatte der Schnellzug eine ungewöhnliche Verspätung, worauf der Herr Architekt sich am Bahnsteig des Südbahnhofes derartig aufregte, dass sein Herz zerriss und er einem Herzschlag erlag. So wollte unser Oberinspektor keinesfalls enden. Also Ruhe bewahren und eins nach dem anderen.

Max Mitschek bestieg den Zug und suchte ein einsames Platzerl. Dort sinnierte er über den Erpresserbrief nach. Warum kam für ihn eigentlich für die angedrohte zweite Sprengung nur das Viadukt über die Kalte Rinne infrage? Der Erpresser hatte nur »vielleicht ein Viadukt« geschrieben. Es könnte irgendein anderes sein oder auch gar keins, sondern eine Brücke, ein Gleis, ein Bahnhof, das Busserltunnel oder die Galerie durch die Weinzettlwand. Gut, am Viadukt über die Kalte Rinne sollte die Geldübergabe stattfinden, aber ansonsten wurde es in dem Brief nicht erwähnt. Unterlag er einem Denkfehler? Oder führte ihn sein Unterbewusstsein auf die richtige Spur? Existierte auch ein Oberwusstsein? Gab es in Wien nicht einen Arzt, der dem Unbewusstsein eine große Wirkung zuordnete? Doch, in der Berggasse. Vielleicht sollte Mitschek diesen Arzt aufsuchen. Aber erst nach der Lösung dieses Falles, sonst müsste er sich statt zwei- und drei- noch fünfteilen.

Pünktlich um 10.50 Uhr startete der Zug vom Wiener Südbahnhof.

Am selben Tag war Hanna Knofleben mit dem Frühzug auf den Semmering gefahren. Diesmal wollte sie nicht durch ihr Auftreten und ihre Aufmachung imponieren, sondern verfolgte ganz pragmatische Ziele. Ihr Jumperkleid bestand daher aus einem einfachen blusigen Oberteil und einem weiten, rundum plissierten und mit einer tiefen Kellerfalte versehenen knielangen Rock, der ihr das Gehen im sperrigen Gelände erlaubte. Doch ganz hatte sie es nicht lassen können. So stachen ihre Tüllhandtasche sowie ihre silbergraue Boafeder, die auf ihre Bubikopf-Frisur zugeschnitten war, jedem sofort ins Auge.

Vom Bahnhof ging sie die 15 Minuten zu Fuß zur Villa Adlerhorst und betrat das Grundstück durch den Straßeneingang.

Floh hängte im Garten gerade die Wäsche mit Kluppen auf die gespannten Stricke. Da er mit dem Rücken zu ihr stand, bemerkte er ihr Eintreten nicht.

Sie klopfte ihm auf die Schulter und rief: »Floh, schon lange nicht mehr gesehen!«

Florian Waxriegel erschrak und drehte sich um. Er war sichtlich überrascht, seine ehemalige Meidlinger Nachbarin so schnell wiederzusehen. Obwohl – sie hatte ihn bei ihrem letzten Besuch vor vier Tagen ja nicht gesehen. »Hanna, was machst du hier? Warum hast du dich nicht gemeldet? Dann hätte ich dich am Bahnhof abgeholt.«

»Und dich wieder vor mir versteckt wie neulich? Du alter Gauner, denkst wohl, ich hätte nichts bemerkt!«

Verdammt, hatte ihn dieses Miststück also doch gesehen. Warum tauchte sie schon wieder hier auf? Floh hängte noch schnell sein Arbeitsgewand auf die Leine, dann schlug er vor, auf der Veranda einen Kaffee zu trinken.

»Wo ist denn deine Berta?«, fragte Hanna beim Betreten der Terrasse.

»Die Berta? Die hat nichts Passendes zum Anziehen für den Semmering und mustert die Auslagen der Geschäfte auf der Hochstraße.«

»Apropos Geschäfte. Du schuldest mir genau Hunderttausend. Wenn ich die verzinse, ist es sogar etwas mehr. Übrigens, spar dir den Kaffee, mir ist ein Aperitif lieber.«

»Ich habe es nicht vergessen«, gab Floh kurz angebunden zurück und holte ein bauchiges Glas aus dem

Haus, in dem er seiner früheren Nachbarin einen Cognac servierte.

»Wann erhalte ich das Geld zurück?«

Gute Frage, dachte Floh. Laut sagte er: »Warte noch eine Woche. Ich verspreche dir, dann erhältst du dein Geld. Von mir aus samt den Zinsen.«

Hanna nahm das Cognacglas in die Rechte und schwenkte es. »Floh, siehst du die Wolken da oben? Und jetzt warte drei Minuten. Was passiert dann mit ihnen? Richtig, sie haben sich aufgelöst. Und so ist das mit deinen Versprechungen. Prost!«

»Meine Versprechungen haben nichts mit Meteorologie zu tun!« Floh blickte auf die handgeschnitzten Zapfen, Kugeln und Gewindeformen, die von der Veranda herunterhingen.

Hanna streichelte sanft seine Wange. »Ach, mein lieber Floh. Ich kenne dich inzwischen schon lange. Schau, eigentlich gehört mir ein Teil des Adlerhorstes, solange du mir mein Geld nicht zurückzahlst. Und unter bestimmten Voraussetzungen könnte mir das ganze Haus gehören. Nämlich wenn du zahlungsunfähig bist. Weißt du, was ich meine?«

Floh schüttelte ihre Hand ab. »Ich mache mir einen Kaffee. Weil, ich brauch jetzt einen. Du entschuldigst meine Abwesenheit?«

In der Küche kurbelte er an der Kaffeemühle und überdachte währenddessen seine Situation. Hatte er denn nicht schon genug Probleme am Hals? Jetzt kam ein weiteres dazu, und das hieß Hanna. Wie sollte er mit den Forderungen dieser aufgeblasenen Meidlinger Drogenbaronin umgehen? Er könnte sie umbringen, das wäre die sicherste Lösung. Aber gäbe es nicht eine harmlosere, schnellere Methode? Möglicherweise ließe sie sich mit etwas anderem außer Geld besänftigen … Er schaufelte das Kaffeepulver in ein Häferl und goss es mit heißem Wasser auf. Dann eilte er zuversichtlich zurück auf die Terrasse.

»Wenn du sagst, dir gehöre ein Teil der Villa, dann gehört dir auch ein Teil von mir. Und weißt du, welcher?« Grinsend öffnete er den Gürtel.

»Du begreifst schnell, mein kleiner Floh. Aber hier auf der Veranda? Was machen wir, wenn deine Berta kommt? Sei doch nicht so unmoralisch!«

»Von mir aus, dann gehen wir eben in den Schupfen. Dort ist sowieso alles ganz elektrisch. Du wirst es gleich spüren!« Er schluckte vom heißen Kaffee. In Momenten der Krise oder in Phasen, in denen er dringliche Entscheidungen treffen musste, neigte er dazu, auf sein geliebtes Bier zu verzichten und stattdessen den gerösteten Kaffee zu trinken. Nur unbedingte Klarheit konnte ihn aus dieser Situation retten. Auf ihre Vorbehalte, dass im Schupfen alles dreckig sei und sie sich nicht schmutzig machen wolle, wiederholte er stur, dort sei alles nur elektrisch. Dann ließ er den Kaffee stehen, packte sie fest an der Hand und zog sie über Stiegenhaus und Wiese in den Schupfen, den er mit dem Schlüssel aus seiner Hosentasche zuerst aufsperrte und dann von innen zuriegelte.

Während Floh begann, sich unten herum seiner Bekleidung zu entledigen, versuchte Hanna, ihren Ekel und ihren Abscheu vor dem allseitigen Dreck zu überwinden.

Drei Minuten später – Floh hatte sie gegen die Kredenz gedrückt, ihr plissierter Rock lag zerknittert am Boden – fasste sie konvulsivisch zuckend nach einem Ladengriff der Kredenz, um das Gleichgewicht nicht zu verlieren. Dabei löste sich die Lade, und eine Vielzahl von Blockklemmen fiel mitsamt der Lade auf den Boden.

Floh ließ von ihr ab und zog sich die Hose hoch.

Hanna bückte sich und fingerte nach den Blockklemmen auf dem Schupfenboden. »Na, was lässt sich denn damit alles einspannen?«, fragte sie ihn böse grinsend.

Floh ging nicht auf ihre Andeutung – oder war es eine erneute Drohung? – ein, sondern hob ihren Rock auf, klaubte zwei, drei Dreckspatzen heraus und klopfte ihn mit der bloßen Hand ab. Anschließend überreichte er ihn ihr wie eine Siegestrophäe, und Hanna schleuderte die Blockklemme zurück auf den Fußboden.

Dann kehrten sie auf die Terrasse zurück. Floh trank einen Schluck vom kalten Kaffee, Hanna vom Cognac.

»Glaubst du, du kannst auf diese Weise die Hunderttausend abzahlen? Das wird dir nicht gelingen, du Schuft!«, zischte sie.

»Man tut, was man kann«, gab er prahlerisch zurück und öffnete eine Bierflasche.

»Ich habe eine andere Idee. Wir teilen uns die Villa und werden sie gemeinsam bewohnen. Dann können wir auch ganz normal das Schlafzimmer nutzen und auf die Plemperei in deinem elektrischen Schupfen verzichten.«

Floh wurde langsam verzweifelt. Zunächst, weil das Bier eindeutig zu warm war, und warmes Bier konnte er absolut nicht goutieren. Und außerdem, weil er sich absolut nicht sicher war, ob ein gemeinsames Leben mit der Drogenbaronin hier im Adlerhorst vorteilhaft für ihn wäre. »Und was mach ich mit meiner Berta? Wir sind schließlich verheiratet«, wandte er ein, um Zeit zu gewinnen.

»Da musst du dir halt etwas einfallen lassen«, so die Drogenbaronin. »Eine Scheidung ist heutzutage keine Sünde mehr!«

Als Floh aus dem Keller eine kühle Bierflasche geholt hatte, kam ihm eine zündende Idee. Er würde die Frau Hanna heute Abend auf die Terrasse des Südbahnhotels mitnehmen. Denn dort logierte heute sein alter Haberer aus Brünner Tagen, der Adolf Loos. Und der galt als ausgesprochener Frauenkenner, sogar als Frauenheld. Möglicherweise wäre der Frauenheld nicht abgeneigt, mit dieser Drogenkönigin ein kleines Pantscherl zu beginnen und sie dadurch ihm, Florian Waxriegel, vom Hals zu schaffen.

Doch besagte Drogenbaronin war gedanklich noch bei ihrem neuen Heim auf dem Semmering. »Als Putzfrau muss deine Berta auch nicht bleiben. Wir werden schon eine neue finden. Was sagst du zu meinem Vorschlag?«

»Das sollten wir gut überlegen. Ich lade dich heute Abend ins Südbahnhotel ein, dort wolltest du ja immer schon hin. Wir können alles in Ruhe besprechen. Außerdem ist gerade ein Freund von mir dort zu Gast, den du sicher gerne kennenlernen würdest. Der Architekt Loos, mein alter Jugendfreund aus Brünn.« Floh blickte der Drogenbaronin gespannt in die Augen.

»Willst du mich schon wieder loswerden? Kaum dass wir uns nähergekommen sind?«

»Ach, woher! Ich habe geglaubt, du willst das imposante Hotel kennenlernen? Wenn du wirklich heraufziehen willst, wirst du dort mit deinen Manieren ein begehrter Stammgast sein.«

Hanna stand auf, ging ins Haus, richtete sich vor dem Spiegel mit zwei Fingern die Haare, griff zur Sicherheit nach der Boa, die sie sogar im Schupfen nicht abgenommen hatte, wischte einige Male über ihren Rock und kam zurück auf die Terrasse. »Du hast recht, Floh. Gehen wir?«

Floh trank seine Bierflasche leer und erhob sich ebenfalls. Sollte er für Berta eine Nachricht hinterlassen? Aber was schreiben? Dass er sie mit der Drogenbaronin betrogen hatte? Dass er fortab im Südbahnhotel sein Bier saufe? Schnell kritzelte er auf ein Blatt Papier, dass er sich mit Adolf Loos auf der Terrasse jenes Hotels treffe. Die Möglichkeit, dass Berta nachkommen könnte, zog er nicht in Betracht, weil sie sich in diesem Ambiente nicht wohlfühlte. Dann holte er seinen Hut von der Ablage und bot der Frau Hanna galant seine Hand.

13. KAPITEL
MITTWOCH, 18. SEPTEMBER 1929

*Max Mitschek auf der Kommandantur * Max Mitschek im Adlerhorst * Max Mitschek im Schupfen*

Max Mitschek stieg um 13.12 Uhr – zur selben Zeit wie am letzten Freitag – am Bahnhof Semmering aus dem Zug. Er bahnte sich mit dem Koffer und der Wiener Zeitung einen Weg durch die Botenjungen der verschiedenen Hotels. Seinen Koffer übergab er dem Fahrer des vom Südbahnhotel geschickten Kraftwagens und teilte ihm mit, dass er erst am frühen Abend ins Hotel kommen werde. Mit der Linken schob er die Wiener Zeitung unter seinen rechten Oberarm, dann stieg er vor der Villa Stefanie hurtig bergan. Obwohl er kaum sportliche Aktivitäten betrieb und ab und zu seinen Refosco oder seinen Grappa trank, hielten sein Herz und sein Kreislauf die Steigungen jedoch locker aus.

Auf der Passhöhe verschnaufte er ein paar Minuten. Der gesamte Straßenverkehr von Italien nach Wien und weiter in den Norden musste diesen Pass bewältigen, dementsprechend sortierten sich mehrere Hotels um die Passhöhe. Das dekorativste und repräsentativste war das Erzherzog-Johann-Hotel, das bereits auf der steirischen Seite des Semmerings lag und im oft kritisierten Zuckerbäckerstil von den bekannten Theaterarchitekten Ferdinand Fellner und Hermann Helmer errichtet worden war.

Jetzt weiter steil hinauf auf die Hochstraße. Wegen der fast alpinen Höhenlage kam Max Mitschek ins Schwitzen, nahm die Wiener Zeitung in seine Linke und schlug sein Sakko über seinen rechten Unterarm. Gott sei Dank hatte er seinen Koffer bereits ins Südbahnhotel geschickt.

Nun waren es nur noch ein paar Schritte. Er wischte sich den Schweiß von der Stirn und trat, ohne anzuklopfen, durch die Tür der örtlichen Gendarmerie.

Der Kommandant, fernmündlich über das Erscheinen des hochnäsigen Wieners informiert, hatte die Karteikasten mit den im Kurort Semmering gemeldeten Personen schon auf seinen Schreibtisch gestellt.

Statt einer Begrüßung pfauchte die in den Augen des Kommandanten urbane Hochnäsigkeit: »Und, haben Sie observiert?«

»Freilich«, antwortete der Kommandant. »Die Kalte Rinne steht unter unserer Beobachtung. Aber bei der Personalknappheit …«

Der Oberinspektor fiel ihm ins Wort: »Schaffen wir es bis zum 26. September?«

»Wir haben auch anderes zu tun. Sie glauben nicht, was die Damen der Gesellschaft alles verlieren. Ihren

Hund mit Mascherl, ihre Schlüssel, ihren Hut ohne Mascherl … Das alles bindet unsere Einsatzkräfte!«

»Ich habe gefragt: Schaffen Sie es, die Observierung bis zum 26. September aufrechtzuerhalten?«

Der Kommandant blickte ratlos zu seinem neben ihm stehenden Mitarbeiter.

Max Mitschek ließ ihn gar nicht erst zu irgendwelchen Ausflüchten kommen und stellte klar: »Sie schaffen es bis zum 26. September!« Damit war das geklärt und er ging zum nächsten Punkt über. »Ich nehme an, Sie haben meine Anfrage erhalten?«

Der Kommandant seufzte erleichtert, denn auf diese Frage konnte er antworten. »Bitte, am Tisch sind die Karteikarten mit den gemeldeten Personen.«

Mitschek jedoch beachtete die Karteikarten nicht, sondern legte seine Zeitung auf den Tisch und fischte die Liste aus der Sakkotasche. »Wir werden folgendermaßen vorgehen: Ich lese Ihnen die Namen vor, und Sie prüfen nach, ob sich einer der Namen in Ihrer Kartei wiederfindet.«

Das Murren ließ Mitschek als Zustimmung durchgehen. Nach dem Verlesen von fünf Namen erachtete er das Vorgehen jedoch für unergiebig. Da würden sie ja bis morgen hier sitzen! Grant, Grimm und Grappa, und das alles am Posten auf dem Semmering! Zu den Anwesenden sagte er: »Meine Herren, wir machen das anders. Und zwar effizienter. Bitte aufpassen! Ist Ihnen bekannt, welche Personen sich in den beiden letzten Jahren hier am Semmering neu gemeldet haben?«

Der Kommandant blickte wie ein Ochs vor der geschlossenen Scheune. Und sein Mitarbeiter beschäftigte sich intensiv mit dem Einfangen der Fliegen, die ihre Kreise um den Lampenschirm drehten.

»Herrgott noch einmal! Sie müssen doch wissen, ob in den letzten zwei Jahren jemand hierher übersiedelt ist!«

»Ja«, rief der Mitarbeiter. »Ja, gerade fällt's mir ein. In der Südbahnstraße ist eine Villa verkauft worden, in die neue Leute eingezogen sind. Die Villa heißt Adlerhorst.«

»Sehr gut. Und wie heißt der Käufer?«

»Das weiß ich genau, wie eine Berghütte auf dem Schneeberg.«

»Wir haben keinen Fischer!«, unterbrach der Kommandant.

»Er heißt auch nicht Fischer nach der Fischerhütte, sondern Waxriegel. Genau wie das Waxriegelhaus.«

Mitschek blieb stumm. Die Gendarmen blickten ihn besorgt an, befürchteten ein gewaltiges Donnerwetter, denjenigen gleich, die es in den Bergen im Spätsommer regelmäßig gab. Doch Mitschek ging seine Liste durch, hielt kurz darauf inne und stieß mit dem Finger auf das Blatt Papier. »Jawohl, bitte sehr, da haben wir ihn. Waxriegel, Florian!« Der Oberinspektor bildete mit der rechten Hand eine Faust und schnellte diese siegesgewiss in die Höhe. Dazu brummte er wie ein Bär.

Der Kommandant und sein Mitarbeiter missdeuteten seine Jubelpose und schoben ihm besorgt einen Stuhl hin, als vermuteten sie einen Herzanfall.

Der Oberinspektor schnauzte den Kommandanten an: »Jetzt ist keine Zeit, sich zu setzen! Schnell, prüfen Sie Ihr Melderegister unter W, W wie Waxriegel!« Fassungslos ließ er seinen Kopf in den Nacken fallen und schaute flehentlich zur Decke, als könnte ihn eine himmlische Macht von der ihn umgebenden Dummheit erlösen.

Der Kommandant tat, wie geheißen, und wurde nach ein paar Sekunden fündig. »Hier, Waxriegel, Florian, gebürtig in Brünn im Jahr 1896, römisch-katholisch, lebt mit Frau Berta in der Südbahnstraße 54.«

Treffer, jubilierte Mitschek innerlich, zeigte seine Euphorie jedoch nicht, denn über 30 Jahre Polizeidienst hatten ihn gelehrt, seine Emotionen zurückzuhalten. »Südbahnstraße 54. Danke, Sie haben mir sehr weitergeholfen.« Er griff eilig nach der Zeitung, die er am Bürotisch deponiert hatte, und schickte sich zum Gehen. »Wir sehen uns bald wieder, meine Herren!«, rief er frohlockend über die Schulter zurück.

»Wollen Sie nicht unseren Wagen nehmen? Dann sind Sie schneller«, bot der Kommandant an.

»Aber wo, in meinem Alter muss man stets für Bewegung sorgen. Doch Sie könnten mir den kürzesten Weg auf Ihrer Karte zeigen.«

Der Kommandant war froh, das urbane Großmaul loszuwerden, und schritt schnell zur großformatigen, an der Wand hängenden Landkarte. Als der Oberinspektor ihm gefolgt war, fuhr er mit dem Finger den kürzesten Weg nach.

Um 15 Uhr – der Oberinspektor notierte die Uhrzeit in seinem Notizblock – stand er vor der Villa Adlerhorst. Wäre er noch ein Stück weitergegangen, hätte er die secessionistische Villa Landau erreicht. Kurz richtete er seinen Blick hinauf auf des Berges Höhen – und sah das Silbererschlössl. Nein, heute war keine Zeit für architektonische Vergnügungen, rief er sich zur Räson. Auf in die Villa Adlerhorst!

Das Tor am Straßeneingang war verschlossen. Also ging er 20 Meter weiter und kam an die Einfahrt für Automobile, die offen stand. Er betrat das Grundstück und war im Garten. Unter dem Nussbaum sammelte ein recht jugendlich wirkendes weibliches Wesen mit einem Rechen die im Gras liegenden Früchte. Sie trug ein Kopftuch, ein helles Mieder, dazu einen geblümten, plissierten Rock und darüber eine fast bis zum Boden reichende Schürze mit langen breiten Bändern, die hinten zu einer Schlaufe zusammengebunden waren.

»Frau Waxriegel?«, raunte er leise, um diese Idylle mit ländlicher Tracht und Kopftüchl nicht zu stören.

Besagte Schürzenfrau ließ den Rechen fallen und drehte sich erschrocken um.

Mitschek fragte nun etwas lauter: »Verzeihung, spreche ich mit Frau Waxriegel?«

»Ja. Und mit wem habe ich die Ehre?«

»Noch einmal Verzeihung. Max Mitschek mein Name, Oberinspektor. Ist Ihr Mann zu Hause?« Er zeigte die Kokarde der Kriminalpolizei.

»Kommen Sie wegen des Südbahnhotels?«

»Sie haben meine Frage nicht beantwortet, Frau Waxriegel.«

Diese nickte und deutete verlegen auf ihre Kleidung. »Ich bin gerade bei der Gartenarbeit«, stammelte sie.

»Keine Umstände. Mir ist es egal, wie eine Frau ausschaut. Ich suche Ihren Mann, Herrn Florian Waxriegel. Ist er hier?«

Berta Waxriegel band ihre Schürze ab und deponierte sie auf dem Holzbankerl im Garten. »Hat er etwas ausgefressen?«

Schon wieder eine Person mit Gegenfragen, stellte Mitschek verärgert fest. »Sagen Sie mir einfach, wo Ihr Mann sich derzeit aufhält!«, verlangte er nun forsch.

»Er ist nicht da!«

Mariantjosef, die hat die Weisheit mit der Gabel geschlürft, dachte er. »Können Sie mir vielleicht etwas über seinen gegenwärtigen Aufenthaltsort verraten?«

»Er sitzt im Südbahnhotel.«

Aha, im Südbahnhotel. Das heißt, es zieht ihn zum Tatort zurück, sollte er die Sprengung verübt haben. »Und was macht er dort?«

»Er trifft sich mit dem Architekten Adolf Loos.«

»Frau Waxriegel, noch eine Frage: Wo war Ihr Mann am letzten Freitag, und zwar in den frühen Morgenstunden?«

Berta Waxriegel hatte die Schürze wieder an sich genommen, sie zusammengefaltet und wischte sich damit erst den Schweiß von der Stirn, dann ein paar Schmutzflecken von ihrem Rock. »Da war er in Gainfarn in seinem Steinbruch«, murmelte sie.

»Sind Sie sich da ganz sicher?«

Sie deponierte die Schürze zurück auf das Bankerl. »Ja, denn erstens hat er es erzählt, zweitens waren gelbe Flecken auf seiner Hose. Und die sind immer auf seiner Hose, wenn er in seinem Steinbruch Sprengungen gemacht hat.«

Vorerst war Mitschek mit seinem Latein am Ende. »Frau Waxriegel, darf ich mich im Haus umsehen?«

Auf die bejahende Geste hin folgte Mitschek ihr in die kleine Villa. Während sie in der Küche brav wartete, ging der Oberinspektor von Raum zu Raum und inspizierte alles. Zunächst querte er ein längliches Zimmer mit vielen Geweihen und ausgestopften Eichkatzerln an der Wand. In Wirklichkeit waren das Siebenschläfer, aber woher sollte Max Mitschek das wissen. Dann musterte er die Terrasse und kehrte anschließend durch zwei weitere Zimmer zurück zur Küche. Zweimal hatte er pro forma Schubläden aus einer Anrichte herausgezogen und einmal auf die Oberseite eines Kastens gegriffen.

Nun folgte die Rundtour im oberen Stockwerk. Mitschek fand nichts, das seinen Verdacht bestätigt hätte.

Wieder in der Küche, wandte er sich an Frau Waxriegel. »Kennen Sie einen gewissen Ernst Winkler?«

»Ich kenne wenig Männer.«

»Das beantwortet nicht meine Frage. Haben Sie den Namen Ernst Winkler schon einmal gehört?«

Frau Berta schüttelte den Kopf. »Woher sollte ich den Mann kennen?«

Schon wieder eine Gegenfrage. »Ich zeige Ihnen ein Foto.« Der Oberinspektor griff in seine Brusttasche und hielt ihr das Portrait des Goldfüllfederkönigs vor die Augen.

Die Schürzenfrau, die gar keine Schürze mehr trug, schüttelte mehrmals den Kopf.

»Eine letzte Frage noch. Ihr Mann ist doch eine Art Erfinder. Dann hat er hier sicher einen Handwerksraum, oder?«

»Ja, im Schupfen. Und jetzt wollen Sie den auch noch besichtigen, richtig?« Die Schürzenfrau übertraf sich selbst mit ihrer Einschätzung. »Aber daraus wird nichts. Den Schupfen schließt mein Mann immer ab, und den Schlüssel trägt er stets bei sich.«

Aha, der Waxriegel hat dort wohl etwas zu verbergen, möglicherweise ist das sein Geheimversteck, kombinierte Mitschek. »Und Sie sind sicher, dass ich Herrn Florian Waxriegel jetzt im Südbahnhotel antreffe?«

»Was ist schon sicher im Leben? Höchstens der Tod. Aber ich würde beschwören, dass er im Südbahnhotel sitzt.«

Mitschek grüßte mit dem Hut, drehte sich um und verließ wortlos die Villa Adlerhorst.

14. KAPITEL
MITTWOCH,
18. SEPTEMBER 1929

*Adolf Loos auf der Terrasse des Südbahnhotels * Max Mitschek kommt hinzu * Alma Mahler-Werfel auch*

Auf der Terrasse des Südbahnhotels deklamierte Adolf Loos, der etwas schwerhörig, dafür umso gesprächiger war, vor Hanna Knofleben und Floh Waxriegel: »Die Regieanweisung lautet: ›Semmering. Terrasse des Südbahnhotels. Alpenglühen. Jung und Alt, Groß und Klein ist versammelt. Man bemerkt Schakale und Hyänen.‹ Und dann beginnt die neunte Szene.

›Jung: Weiß ist der größte Tourist. Er geht im Schritt, er geht im Trab oder, wenn keine Zeit ist, geht er auch im Galopp. Er hat den Tarockzug noch nie versäumt.

Alt: Ein erstklassiges Alpenglühn. Schauts euch den Generaldirektor an am Fenster, sein Gesicht glänzt.‹

Dann ein paar andere Redebeiträge, bevor Klein sagt: ›Heute kann man es genießen! Heut sind sie alle versammelt, die unbedingten Verehrer des Semmering und die Getreuen.‹ So, und weiter weiß ich nicht mehr.«

Hanna Knofleben applaudierte, hielt jedoch ihren Kopf gerade, damit ihre Boafeder nicht wackelte. »Wunderbar, wunderbar, ist das ein Stück von Ihnen, Herr Loos?«

Der Architekt beugte sich zur ihr und krümmte seine Hand wegen seiner Schwerhörigkeit um sein Ohr. »Meine Dame, was haben Sie gesagt?«

Hanna Knofleben wiederholte ihre Frage.

Daraufhin Loos: »Nein, so schrieb mein Freund Karl Kraus, der Fackelkraus, der selbst oft hier auf der Terrasse verweilte. Das Stück spielt mitten im Großen Krieg und heißt ›Die letzten Tage der Menschheit‹. Der Generaldirektor des Südbahnhotels war damals Josef Dangl. Der tritt in der Szene auch auf.«

Hanna nickte verstehend. »Der kannte sich mit dem Alpenglühen am Semmering bestimmt aus.«

Floh, der dritte am Tische, blickte hinaus über den Rand der Terrasse. Von der Rax war nichts zu sehen, da hätten sie auf der anderen Seite einen Tisch nehmen müssen. Illuminiert durchs Alpenglühen war auch nichts, höchstens er selbst nach dem dritten Bier. Auf der anderen Talseite sah er die Polleroswand. Deren Konturen drohten jedoch im Dampf eines Zuges zu verblassen, der sich mit Zischen und Pfauchen auf die Passhöhe schlängelte.

Adolf Loos lehnte sich zurück und ein Stück zur Seite in Richtung der Frau Hanna und lächelte sie an. »Darf ich Sie auf einen anregenden Schampus einladen?«

Hanna lächelte ebenfalls und erwiderte, dass eigentlich der Herr Florian sie habe einladen wollen. Dabei zupfte sie verlegen an ihrem Rock.

Herr Loos, der vielleicht nicht alles verstanden hatte, brüllte zu dem an einem anderen Tisch beschäftigten Kellner: »Einen Schampus! Mit zwei Gläsern!«

»Und ein Bier!«, ergänzte Floh Waxriegel in ähnlicher Lautstärke.

Der Kellner blickte indigniert zu ihnen herüber, und Adolf Loos musste die Situation retten. Er winkte den Kellner zu sich an den Tisch und erklärte: »Wissen Sie, mein Freund ist Brünner, und ein Brünner trinkt halt immer Bier, ob in der Hölle oder wie hier im Himmel.«

Der Kellner nickte verständnislos und verschwand im Lokal.

Floh wollte nun endlich zur Sache kommen. Also beugte er sich an das Ohr seines Haberers und rief hinein: »Adolf, ich habe Frau Hanna mitgebracht, damit du sie kennenlernst. Sie ist meine alte – damit meine ich nicht ihr Lebensalter – Wiener Nachbarin. Vielleicht bekommst du von Frau Hanna ein paar Aufträge!«

Wie gesagt, alles verstand der Architekt nicht. »Nein, träge bin ich hier am Semmering nicht. Ich gehe oft an der Hochstraße entlang. Wart ihr schon bei der Doppelreiterwarte, der Aussichtswarte?«

Floh brachte die Dinge ins sprachliche Lot. »Aufträge, Adolf, *Auf*!«

»Auf? Ja, wohin denn so plötzlich?«, fragte Adolf Loos verwirrt und erhob sich.

Floh präzisierte: »Bleib sitzen, Adolf. Aufträge, mein ich! In Meidling! Frau Hanna ist die Drogenbaronin in Meidling, sie hat in der Meidlinger Hauptstraße ein

Geschäft und kann dir möglicherweise ein paar Aufträge vermitteln.«

Jetzt mischte sich Frau Hanna ins Gespräch. Sie beugte sich zum Architekten, sodass ihre Boafeder nun doch ein wenig zitterte, und nahm zu Flohs Überraschung den Faden auf. »Nicht nur Meidling. Vielleicht kann ich Ihnen auch zu einem Auftrag hier am Semmering verhelfen.«

Der Kellner servierte die Getränke, ohne sich über das laute Gespräch zu beschweren, schließlich war Herr Loos ein seit vielen Jahren dem Hause ergebener Stammgast und dessen Schwerhörigkeit bekannt.

»Ich habe am Semmering schon öfter Hand angelegt, werte Frau Baronin.«

Floh lief es bei dieser Formulierung eiskalt den Rücken hinab. Wo Loos schon überall Hand angelegt hat, will ich gar nicht so genau wissen, dachte er. Erst im letzten Jahr hatte sein Gönner zwei Strafverfahren am Hals gehabt. Eines wegen Schändung von jungen Mädchen, die er nackt in seiner Wohnung gezeichnet hatte. Von dieser Anklage war er freigesprochen worden. Nicht aber von dem Verbrechen der Verführung und Unzucht. Doch das Urteil war sehr milde ausgefallen. Vielleicht war Floh nicht der Einzige, der von ihm profitierte und der ihn deshalb nicht hinter Gittern sehen wollte.

Loos fuhr unterdessen fort: »Wenn Sie bei der Pension Alexander an der Hochstraße vorbeiwandern, werfen Sie einen Blick auf die ziselierte Marmorverkleidung. Und dann raten Sie, wer die entworfen hat. Außerdem habe ich für die Meranwiese eine Vision, ein Hotel in Gestalt eines Überseedampfschiffes! Ich war ja schon öfter in Amerika und habe mir solche Schiffe genau angesehen. Ein Dampfer passt genau hierher auf den Semmering.«

Loos' alter Jugendfreund sah das anders und hatte seine eigenen Visionen, für die er den Architekten benötigte. »Hierher passt kein Schiff, sondern eine Lokomotive. Baue mir doch eine Elektrolokomotive! Und meinetwegen auch ein Hotel in der Form einer 43er Dampflok, als Erinnerung an die alte Antriebsform sozusagen.«

»Bist deppert? Das Hotel würde ausschauen wie ein Kasten!«

Frau Hanna hielt die Debatte für überdimensioniert und wollte zurück zu ihren Ambitionen. Also wandte sie sich erneut an den Architekten. »Und so etwas wie bei der Pension Alexander könnten Sie auch für die Villa Adlerhorst planen, Herr Loos?«

»Adlerhorst? Wo der Floh mit der Berta wohnt?«

»Wenn ich dort einziehe, bleibt kein Stein auf dem anderen. Wie wäre es mit einer Veranda für die Westflanke?«

Herr Loos, schwerhörig, aber geistig noch immer in Hochform, verknüpfte die kontroversen Aspekte sofort miteinander. Schließlich hat er Alexander Humboldt gelesen, der da schrieb: »Alles hängt mit allem zusammen, die Sichtweise hängt nur vom Standpunkt ab.« Adolf Loos lächelte seine Sitznachbarin an. »Frau Baronin, Sie wollen also in den von mir dem Floh, dem *blecha*, vermittelten Adlerhorst einziehen? Das ändert natürlich alles!«

Na warte, du blödes Biest, dachte Floh und hustete empört. Will dieses männergeile Weib meinen Jugendfreund auf ihre Seite ziehen? Laut brüllte er nach einem weiteren Bier, obwohl kein Kellner auf der Terrasse weilte. Dann stieß er mit seinem Fuß gegen das Bein des Freundes.

Hanna lehnte sich zurück, wartete die Wirkung ihres Vorstoßes ab und blickte derweilen von der Terrasse auf die andere Talseite hinüber.

Adolf Loos bemerkte die angespannte Stimmung zwischen den beiden. »Aber Kinder, ihr werdet doch nicht streiten, bei der schönen Aussicht.«

Frau Hanna blinzelte dem Architekten kokett zu und beugte sich ein zweites Mal zu ihm hinüber. »Herr Adolf, bei mir können Sie einige Vergütungen gratis erhalten, da gebe ich Ihnen mein Wort!«

»Ich weiß nicht, ob ich Sie richtig verstanden habe. Von Vergütungen sprechen Sie? Da werden wir uns sicher einig, auch was den Stil betrifft, schließlich bin ich ein kundenorientierter Architekt.« Er trank er einen großen Schluck aus dem Champagnerglas.

Da erhielt er zum zweiten Male einen Fußtritt von Floh, diesmal fiel er ziemlich kräftig aus. Der Architekt stellte das Glas ab und überlegte die für ihn greifbaren Möglichkeiten. Einerseits verwirrte ihn zusehends der Bubikopf mit der schillernden Federboa, andererseits wusste er nicht, was sein Jugendfreund, der möglicherweise ein Verhältnis mit der Frau Baronin hatte, mit diesem Treffen bezwecken wollte. Was also tun?

»Drž hubičku! Ty nic chapuješ, Adolfe!«, raunte Floh ihm auf Tschechisch zu. »Halt den Mund! Du verstehst gar nichts«, hieß das. Er hatte sich alles ganz anders vorgestellt! Der Adolf sollte die fesche Hanna auf der Terrasse becircen und sie daraufhin in seinem Zimmer verbraten. Dann er hätte zumindest in der nächsten Zeit seine Ruhe vor der Drogenbaronin gehabt. Stattdessen debattierten die beiden darüber, welche Veranda auf welcher Seite an der Villa Adlerhorst gebaut werden könnte! Vielleicht hätte er Hanna doch in seinem Schupfen umbringen, abmurksen, abstechen sollen! Also noch einen Tritt gegen das Schienbein des Architekten.

Der schien endlich zu kapieren. Er war zwar schon weit über 50 Jahre alt und bereits von einigen Gebrechen erfasst, aber die geistige Flexibilität war ihm noch geblieben. »Ach, Kinder, wisst ihr was? Mir fällt gerade ein, dass ich in nächster Zeit keine neuen Aufträge mehr annehmen kann, weil ich schon voll bin. Nicht vom Schampus, ihr wisst schon, was ich meine. In Paris habe ich vom Tristan Tzara einen Auftrag erhalten. Den solltet ihr kennenlernen, das ist ein köstlicher Schriftsteller, der immer eine Nickelbrille trägt. Dazu kommt die Josephine Baker, die kennt ihr sowieso. Ihr könnt euch bei ihr erkundigen, sie logiert ab und zu beim Panhans drüben. Und auch im fernen Chicago tut sich was für mich. Also seid mir nicht böse! Herr Ober, noch einen Schampus, und für meinen Freund ein Bier!«

In diesem Moment wurde die Tür zur Terrasse geöffnet und herein kam das frisch verheiratete Ehepaar Werfel, Alma Mahler-Werfel, 50, und ihr Gatte Franz Werfel, 39 Jahre alt. Den Schriftsteller kannte jeder, sogar Floh. Und Alma Mahler, die Witwe des Komponisten Gustav Mahler sowie die geschiedene Ehefrau der Bauhaus-Berühmtheit Walter Gropius, erst recht.

Als Floh nun zur Tür schaute, fiel ihm aber nicht nur das Paar, sondern auch ein Herr Mitte 50 auf, der am Tisch neben der Tür saß und aufmerksam in der Wiener Zeitung las. Vor ihm stand ein Glas Rotwein, daneben lagen zwei Notizblöcke. Noch während Floh darüber nachdachte, wer dieser Mann sein könnte – irgendetwas an ihm ängstigte unseren Erfinder –, kamen die Werfels auf sie zu.

»Ist der Tisch neben Ihrem noch frei?«, wollte die Dame von Floh wissen.

»Hat sie etwas gesagt?«, fragte Adolf Loos seine Tischfreunde.

»Ja, ob der Tisch frei ist«, antwortete Floh.

Der Architekt grüßte mit einem Kopfnicken, der Werfel und die Mahler grüßten zurück.

»Die kommen von der Villa Mahler drüben am Kreuzberg«, flüsterte Loos. »Dort sperrt sie ihren Franz in die kleine Dachkammer, bis er sein Zeilenpensum pro Tag fertiggeschrieben hat, sonst bringt er es zu nichts. Das hat sie übrigens auch mit ihrem Komponisten schon so gemacht.«

»Eine wahrhaft bewundernswerte Frau!«, warf Hanna ein.

Und genauso ein männerfressendes Monster wie du, dachte Floh, behielt es aber für sich.

»Kennt ihr die Geschichte mit dem Krötenküsser?«, fragte Loos und freute sich schon jetzt aufs Erzählen.

Beide schüttelten die Köpfe.

»Der Krötenküsser hieß eigentlich Paul Kammerer, war Biologe und ein ausgesprochener Bewunderer von Alma Mahler. Sie hatte sogar eine Weile an seinen Experimenten mit Kröten mitgearbeitet. Nach dem Tod Gustav Mahlers wollte er Alma endlich für sich gewinnen, obwohl er verheiratet war, und drohte sogar damit, sich auf dem Grab ihres Mannes zu erschießen, wenn sie seine Liebe nicht erwidere. Das hat er dann 14 Jahre später aus einem anderen Grund an einem anderen Ort getan, nämlich auf dem Theresienfelsen in Puchberg am Schneeberg.«

»Hast du ihn gekannt?«, fragte Floh.

»Nein, dafür kenne ich umso besser ihren neuen Mann, übrigens ein Landsmann von uns, Floh.«

»Ein Tscheche? Wieso trinkt er dann kein Bier?«, fragte Floh ungläubig.

»Vielleicht, weil seine strenge Frau es verboten hat?«

»Sollen wir uns auf Tschechisch mit ihm unterhalten?«

»Ich weiß nicht, ob der Herr Schriftsteller in Anwesenheit seiner Frau die Verwendung der tschechischen Sprache goutiert«, lautete die Antwort des Brünner Architekten, und er begann übergangslos laut zu philosophieren. Die Gier lohne sich nicht ohne die Macht, weil sie andauernd ein Gefühl der Enttäuschung und Unzufriedenheit hinterlasse. Die Macht bringe ohne die

Gier jedoch auch nichts, weil sie ergebnislos und zwecklos über kurz oder lang zerschlagen werde. Er hingegen haue nach dem Motto »Wie gewonnen, so zerronnen« deshalb sein gesamtes Geld zum Fenster oder hier über die Terrasse hinaus.

Das Künstlerpaar neben ihnen wurde hellhörig und konnte nicht anders, als seinen intellektuellen Senf dazu abzugeben.

Da konnten Floh und Hanna nicht mithalten. Ihr Blick schweifte wieder über die Terrasse hinaus, wo der Zug, den sie vor ein paar Minuten bei der Ausfahrt aus der Polleroswand gesehen hatten, in etwa 200 Meter Entfernung an ihnen vorbeidampfte. Man verstand sein eigenes Wort nicht mehr. Das wäre bei einem elektrischen Antrieb anders, dachte Floh grimmig, stand auf, leerte sein Glas, knallte das Geld auf den Tisch und schrie über den Zugkrach hinweg: »So, Hanna, und jetzt gehen wir!«

Nachdem Max Mitschek am Südbahnhotel angekommen war, hatte er einen kurzen Blick auf den Tatort geworfen: Die unzähligen Glassplitter waren weggeräumt, selbst das Geweih war entfernt worden, die kaputten Fensterscheiben waren mit Pappkartons zugeklebt. Mitschek hatte sich den Schlüssel geben lassen und sich auf sein Zimmer zurückgezogen, wo sein Koffer bereits abgestellt worden war.

Er hatte sich in seine Einserschale* – einen abgewandelten Stresemann mit schwarz-grau gestreifter Hose,

* Beste zur Verfügung stehende Gewandung.

einreihigem schwarzen Jackett, hellgrauer Weste und silberner Krawatte ohne Nadel – geworfen, und nun betrat er mit der Wiener Zeitung unter der Achsel die Terrasse. Nicht übel für einen einfachen Wiener Oberinspektor.

Der Kellner hatte ihn drinnen unauffällig auf den Tisch aufmerksam gemacht, an dem Herr Loos saß. Auf Mitscheks Frage, ob der zweite Herr am Tisch Florian Waxriegel sei, hatte der Kellner gemurmelt: »Seinen Namen kenne ich nicht. Der ist vor einem Jahr auf dem Semmering aufgetaucht, trägt oft dreckige Hosen, besucht zumeist die Schwemme und wohnt in der Südbahnstraße.«

Max Mitschek nahm nun also auf der Terrasse am Tisch neben der Tür möglichst unauffällig Platz. Hier war der beste Ort zum Observieren der übrigen Tische, befand er.

Zuerst überflog er die Speisekarte. Tartar von der heimischen Bachforelle, Wachtelconsommé, Fasan in Speck gehüllt, danach Topfensoufflé mit Beerenragout und Melissensirup. Der Oberinspektor winkte nach dem Kellner. »Sagen Sie, letzten Freitag habe ich hier ein herrliches Fiakergulasch gehabt. Kann ich das heute wieder bestellen?«

Der Kellner bestätigte unwillig.

»Und dazu ein Bier, wenn ich bitten darf!«

Der Kellner machte kehrt, Mitschek legte zwei Notizblöcke auf den Tisch und vertiefte sich in die Wiener Zeitung.

Somit ergab sich ein zweiter Verwendungszweck: einmal die Weganbahnung mit zusammengerollter Zeitung, zum zweiten die Tarnung mit geöffneter Zeitung.

Aha, gar nicht uninteressant, was da drinstand. Der Vizebundeskanzler des Landes Österreich sagte auf Seite zwei: »Was die Ausrüstung der Sicherheitswachkörper betrifft, so ist die Wiener Polizei im Laufe der letzten Zeit in ausreichender Weise ausgestattet worden. Ich stehe nicht an, zu erklären, daß es notwendig ist, daß die Polizei entsprechend ausgerüstet ist, nicht, damit sie schießt, sondern damit die Bereitschaft uns vor Ausschreitungen und davor bewahre, daß es zu solchen Ereignissen kommt wie am 15. Juli 1927.«

Was hatte sein Chef Petzig ihm neulich erzählt? Dass der Wiener Polizeipräsident, Herr Doktor Schober, demnächst Bundeskanzler werden sollte? Offenbar saßen Schobers Vertraute schon jetzt in der Regierung.

Nach der Lektüre schielte er zum Tisch des Architekten. Hose und Sakko, jedoch ohne Hut, gepflegt, aber nicht extravagant, schütteres Haar, aber noch ziemlich sportlich in der Haltung, gute Umgangsformen am Tisch.

Der Kellner brachte das Essen. Mit wackerem Appetit verschlang er das Fiakergulasch – er hatte den gesamten Tag keine ordentliche Essenspause eingelegt – und leerte sein Bier. Er bestellte einen Grappa, ließ abservieren, und beobachtete heimlich den zweiten Mann, bei dem es sich um diesen Florian Waxriegel handeln musste. Der trug das übliche Sakko, dazu Knickerbocker, und den noch jugendlich wirkenden Kopf bedeckte eine Schirmkappe. Stets nippte er an einem Bierglas. War das der Attentäter?

Um wen handelte es sich bei der dritten im Bunde, jene extravagant gekleidete Dame mit der Boafeder? Sie wollte offenbar den Architekten becircen, beugte sich des Öfteren zu ihm hinüber und brüllte in sein Ohr. War der Architekt taub? Und was hatte der mit dem Florian Waxriegel zu tun? Gut, dass die Telefonleitungen im Südbahnhotel doch schon repariert waren. Morgen gleich in der Früh würde Mitschek beim Doktor Madrowetz anrufen und ihn fragen, ob es einen Akt zu Adolf Loos gäbe. Wahrscheinlich nicht, dachte er. Ein Architekt baut Häuser und zerstört sie nicht. Doch wer weiß, was der Loos auf dem Kerbholz hat, dachte der Oberinspektor. War der Name nicht letztes Jahr im Zusammenhang mit einem Strafprozess gefallen?

So, genug des Observierens, ein Nachtisch musste her. In Ermangelung der Kenntnisse des Französischen bestellte er einen gewöhnlichen Topfenstrudel, dazu ein Glas Rotwein, und blätterte weiter in seiner Wiener Zeitung. Aha, auch in Deutschland gab es Sprengattentate. In Berlin waren deshalb mehrere Personen festgenommen und in 21 Droschken nach Moabit gebracht worden. Die Schutzpolizei hatte sich um einen reibungslosen Transport gekümmert. Wurde denn jetzt überall gesprengt? In Berlin, am Semmering, auf der ganzen Welt?

Beim Umblättern warf Mitschek erneut einen kurzen Blick zum Tisch des Architekten und sah dabei, wie der

Waxriegel dem Loos unterm Tisch gegen das Schienbein trat. Der zog sich daraufhin von den Becircungen der Frau Federboa zurück und schien nun mit Waxriegel zu fachsimpeln. Worüber nur? Oder fachsimpelten die beiden gar nicht, sondern verhandelten darüber, wer mit der Frau Federboa anbandeln durfte? Mitschek lehnte sich entspannt zurück. Morgen würde er vielleicht mehr von Doktor Madrowetz erfahren.

Da ging neben ihm die Terrassentür auf, ein Paar schwebte müßig herein, ging zum Tisch des Herrn Loos, fragte etwas und ließ sich am freien Tisch daneben nieder. Mitschek erkannte das Ehepaar Werfel, er hatte ihre Fotos schon öfters in den Kulturseiten der Zeitungen gesehen. Die Dame galt als überirdische Muse des berühmten Dichters. Die drei am Nachbartisch steckten die Köpfe zusammen – bestimmt waren die Gäste neben ihnen Inhalt ihres Gesprächs.

Mitschek hatte genug gesehen, gehört und notiert, bestellte noch einen letzten Grappa, packte die Notizzettel in seine Brusttasche und rief dem Kellner nach der Rechnung.

Morgen wollte er endlich zur Kalten Rinne marschieren, um sich dort einen genauen Überblick zu verschaffen. Zum ersten Mal an diesem Abend wanderte sein Blick über die beleuchtete Terrasse hinaus auf die gegenüberliegende Talseite. Die Dunkelheit war längst ins Tal gesunken, und er sah nur mehr ins Schwarze.

Weil der Kellner mit der Rechnung nicht kam, stand er auf und zahlte an der Kassa.

15. KAPITEL
DONNERSTAG, 19. SEPTEMBER 1929

*Max Mitschek beim Fleischmannviadukt * Max Mitschek beim Viadukt über die Kalte Rinne * Max Mitschek in der Villa Adlerhorst*

Noch vor dem Frühstück ließ sich Mitschek mit Doktor Madrowetz fernmündlich verbinden und bat ihn, nach einem allfälligen Akt »Loos, Adolf« zu suchen. Danach setzte er sich auf seinen Lausch- und Beobachtungsposten auf die Terrasse gleich neben der Tür – das Personal hatte ihm den Tisch für die Dauer seines Aufenthalts als seine persönliche Bleibe zugesichert –, stillte seinen Hunger und kehrte, weil es noch nichts zu beobachten gab, anschließend in sein Zimmer zurück.

Dort stieg er in seine Wanderschuhe, zog sich die Knickerbocker an und schlüpfte in einen karierten Wollpullover. Eine Landkarte hatte er schon am Vortag in der Tabak-Trafik des Hotels erworben, denn er wollte zu Fuß zur Kalten Rinne marschieren, um den möglichen Weg des Attentäters auszutesten.

Er ging auf der Straße, die direkt am Hotel vorbei in Richtung Breitenstein führte. Nach etwa einer Stunde des Marsches und mehreren Serpentinen bergab stand Mitschek vor dem Fleischmannviadukt.*

Oha, es gab also ein weiteres Viadukt zwischen Semmering und der Kalten Rinne! Bestand die Möglichkeit, dass der Attentäter gleich bei diesem ersten Viadukt, besagtem Fleischmannviadukt, den Sprengstoff deponierte? Zumal man hier mit dem Automobil fast bis an die Trasse der Eisenbahn fahren konnte.

Mitschek überlegte. Die Straße lag zwar direkt neben dem Viadukt, die Schienen jedoch über 20 Meter höher. Der Attentäter müsste also eine sehr lange Leiter benutzen, wollte er hier von der Straße aus an die Gleise oder an die Bogenspitzen kommen. Er müsste also über die Gleise laufen, um den Sprengstoff nahe der Trasse am Viadukt zu platzieren. Mitschek inspizierte den Bau genauer. Es sah so aus, als wären Gewölbe und Stützen verstärkt worden, um die Stabilität der Brücke zu garantieren. Wollte man diesen Bau zerstören, müsste man die Sprengladungen auf jeden Fall nahe der Bogenspitzen anbringen.

Es half nichts, er musste hinauf. Der Oberinspektor stieg am Rand des Viadukts die Schotterhalde nach oben zur Bahntrasse. Just in diesem Moment hörte er das unverkennbare Zischen der beiden Dampflokomotiven, das von einem rhythmischen Stampfen begleitet wurde.

* Das Viadukt führt an der Semmeringstraße zwischen Semmering und Breitenstein über den Unteren Adlitzgraben und wird im Volksmund nach dem Unternehmen, das es gebaut hat, als Fleischmannviadukt bezeichnet. Es hat acht Bögen, ist eingeschossig, 152 Meter lang und 24 Meter hoch. Schon zu Ghegas Lebzeiten musste es verstärkt werden, weil sich durch den regen Bahnbetrieb und dem feuchten Untergrund Risse im Mauerwerk bildeten.

Und schon sah er den Zug, wie er auf das Viadukt fuhr. Mitschek wich um ein paar Meter zurück, gerade rechtzeitig, denn der Zug ratterte nun an ihm vorbei. Dunkler Dampf entwich den Rauchfängen, hob sich jedoch nicht in den Semmeringhimmel empor, sondern strich flach über die Dächer der Waggons. Mitschek war beeindruckt und musste sich mit einem Ruck von diesem kolossalen Anblick trennen. Schließlich war er dienstlich, will heißen als Polizist und nicht als Eisenbahner, hier. Er ging zurück zur Straße, und in etwa einer Stunde erreichte er das nächste Viadukt, das über die Kalte Rinne.

Dort verließ er die Straße und marschierte auf einem Forstweg zum Bahnwärterhaus* hinauf. Von hier aus hatte er einen guten Blick auf das Viadukt. Als Mitschek nun auf die Gleise sah, überlegte er, ob der Attentäter möglicherweise doch nicht das Viadukt, sondern den Zug in die Luft jagen wollte. Dann müsste er den Sprengstoff einfach an den Schienen anbringen und ihn zünden, wenn die Lokomotive besagte Stelle befuhr. Doch egal, wo der Attentäter den Sprengstoff platzieren wollte, er würde von dem hierher abkommandierten Observationsposten gesehen werden. Wo war der eigentlich? Auf Schwammerlsuche? Oder schlafend im Wärterhaus?

Mitschek betrat verärgert das Häuschen, und da saßen der Eisenbahner und der Gendarm und waren inten-

---

* Auf der Semmeringstrecke wurden von der Südbahngesellschaft insgesamt 55 Wächterhäuser als zweistöckige Steinbauten in Sichtabstand errichtet. Die Bahnwächter nutzten diese Häuser samt ihren Familien als Dienst- und Wohnsitz, denn bei hoher Schneelage und wiederkehrendem Steinschlag mussten sie schnell vor Ort sein. Einige der Häuser sind heute noch im Originalzustand erhalten.

siv beschäftigt. Jedoch nicht mit der Observation, sondern mit einem Kartenspiel. Immerhin standen keine Bierflaschen auf dem Tisch. Der Oberinspektor zeigte seine Kokarde und begehrte eine Erklärung des kartenspielenden Gendarmen.

Dieser verteidigte sich stotternd. Ein heranfahrendes Automobil sei von hier heroben leicht zu hören, da müssten sie nicht ständig alles im Blick haben.

»Und wenn der Attentäter zu Fuß kommt, um die Sprengladung anzubringen?«

Der Gendarm versicherte, dass in den letzten Tagen kein Wanderer vorbeigekommen wäre, das sei so sicher, wie die Kohle der Dampflokomotive schwarz sei.

Mitschek beließ es dabei, obwohl er starke Zweifel an der Behauptung des Gendarmen hegte. Schließlich hätten die beiden ihn auch nicht bemerkt, wäre er nicht hereingekommen. Grimmig befahl der dem Gendarmen: »Aufstehen und mitkommen!«

Zusammen verließen sie das Bahnwärterhaus, gingen zu dem etwa zehn Meter unterhalb errichteten Schupfen, in dem das Geld in einem Mistkübel deponiert werden sollte, und traten durch die nicht abgesperrte hölzerne Schiebetür. Mitschek entdeckte sofort den Mistkübel und hob den Deckel hoch. Der Kübel war leer, nur zwei Zigarettenstummel lagen darin. Das Einfachste wäre es, überlegte der Oberinspektor, der Forderung des Erpressers nachzukommen, das Lösegeld in diesen Kübel zu stecken, und vier oder fünf Gendarmen im Fichtenwald zu positionieren, die den Übeltäter an Ort und Stelle fassten, sobald er das Geld abholen wollte. Dann hätte die Geschichte endlich ein Ende. Doch die Bundesbahnen, die das Geld zur Verfügung stellen müssten, zögerten.

»Wird das Geld denn nun hier hinterlegt?«, wollte der Gendarm wissen, den Mitschek durch seine Überlegungen ganz vergessen hatte.

»Noch haben die Bundesbahnen nicht zugestimmt«, antwortete er kurz angebunden und bat den Gendarmen, ihm draußen einen Überblick zu verschaffen. Erstaunlich alpin hier, dachte er, als der Gendarm mit ihm zur Trasse ging. Diese drehte sich auf dem Viadukt um mehr als 180 Grad und führte auf der gegenüberliegenden Seite direkt in den Tunnel des Pollerosberges. Das Portal des Tunnels war rußgeschwärzt. Die Polleroswand fiel steil ab und setzte sich weiter unten im Tal als öde Schutthalde fort.

»Von da drüben kann kein Mensch auf die Trasse kraxeln«, stellte Mitschek fest. »Das geht nur von hier aus, vom Bahnwärterhaus.«

»Sag ich doch. An uns kommt keiner unbemerkt vorbei aufs Viadukt«, bestätigte der Gendarm. »Und vom Bahnwärterhaus geht's weiter zum Schupfen und dann auf einem Wiesenweg direkt zur Schotterhalde der Trasse. Diesen Weg haben wir gerade genommen. Und das ist die einzige Möglichkeit, um auf das Viadukt zu gelangen, um dort den Sprengstoff zu befestigen und die Zündschnur zu legen.«

»Mit der Zündschnur könnte sich der Attentäter dann hier irgendwo hinter einer der Fichten verstecken und warten, bis der Zug kommt«, führte der Oberinspektor weiter aus. »Sehr gut, Kollege, ich sehe, Sie haben alles genau überlegt.« Er hieß ihn, die Kartenpartie oben im Bahnwärterhaus fortzusetzen und zu gewinnen. »Aber halten Sie die zur Kalten Rinne führende Straße stets unter Beobachtung und nehmen vor allem Wanderer mit Rucksäcken ins Visier. Die Rucksäcke müssen Sie genau kontrollieren! Verstanden?«

Der Gendarm nickte, doch Mitschek wusste, dass seine Mahnung von den Kartenspielern in den Wind der Asse und Könige geschlagen würde, sobald er nicht mehr vor Ort war.

Mehr konnte unser Oberinspektor hier nicht tun, weshalb er nun die rund 40 Meter zum Grund der Kalten Rinne wieder hinunterstieg. Zeit für ein paar Schlucke aus seiner Wasserflasche. Bildlich festhalten müsste man dieses Wunderwerk der Bautechnik, dachte er. Wieso gehörte eigentlich ein gut funktionierender Fotoapparat nicht zur Standardausrüstung eines Oberinspektors? Mit in den Nacken gelegtem Kopf bestaunte er das doppelgeschössige Viadukt, für das 80.000 Steinquader hier vor Ort zugeschnitten und mit einfachen Winden hinaufgehievt worden waren, dazu noch Zehntausende an Ziegelsteinen. Ganz oben, oberhalb der Bögen der zweiten Etage und unterhalb der Trasse, entdeckte er die Löcher, von denen er kürzlich dem Generaldirektor Foest-Monshoff erzählt hatte und die, wie er wusste, vorsorglich vom Militär für eine etwaige Sprengung angelegt worden waren. Die Streckenwärter bezeichneten diese Löcher als Ochsenaugen.

Max Mitschek kratzte sich an seiner Glatze. Ja, das Militär könnte durchaus Sprengstoff in die Löcher füllen und das gesamte Wunderwerk in die Luft jagen. Aber eine Einzelperson? Dieser Florian Waxriegel? Könnte der sich mit einem Widerhaken an der Brüstung befestigen und sich bis zu den Löchern abseilen? Bei Tageslicht würde er höchstwahrscheinlich von den beiden Kartenspielern entdeckt werden. Und in der Nacht? Schwer vorstellbar, wenn der Attentäter kein Alpinist oder Gebirgsjäger war. Der würde sicher abstürzen. Ein solcher Einzeltäter würde die Bombe eher auf die Trasse legen. Wenn er zum richtigen Zeitpunkt zündete – ein Sprengprofi konnte den richtigen Zeitpunkt ausrechnen –, würde die Lokomotive auf der Brücke mit einem riesigen Wumms – aus! Mitschek schloss sein Denkmodell. Auch seiner Vorstellungskraft musste er gewisse Grenzen setzen. Jetzt galt es, schnell zu handeln.

Er eilte die unbefestigte Straße im Tale in die nahe Ortschaft Breitenstein und stieg den Fußweg zum Bahnhof hinauf. Um 14.13 Uhr hielt hier der Zug, der ihn zurück zum Bahnhof Semmering brachte. Dort ließ er vom Bahnhofsvorsteher nach einem Dienstwagen rufen, der ihn direkt ins Hotel fuhr.

Kurz nach 15 Uhr saß er an seinem Tisch auf der Terrasse und bestellte einen starken Kaffee. In der Zwischenzeit hatte er seinen Einsatzplan etwas variiert. Der Beobachtungsposten am Bahnwärterhaus an der Kalten Rinne sollte bleiben. Doch statt einen zweiten am

Fleischmannviadukt einzusetzen, wäre es sinnvoller, die Villa Adlerhorst zu observieren. Und zwar rund um die Uhr. Mitschek selbst würde kurz vor dem 26. September dann hier in einem Hotelzimmer einen Außenposten einrichten, wofür er sich unbedingt eine Telefonleitung besorgen musste. Sollte Herr Waxriegel die Villa Adlerhorst durch einen der beiden Ausgänge verlassen, müsste unverzüglich Meldung an ihn in seinen Außenposten gemacht werden: Waxriegel weg! Und dann würde die Verfolgungsjagd beginnen.

In halbwegs zufriedener Stimmung bestellte Max Mitschek einen Grappa.

Floh Waxriegel werkelte seit geraumer Zeit in seiner Werkstatt. Am gestrigen Abend war es ihm nicht gelungen, die Drogenbaronin mit seinem Jugendfreund zu verkuppeln. Also würde ihm nichts anderes übrig bleiben, als mit ihr ein mehr oder weniger fixes Pantscherl einzugehen. Warum war er nicht früher auf diese Idee gekommen? Schon in der Meidlinger Eichenstraße hätte er die Möglichkeit zu einer dauerhaften Liebesbeziehung gehabt. Jedoch hatte er sie nur einmal oder vielleicht zweimal in seinem Schupfen gepackt. Oder konnte er sich infolge seines Bierkonsums an weitere körperliche Kontakte nicht mehr erinnern? Dann hätte sie ihm das Geld vielleicht ohne verzinste Rückforderung gegeben. Aber noch war es nicht zu spät. Floh hoffte, dass er sie durch jetzige Zuwendungen noch immer dazu bringen könnte, ihm die Schulden zu erlassen oder die Rückzahlung auf den Sankt-Nimmerleins-Tag zu verschieben. Das einzige Problem dabei war seine ihm angetraute Berta.

Floh zog mit Arbeitshandschuhen ein paar Teerpappebögen hinter der Kredenz hervor, ging nach draußen und legte sie in die Wiese. Er kehrte zurück in den Schuppfen, steckte die Handschuhe auf die Holmenenden der Stehleiter und überlegte. Was wäre, wenn seine Frau Berta einen Stromunfall hätte? Er müsste in der Werkstatt ein Metallteil unter Strom setzen, mit hoher Spannung, vielleicht 400 Volt. Und sie dann bitten, ihm zu helfen und ihm das Metallteil zu reichen. Das sollte genügen, damit der alte Gevatter Tod einen Anstandsbesuch machen würde. Blöderweise konnte er diesen Versuch vorher nicht austesten. Mit wem denn auch? Außerdem könnte ein Verfahren gegen ihn eingeleitet werden, weil er unsachgemäß arbeitete. Andererseits war seine Werkstatt stets verschlossen und deshalb nicht allgemein zugänglich. Wie zum Teufel könnte er eine so spektakuläre Aktion wie einen Mord so unauffällig wie möglich begehen?

Just in diesem Moment tauchte seine Berta in der Werkstatt auf, mit einem Mann an ihrer Seite, den er irgendwo schon einmal gesehen hatte.

»Floh, der Herr will dich sprechen, er ist von der Kriminalpolizei«, informierte Berta ihn.

Ich denke nur daran, sie umzubringen, und schon steht ein Krimineser in der Tür, dachte Floh erschrocken.

Der Krimineser zeigte seine Kokarde. »Herr Waxriegel, ich habe ein paar Fragen an Sie.«

Mit einer Handbewegung verscheuchte Floh seine angetraute Berta, dann lehnte er sich an die Stehleiter. »Haben wir uns nicht schon einmal gesehen, Herr …«

Da traf Floh Waxriegel bei unserem Oberinspektor ins Schwarze. Gibt's denn hier keine Leute, die eine Frage ohne Gegenfrage beantworten können, dachte dieser erzürnt. Grant, Grimm und Grappa! »Max Mitschek, Oberinspektor. Und die Fragen stelle ich. Herr Waxriegel, wo waren Sie letzten Freitag zeitig in der Früh?«

»Letzten Freitag?«, so die nächste Gegenfrage.

»Ja. Und nun antworten Sie, sonst lasse ich die örtliche Gendarmerie holen und Sie mitnehmen! Also, wo waren Sie letzten Freitag?«

»Das wird ein bisserl kompliziert.« Floh wischte sich den plötzlich auftretenden Schweiß von der Stirn und überlegte ganz kurz, ob er ein Bier aufmachen sollte. »Das ist nicht einfach zu erklären.«

»Dann erklären sie es zweifach!«, polterte Max Mitschek.

»Also gut, Herr Oberinspektor, ich war in der Fabrik.«

»Aha. Gehört diese Fabrik Ihnen?«

Floh wischte sich noch mehr Schweiß ab. »Nein, ich bin nicht der Besitzer, und deshalb wird das jetzt ein bisserl kompliziert.«

»Herr Waxriegel, für Sie schaut die ganze Situation nicht nur ein bisserl, sondern sehr kompliziert aus. Was haben Sie in der Fabrik getan?«

»Ich habe den Rauchfang gesprengt.«

»Das Südbahnhotel hat viele Rauchfänge!«

»Ich spreche nicht vom Südbahnhotel, sondern von der Fabrik in Marienthal.«

»So, von der Fabrik in Marienthal. Das müssen Sie mir erläutern.«

Und der Floh seufzte dreimal, lehnte sich an die Stehleiter und begann zu erzählen. Dass er den Arbeitslosen von Marienthal helfen wolle. Er nehme dazu in der ehemaligen Textilfabrik am späten Abend Sprengungen vor. Die Arbeitslosen würden die Ziegelsteine herausklauben, putzen und zum Verkauf anbieten. »Die Menschen sind ausgesteuert und erhalten keinen Schilling vom Staat, nicht einmal einen Groschen! Das sind ganz arme Schlucker«, sagte er. Er habe bereits Teile der Färberei gesprengt und auch Teile der Druckerei. »Und falls Sie sich fragen, ob ich dazu überhaupt befugt bin: Ja, denn ich besitze ein Sprengbuch und kaufe den Sprengstoff Ekrasit ganz legal. Zum Üben habe ich einen Steinbruch in Gainfarn gepachtet. Und das Ekrasit lagere ich hier im Schupfen, den ich stets verschlossen halte. Es ist in einer Lade dieser alten Kredenz, wollen Sie es sehen, Herr Oberinspektor?«

»Das hört sich alles rechtens an. Warum schwitzen Sie dann so, Herr Waxriegel?«, fragte der Krimineser.

Floh holte sich eine Bierflasche und öffnete den Bügelverschluss. »Das Problem liegt darin, dass die Fabrik mir nicht gehört, wie gesagt. Ich dürfte die Sprengungen dort also gar nicht durchführen. Ich wollte sie kaufen, aber der alte Isidor Mautner, der Besitzer, hat einen Preis verlangt, den ich nicht zahlen konnte. Deshalb fahre ich in der Nacht hin und zerlege die Fabrik, damit die ehemaligen Angestellten, die seit der Schließung arbeitslos sind, zumindest noch einigermaßen von ihrer alten Fabrik leben können.«

»Wieso soll ich Ihnen das glauben? Herr Waxriegel als Samariter, als Wohltäter der Arbeiter, als Sozialist?«

Floh trank ein Drittel der Bierflasche in einem Zug. »Fragen Sie meine Frau!«

»Dass Sie diese Sprengungen vornehmen, mag stimmen. Doch ich glaube, der eigentlich Grund dafür ist ein anderer, das Samaritertum nur willkommene Begleiterscheinung. Sie üben dort die gezielte Sprengung von Gebäudeteilen! Herr Waxriegel, ich verdächtige Sie, das Postamt des Südbahnhotels gesprengt zu haben!«

Das zweite Drittel des Bieres musste dran glauben. »Herr Oberkommissar, wozu sollte ich? Ich bin ein Erfinder, die französischen Bahnen haben mir ein Verfahren zur Elektrifizierung abgekauft. Und mit meinem Freund Adolf Loos will ich eine Baufirma gründen.« Jetzt fiel ihm ein, woher er den Krimineser kannte. »Sie sind doch gestern auf der Terrasse des Südbahnhotels gesessen. Stimmt's?«

»Sie werden observiert, Herr Waxriegel. Was haben Sie mit dieser Dame zu tun, die gestern mit Ihnen und Herrn Loos am Tisch saß und die Nacht bei Ihnen in der Villa zugebracht hat?«

»Wissen Sie, diese Dame wollte den Architekten Adolf Loos kennenlernen. Sie ist unsere ehemalige

Nachbarin aus Meidling und bestrebt, no, sagen wir, die Wirkung des Herrn Architekten auf das weibliche Geschlecht zu erproben.«

»Wo finde ich diese Dame?«

Etwas entspannter leerte Floh den Rest der Flasche.

»Meines Wissens nach sitzt sie auf der Terrasse.«

»Herr Waxriegel, wir überprüfen selbstverständlich Ihre Aussagen. Eine letzte Frage: Wozu brauchen Sie diese schwarzen Teerbögen draußen auf der Wiese?«

»Zum Isolieren. Ich möchte das Dach abdecken. Wenn Sie wüssten, wie viele Siebenschläfer in unserem Dachstuhl herumhüpfen und uns des Nachts wachhalten.«

Mitschek trat nach draußen und inspizierte die Teerpappe genauer. »Kann man damit auch elektrische Leitungen isolieren?«

»Sie sind aber hartnäckig, Herr Chefinspektor. Da ist Bitumen drinnen. Wollen Sie es ausprobieren?«

Grant, Grimm und Grappa! »Herr Waxriegel, eines verspreche ich Ihnen: Wir werden uns wiedersehen!«

»Ich könnte Ihnen ein paar davon günstig verkaufen.«

Wahrscheinlich hatte Max Mitschek das Angebot des nach dem zweiten Bier greifenden Bastlers nicht mehr gehört. Er war bereits auf dem Weg zur Terrasse. Dabei unterdrückte er sein unmäßiges Verlangen nach einem Fiakergulasch, denn schon wieder hatte er seit dem Frühstück nichts mehr gegessen. Egal, im Moment hatte er keine Zeit, sich mit profanen Dingen wie Nahrungszufuhr zu beschäftigen.

Er trat auf die Terrasse, wo sich vor ihm die halb nackte Dame mit geschlossenen Augen auf einem Liegestuhl räkelte. Um sie nicht zu erschrecken und unnötige negative Gefühle zu provozieren, räusperte er sich kurz und stellte sich artig vor, als sie die Augen aufschlug. Er verwies dezent darauf, dass er weder ein Verhör noch ein dienstliches Gespräch zu führen beabsichtige, sondern ihr etwas mehr oder weniger Privates mitteilen wolle.

Hanna hüllte sich in eine Decke ein, schließlich wurde es gegen Abend merklich kühler. »Wenn das kein Dienstgespräch ist, können Sie mit mir einen Sherry trinken.« Sie richtete einen charmanten Blick auf ihn. »Setzen Sie sich doch auf den Liegestuhl.«

Mitschek verneinte höflich und schaute auf die Uhr, er wollte unbedingt den Abendzug erreichen, denn vorerst hieß es: zurück nach Wien und im Zugrestaurant eine große Portion aus der Küche des Restaurantwagens verspeisen. Schnell griff er nach seinem Notizbuch aus der Brusttasche und murmelte: »Ich will Sie nicht lange stören, Frau …«

»Knofleben, Hanna Knofleben.«

»Richtig, Knofleben.« Dann erwähnte Max Mitschek, dass er sie gestern mit Herrn Loos auf der Terrasse des Südbahnhotels gesichtet habe. »Nein, nein, das ist nicht strafbar«, antwortete er auf ihren Einwurf. »Aber ich wollte Sie diskret darauf hinweisen, dass über besagten Herrn Adolf Loos in der Polizeidirektion ein Akt angelegt ist. Das Einfachste ist, ich lese vor. ›Im Jahr 1928 hatte Loos zwischen dem 25. August und 3. September fünfmal in seiner Wiener Wohnung Besuch von acht- bis zehnjährigen Mädchen, die er dort in ihrer Nacktheit zeichnete. Aufgrund der Anzeige einer anonym gebliebenen Frau wurden Ermittlungen gegen ihn eingeleitet, und er wurde wegen *Verbrechens der Schändung* angeklagt, davon aber am 1. Dezember 1928 freigesprochen.‹ Das steht im Akt. Und ich in eigenen Worten darf fortsetzen: Er wurde verurteilt wegen des Verbrechens der Verführung zur Unzucht. Begangen dadurch, dass er die ihm zur Aufsicht anvertrauten Mädchen, die er zeichnen wollte, dazu veranlasste, unzüchtige Stellungen einzunehmen und sich so zeichnen zu lassen. Die Strafe belief sich auf vier Monate Arrest, wurde jedoch zur Bewährung ausgesetzt.« Mitschek hatte gestern Abend noch nach Wien telefoniert und diese Informationen erhalten. »So, Frau Knofleben, das war es, was ich Ihnen mitteilen wollte. Die Schlussfolgerungen müssen Sie selber ziehen.«

Hanna Knofleben schenkte sich Sherry nach. »Man glaubt nicht, was für Hallodris auf dem Semmering herumlaufen!«

»Zählt der Herr Waxriegel Ihrer Meinung nach auch zu den Hallodris?«

»Der Herr Waxriegel? Nein, der ist ein Erfinder ersten Ranges, der die gesamte Südbahn elektrifizieren wird. Wenn es so weit ist, steigt man im Wiener Südbahnhof in den Zugwaggon, dreht sich dreimal um die eigene Achse, setzt sich einmal kurz nieder und dann kann man schon am Semmering aussteigen. Und wer weiß, vielleicht wird er den ganzen Semmering elektrifizieren und überhaupt alle Berge, die man von hier aus betrachten kann.«

Mitschek fragte sich, ob diese Frau die Wahrheit sagte und in diesem Fall nicht wusste, dass die Südbahn vorerst nicht elektrifiziert werden würde. Außerdem verspürte er einen ungeheuerlichen Appetit – der bezog sich selbstverständlich nicht auf die Drogenbaronin. Er stellte eine Frage, und zwar, wo sich Frau Berta Waxriegel gerade aufhalte.

»Berta? Ich denke, die steht in der Küche und macht einen Nussstrudel.«

Nein, sein Hunger galt auch nicht einem Strudel, weshalb sich Mitschek von Frau Hanna verabschiedete und sich dabei für sein Einmischen in ihr Privatleben entschuldigte. Dann hetzte er in die Küche. Einerseits interessierte ihn das Dreiecksverhältnis, das in diesem Hause offenbar zelebriert wurde, andererseits musste er vorsichtig sein, weil er seine Nase nicht in jedes Dreiecksverhältnis stecken durfte, vor allem, wenn es mit dem Fall »Südbahn« nichts zu tun hatte.

Berta Waxriegel trug ein weißes Häubchen, eine weiße Schürze, die bis zu den Knien reichte, und darunter ein geblümtes langes Kleid. Trotz der späten Stunde stand sie auf einem Sessel und putzte das Fenster.

»Man könnte glauben, dass Sie als Putzfrau angestellt sind«, eröffnete Mitschek wenig galant das Gespräch.

»Jemand muss sich um den Zustand des Hauses kümmern, und eine Putzfrau können wir uns nicht leisten«, antwortet Frau Waxriegel und stieg vom Sessel herunter. »Wollen Sie einen Nussstrudel, Herr Mitschek? Mit Nüssen aus dem Garten? Sie waren dabei, als ich sie gesammelt habe.«

Trotz seines Hungers schlug Mitschek das Angebot aus. Da er wenig Zeit für Geplausche erübrigen konnte, ging er gleich aufs Ganze. »Hat Ihr Mann außereheliche Beziehungen?«

»Das müssen Sie ihn selber fragen. Wissen Sie, ich bin eine Putzfrau aus einer Meidlinger Arbeiterfamilie. Und als eine solche hat der Floh mich zu Beginn zu sich in das Haus in der Eichenstraße geholt. Dann haben wir geheiratet, und jetzt lebe ich sogar auf dem Semmering. Da bin ich ihm auf jeden Fall zu Dank verpflichtet. Können Sie mir einen Kübel Wasser bringen?«

Mitschek füllte dienstfertig den Kübel und stellte ihn auf den Sessel beim Fenster. »Und was ist Frau Hanna? Stört es Sie nicht, dass sie auch hier ist?«

»Jetzt möchte ich etwas wissen, und zwar, was Sie das angeht. Ermitteln Sie nicht wegen der Explosion im Südbahnhotel?«

Der Krimineser nickte, entschuldigte sich und schrieb seine Telefonnummer auf einen Zettel. »Wenn Ihr Mann wieder zum Steinbruch fährt oder aus sonst einem Grund das Haus verlässt – wäre es möglich, dass Sie mich dann anrufen?«

Während Berta noch überlegte, was der Steinbruch mit dem Südbahnhotel zu tun haben könnte, drehte Mitschek sich um und öffnete die Küchentür.

»Warten Sie!« rief Berta ihm nach. »Warten Sie. Ich habe das noch keinem Menschen erzählt, aber vielleicht ist es jetzt an der Zeit. Mein Mann hat eine gewisse Krankheit, die er sich in Brünn beim Besuch der feschen Mädchen in den Kellerlokalen geholt hat. Und deshalb bin ich froh, dass er nicht mit mir schläft, sondern mit der Hanna oder mit wem auch immer.«

Der Oberinspektor hätte ihr gern ein Geschenk des Trostes überreicht, einen Bund Edelweiß oder eine Flasche Refosco. Aber außer seinem Notizblock hatte er keine Habseligkeiten eingesteckt. So sagte er nur: »Danke. Und rufen Sie mich an, wenn er aus dem Haus geht. Ich wünsche Ihnen, dass Sie noch lange Zeit hier oben auf dem Semmering verweilen!« Nun verließ er die Küche und das Haus, eilte zum Tor hinaus und die Südbahnstraße zum Bahnhof hinunter.

Dort kaufte er um 19.50 Uhr eine Fahrkarte, stieg um 19.58 Uhr in den Restaurantwagen des von Triest kommenden Zuges und bestellte direkt in der Küche ein Wiener Schnitzel und ein Bier. Dann setzte er sich an einen freien Tisch auf der linken Fahrseite. Vielleicht würde er die Konturen der Rax und des Schneeberges noch wahrnehmen. Die Viadukte, über die der Zug auf dem Weg nach Wien fuhr, beachtete er diesmal nicht. In Breitenstein servierte der Kellner das Krügerl Bier, und in Payerbach brachte er den Teller mit dem Schnitzel. In Gloggnitz erhielt Mitschek sein zweites Bier.

16. KAPITEL REDIGIERTE VERSION DES RETARDIERENDEN INTERMEZZOS III

*Floh Waxriegel in der Bahnzentrale * Floh Waxriegel im Steinbruch * Floh Waxriegel in Marienthal*

Die Geschichte schlägt Haken um Haken, und die Wahrheit bleibt in den Kurven der Geschichte liegen und schaut teilnahmslos zu. Oder auch weg. Also blättern wir zurück.

Am 30. Juni 1928 – zwei Monate nach seinem letzten Treffen mit dem Chef der Bundesbahnen – fuhr Florian Waxriegel mit dem A-Wagen der Wiener Straßenbahn zum Nordbahnhof, ging lockeren Schrittes über den Praterstern zur Zentrale der Bundesbahnen und wollte den unterschriebenen Vertrag über die Elektrifizierung der Südbahn abholen, den er zusammen mit seinem ausgearbeiteten Konvolut beim Direktor gelassen hatte. Elektrizität und Räte, dachte er, als er die Nordbahnstraße überschritt, darin liegt die Zukunft. Gut, das mit den Räten hatte schon jemand anderer gesagt, irgendwo in der Sowjetunion, Lenin hieß er. Also Elektrizität und Geschwindigkeit, Elektrizität und Kinematik, um ein elegantes Fremdwort zu verwenden.

Mit Schwung öffnete er das Tor der Bahnzentrale und übermittelte dem Portier sein Anliegen.

Dieser ging eine Liste durch und murmelte: »Faxtiegel, Maxfiegel, Waxriegel – heißt so nicht eine Hütte auf dem Schneeberg?« Er setzte seine Brille auf und las noch einmal. Dann schüttelte er den Kopf. »Herr Waxriegel, jetzt fällt es mir ein! Sie sollen sich nie wieder hier blicken lassen. Befehl von ganz oben.«

Es folgte eine beispiellose Entrüstung des Herrn Bittstellers. Sein Anliegen übertreffe alle anderen Anliegen an Brisanz, es sei das Wichtigste seit der Beendigung des Krieges, und ohne dessen Umsetzung könne die Bundesbahn nicht konkurrenzfähig in die Zukunft …

Entnervt unterbrach ihn der Portier und sagte unmissverständlich, dass der Herr Waxriegel unverzüglich das Haus verlassen solle. Widrigenfalls habe er den Befehl von ganz oben, sofort das Kommissariat am Praterstern anzurufen, das befinde sich nur ein paar Meter entfernt. Der weitere Austausch von Beschimpfungen und Beleidigungen wird übersprungen.

Erst als der Portier zum Hörer griff, drehte Floh um und rannte hinaus auf den Gehsteig an der Nordbahnstraße. Er wusste mit einem Mal: Seine Stunde hatte geschlagen. Die Schauer-Uhr am Praterstern zeigte 11.15 Uhr an. Floh eilte zum Kiosk, stieß den Wartenden vor ihm fluchend zur Seite und bestellte ein Bier.

Als der Kioskbesitzer ihn barsch aufforderte, er solle gefälligst seine Kraftausdrücke woanders ausposaunen, hier am Praterstern vertreibe er dadurch die besten Kunden, kaufte Floh zwei weitere Bierflaschen und setzte sich auf ein Bankerl im nahen Prater.

Nach dem Abklingen der Wut stieg ein anderer Gemütszustand in Floh hoch. Und der hieß Rache. Jawohl, Rache an den treulosen und unanständigen Bundesbahnen. Er würde den Generaldirektor, diesen Edlen von Monshoff, der einen gar nicht edlen Charakter bewies – dabei wusste Floh gar nichts von den Geheimkonten des Generaldirektors –, entführen, in seinem Schupfen auf dem Semmering einsperren und ein Lösegeld verlangen. In Höhe von einer Million Schilling. Nein, er hatte eine viel bessere Idee: Er würde einen Berg sprengen, am besten den Pollerosberg an der Südbahnstrecke. Und die hinunterkugelnden Gesteinsmassen würden die Trasse der Südbahn blockieren, wenn nicht sogar zerstören. Das hinge davon ab, ob er zwei Kilo oder vier Kilo Ekrasit verwenden würde. Die komplizierten Reparaturarbeiten in der unzugänglichen Gebirgslandschaft würden Tage dauern, wenn nicht Wochen. Wo er den Sprengstoff erwerben könnte, das wusste er. Wozu hatte er im Krieg soundsoviel Meter an Gestein gesprengt? Das waren zusammengerechnet mehrere Berge, wenn nicht gar ein ganzes Gebirge gewesen.

Langsam wanderte er zur Station des A-Wagens zurück. Er könnte auch den B-Wagen nehmen, sollte der früher heranbimmeln.

Nachdem er die letzte Bierflasche ausgetrunken hatte, warf er sie in einem weiten Bogen in die Praterau. Und noch vor der Kreuzung am Praterstern mit dem Denkmal des siegreichen Admirals Tegetthoff fiel ihm der perfekte Gegenschlag ein, der einzig und allein angemessen war, einem Unternehmen wie den Bundesbahnen auf Augenhöhe zu kontern. Einige Vorarbeiten, das wusste Floh, wären dafür allerdings notwendig. Und die würden einige Monate, wenn nicht sogar über ein Jahr in Anspruch nehmen. Aber so könnte er die Bundesbahnen treffsicher in die Schranken weisen.

Etwa zehn Tage später mietete Florian Waxriegel am Bahnhof von Bad Vöslau einen Wagen – ein eigenes Automobil konnte er sich bislang nicht leisten, auch wenn seine Berta des Öfteren darauf gedrängt hatte. Vom Bahnhof fuhr er in Richtung des Ortes Gainfarn, sodann auf der geschotterten Straße hinauf zum Steinbruch. Bei der Drehung der Straße um 180 Grad hielt er auf einer kleinen Wiese an, und da erblickte er die kleine Holzhütte der örtlichen Feuerwehr, wo er sich mit einem Mitarbeiter der Gemeinde Vöslau verabredet hatte.

An der Hütte wartete der Gemeindemitarbeiter bereits auf ihn, doch Floh sah kein anderes Fahrzeug, er musste also zu Fuß heraufgekommen sein. Vor ein paar Tagen hatten sie die Einzelheiten im Büro des Gemeindemitarbeiters vereinbart, sodass dieser den Vertrag ausformulieren und heute mitbringen konnte.

Florian Waxriegel wollte den Steinbruch zu einem Preis von 150 Schilling im Monat pachten. Drei Monate müsste er bei der Unterzeichnung in bar im Voraus bezahlen, dazu kamen die Verwaltungsgebühren. Floh

Waxriegel unterschrieb den Wisch, den er so dringend benötigte, ohne die Einzelheiten durchzulesen, und überreichte dem Herrn 450 Schilling in einem Briefkuvert.

Der Gemeindemitarbeiter pries im Anschluss die Besonderheiten des Steinbruchs. Er plapperte vom harzigen Föhrengeruch, der an ein mediterranes Ambiente erinnerte, von der besonderen Gesteinsart hier, der weißen Gainfarner Brekzie, sowie von den dunklen Dolomiten und dem Altersunterschied der beiden Gesteinsformen, der betrage an die 240 Millionen Jahre.

Das alles interessierte unseren Floh nicht, und er holte ein Taschentuch aus seiner Hosentasche, um kräftig hineinzuschnäuzen.

Der Gemeindemitarbeiter stoppte seine Plapperei und fragte neugierig: »Was haben Sie mit dem Steinbruch vor?«

Floh hatte keine Lust, mit dem Herrn eine Debatte über seine Absichten zu führen, und antwortete kurz und bündig: »Ich will ein paar Probebohrungen machen.«

»Zu welchem Zwecke?«

Das werde ich dir sicher nicht auf die Nase binden, dachte unser Floh. Er sagte: »Ich war im Krieg bei den Sprengungen eingesetzt, und jetzt möcht ich meine Kenntnisse überprüfen. Sonst verlernt man ja alles wieder.«

Worauf der Gemeindeherr das Gespräch abschloss mit: »Beim Testen müssen Sie sich an die Gesetze halten, versteht sich. Steht eh im Vertrag!« Er verabschiedete sich von Floh Waxriegel und marschierte den Schotterweg hinunter. Einmal drehte er sich noch um, und mit einem langen Atemzug sog er den Harzgeruch in seine Nase, dabei hielt er die Augen geschlossen. Dann war er verschwunden.

So. Endlich allein. Floh inspizierte erst die Fläche um die Hütte. Hinter der Hütte, am straßenseitigen Ende des Steinbruches, fand er eine Höhle. Ein paar Schritte wagte er hinein und setzte sich im Halbdunkel auf einen Stein. Und was machte man im Halbdunkeln? Sinnieren.

Vielleicht müsste er gar nicht den Pollerosberg sprengen? Nicht weit weg von hier gab es den Busserltunnel. Den hätte er schneller weggesprengt als einen ganzen Berg. Aber würde er damit sein Ziel, die Bundesbahnen hart zu treffen, erreichen? Am Ende würde er zweimal in die Berichterstattung der Lokalzeitungen kommen, mehr nicht, denn der Tunnel war ohnehin überflüssig.

Als alter, na ja, so alt war er noch nicht, deshalb eher als gewiefter Bastler hatte er schon anderes ausprobiert. Er hatte in der Nacht aus seiner Werkstatt einen Schraubstock – nie im Leben dürfte seine Berta von seinen Aktionen erfahren – in einen Mietwagen geschleppt. Beim Gewicht von 16 Kilogramm war die Schlepperei kein Honigschlecken gewesen. Dann war er mit dem Wagen bis zum ersten Viadukt am Semmering gefahren, dem Fleischmannviadukt. Dort konnte man mit dem Wagen recht nah an die Trasse gelangen. Den Schraubstock hatte er am Beginn des Fleischmannviaduktes an einem Gleis festgedreht, sich hinter einer Fichte mit vielen herabhängenden Ästen versteckt und auf den nächsten Zug gewartet. Und was war passiert? Der Schnellzug nach Mailand mit der Abfahrt um 22.30 Uhr am Südbahnhof war mit einer Geschwindigkeit von vielleicht 60 Kilometern in der Stunde über das Viadukt gesaust und dann weiter in Richtung Wolfsbergkogel. Die pfauchende Dampflok hatte mit ihrer Wucht den Schraubstock einfach zur Seite gedrückt. Mehr als ein paar Kratzer als Andenken hatte die Lok nicht davongetragen. Nein, gegen die Dynamik einer Dampflok in voller Fahrt brauchte es mehr als einen lächerlichen Schraubstock.

Jetzt hätte er gern ein Bier, aber Steinbrüche haben den Nachteil, dass zumeist keine Bierkantinen im Felsen versteckt waren. Freilich hatte Floh auch überlegt, auf friedlichem, also gewaltfreiem Wege zu seinem Ziel zu gelangen. Aber er hieß nicht Camillo Castiglioni*, denn dann könnte er gegen die Bundesbahnen an der Börse spekulieren und am Ende die Aktienmehrheit der Bahn übernehmen. Er könnte einen neuen Generaldirektor bestellen, der die Südbahn auf sein Geheiß hin elektrifizieren würde. Doch nein, Floh war Praktiker und kein Börsenspekulant, und als Praktiker blieb er bei seinem Ursprungsvorhaben.

Langsam schlenderte er durch das mit Steinen, Disteln und dichten stacheligen Sträuchern übersäte Gelände unterhalb des Steinbruches. Kurz blickte er

* Camillo Castiglioni (* 22. Oktober 1879 in Triest, † 18. Dezember 1957 in Rom) war ein italienisch-österreichischer Industrieller, Börsenspekulant und Pionier der österreichischen Luftfahrt. Bereits im Jahr 1901 gründete er gemeinsam mit dem am Semmering ansässigen Viktor Silberer (Silbererschlössl) und dem Offizier Franz Hinterstoisser den Wiener Aero-Club. Nebstbei war er einer der Väter der deutschen BMW AG.

auf die weiße Brekzie. Jetzt war es soweit, jetzt war er Pächter eines Steinbruches und konnte ins Sprengbuch eingetragen werden und dadurch das benötigte Material erwerben. Welche Menge an Initialsprengstoff, wie viele Sprengkapseln und wie viele Meter Zündschnur würde er brauchen? Außerdem müsste er sich ein großes Gebäude in einer menschenleeren Gegend besorgen, um zu üben und die Dosierung auszutesten.

Er ging zurück zum Wagen, setzte sich hinein und fuhr die Schotterstraße hinunter.

Ein paar Tage später war es so weit. Florian Waxriegel hatte vom eingestellten Betrieb der Textilfabrik von Isidor Mautner* gehört und versucht, das Fabrikgebäude zu erwerben. Die eingestellten Arbeiter im eingestellten Betrieb wurden gerade abgebaut. Doch der wie Floh aus Tschechien stammende Kommerzialrat Mautner hatte ein Heidengeld für das Werk in Marienthal verlangt, das Floh nicht aufbringen konnte. Trotzdem besuchte er nun mit einem Leihwagen den im Süden von Wien liegenden Ort Gramatneusiedl mit der Textilfabrik Marienthal.

Er parkte bei der Brücke über die Fischa und besah sich von hier aus das Fabrikensemble sowie die angrenzenden Arbeitersiedlungen. Spinnerei, Weberei, Färberei und Appretur waren noch in halbwegs gutem

* Isidor Mautner (1852–1930) hatte die hoch verschuldete Textilfabrik Trumau-Marienthal erst 1925 gekauft. Doch er war bald darauf nicht mehr zahlungsfähig, weshalb er die Fabrik der Bodenkreditanstalt überlassen musste und der Betrieb eingestellt wurde. Er zählte nicht zu der in Wien bekannten Lebensmittelhersteller-Dynastie Mautner Markhof.

Zustand, andere Gebäudeteile waren eingestürzt oder abgebrochen. Viele der Arbeitslosen hockten desillusioniert und ambitionslos in den Wiesen und rauchten Zigaretten. Einige Kinder spielten auf den Straßen, andere jagten auf ungepflegten Halden einem Fußball nach. Zwischen den Arbeiterhäusern waren Wäscheleinen gespannt, zwei oder drei Frauen waren mit der Abnahme der Wäsche beschäftigt. Niemand kümmerte sich um das Automobil, das bei der Brücke über die Fischa angehalten hatte.

Das war das perfekte Testgelände, dachte Floh. Auch wenn der Kauf bei diesem Isidor Mautner nicht geglückt war, würde er hier sprengen, und zwar gleich heute. Das dazu nötige Material hatte er in einem Fiberkoffer neben sich liegen. Die Arbeitslosen würden sich nicht um ihn scheren, die hatten andere Sorgen.

Mit dem Fiberkoffer in der Hand verließ er den Wagen und schritt zur desolaten ehemaligen Druckerei. Vorsichtig stieg er die Stufen in den ersten Stock hinauf. Hier waren die Maschinen schon weggeräumt, der Verputz bröckelte herunter und mischte sich am Fußboden mit Glasscherben. Lusterhaken waren noch vorhanden, die Lampen fehlten jedoch. Die Fensterrahmen waren herausgerissen – möglicherweise hatten die Arbeitslosen verwertbare Reste mitgenommen.

Er blickte zum Dach und überlegte. Um seinem Ursprungsplan zu folgen und den Rauchfang zu sprengen, müsste er aufs Dach klettern. Doch er war geboren und aufgewachsen in den Niederungen zu Brünn, und dort gab es keine Berge, auf die man klettern könnte. Also würde die Ziegelmauer der Druckerei daran glauben müssen.

Aus seinem Fiberkoffer nahm er ein Sackerl mit Ekrasit, das genau 45 Dekagramm wog. Mehr wollte er am Anfang nicht riskieren. Er stellte das Sackerl auf den Boden vor der Wand und fixierte daran mit einem ebenfalls dem Koffer entnommenen Klebeband die kleine Sprengkapsel. Die Zündschnur hatte er bereits zu Hause an der Sprengkapsel befestigt und verlegte diese nun längs der Wand bis zu den Stufen, hinunter ins Erdgeschoss und aus dem Gebäude hinaus bis zu einem im Boden steckenden Metallrohr. Hier kappte er die Zündschnur mit einer Zange und versteckte das Ende unter ein paar herumliegenden Ziegelsteinen.

So, die Vorbereitungen waren erfolgt, keinem der Arbeitslosen war seine Bastelei aufgefallen. Er blickte auf die Uhr, in zwei Stunden würde es finster sein. Floh Waxriegel schlich zurück zum Wagen. Auch wenn es in Gramatneusiedl ein Wirtshaus gab, wollte er einen Besuch desselben lieber nicht riskieren. Er fuhr deshalb in den nächsten Ort, der hieß Ebergassing und lag gleichfalls an der Fischa. Dort nahm er sich – eine sprachliche Konstruktion, die der Floh aus dem Tschechischen kannte – zwei Biere, auch wenn der Wirt sie ihm servierte, und kurz nach Einbruch der Dunkelheit kehrte er zurück zur herrenlosen Textilfabrik.

Wieder hielt er bei der Brücke über die Fischa. Zum Glück hatte er sich das Terrain vorhin genau eingeprägt, denn er fand recht schnell jenes Rohr, an dessen Ende die Ziegelsteine seine Zündschnur abdeckten. Ein Blick in die Runde, schwarz war die Nacht, er erkannte weder Mensch noch Haus. Dann nahm er eine Schachtel aus seinem Fiberkoffer, zündete ein Schwefelholz und legte dieses an die Schnur. Aus Sicherheitsgründen trat er drei, vier Schritte zurück. Es verging eine längere Zeit, ehe die Zündschnur bis an die Sprengkapsel im ersten Stock abgebrannt war und diese samt dem im Sackerl befindlichen Pulver zur Detonation brachte. Bumm!

Die Ziegelmauer im ersten Stock krachte auf die Erde, ein Teil des Daches senkte sich, es brach aber nicht zusammen. Der Rauch und der Staub der zerbröselten Ziegel kratzen Floh in der Nase. Er wartete noch fünf Minuten. Erstens könnte doch noch etwas einbrechen und zweitens: Vielleicht hatte der Lärm die Bewohner erschreckt, die gleich den Tatort inspizieren wollten. Ebenfalls nein.

Nun wusste Floh, dass ein halbes Kilo, 45 Dekagramm Ekrasit für sein Vorhaben zu wenig waren. Er müsste deutlich mehr verwenden, zwei Kilo mindestens.

Er klopfte sich den Staub von Hemd und Hose, schlich vorsichtig – Vorsicht ist die Mutter der Attentäter – zum Wagen zurück und steuerte ihn zum Bahnhof von Bad Vöslau. Während der Fahrt sinnierte er: Die Lage ist nicht schlecht. Sollte morgen die Gendarmerie kommen und den Tatort sichten, werden die Beamten bestimmt bei den Arbeitslosen von Marienthal beginnen. Und kein Mensch, vor allem kein Gendarm, würde an Florian Waxriegel denken.

17. KAPITEL
FREITAG, 20. SEPTEMBER 1929

*Max Mitschek beim Leiter des Sicherheitsbüros * Max Mitschek beim Direktor der Bundesbahnen * Max Mitschek auf dem Praterstern*

Wie immer saß Max Mitschek am Morgen im Terrassencafé am Margaretenplatz, und Frau Amalia, das ist die mit den Perlenohrringen, hatte ihm zum Kaffee bereits die Wiener Zeitung serviert.

Gestern Abend war der Oberinspektor sehr müde gewesen und hatte vergessen, seine verschmutzte Hose und seine Schuhe tief unten im Vorzimmerkasten zu verstecken. Seine Zugehfrau, die Klara Damböck, würde wegen seines verdreckten Lebensstiles mit Sicherheit eine grantige Nachricht auf seinem Schreibtisch hinterlassen. Wurscht, er musste sich jetzt um andere Obliegenheiten kümmern.

Nach dem ersten Schluck des Morgenkaffees bedauerte er in einem reminiszenten Anfall, dass das kakanische Amtsdeutsch nicht mehr gepflegt wurde. Er gehörte also zu den letzten österreichischen Beamten, die sich noch um »Obliegenheiten« kümmerten.

Er blätterte in der Wiener Zeitung. Die von ihm

angestrebte Nachrichtensperre schien zu funktionieren, nirgends wurde das Attentat erwähnt. Die Sozis verstreuten Gerüchte über einen Putsch der Heimwehr, der Vizekanzler dementierte und behauptete, dass die Heimwehr mit einem Putsch die Macht im Staat übernehmen wolle, der Kanzler, bald Ex-Kanzler, Ernst von Streeruwitz wurde mit keinem Satz zitiert. Und im »Theater in der Josefstadt« wurde »Der Schwierige« von Hugo von Hofmannsthal mit Helene Thimig und ihrem Vater Hugo Thimig aufgeführt.

Ist Hofmannsthal nicht kürzlich an einem Schlaganfall gestorben, als er zur Beerdigung seines Sohnes aufbrechen wollte, der sich zwei Tage zuvor umgebracht hatte, sinnierte der Oberinspektor, zahlte daraufhin bei Frau Amalia, eilte hinunter zur Stadtbahnlinie WD und fuhr zur Rossauer Lände.

Das imposante Gebäude des Sicherheitsbüros erinnerte in seiner pompösen und wehrhaften Art an eine stattliche Kaserne, wiewohl die Kaserne ein paar Schritte flussabwärts errichtet worden war und bis heute Rossauer Kaserne heißt. Allerdings diente die »Kaserne« seit 1927 als »polizeiliches Jugendheim«, in dem vor allem entlassene oder begnadigte Jugendliche, aber auch auffällige Obdachlose aufgenommen wurden. Ebenso waren in der »Kaserne« mehrere Gedenkräume für die Deutschmeister eingerichtet. Das »k. u. k. Infanterieregiment Hoch- und Deutschmeister Nr. 4« war das Paraderegiment der zerfallenen Monarchie und wurde in der jungen Republik nicht nur von Nostalgikern verehrt.

Da die vor dem Gebäude vorbeiführende Straße in der Monarchie als Erinnerung an die Kaiserin Sisi »Elisabethpromenade« geheißen hatte, wurde das Polizeigebäude im breiten Volksmund noch immer harmlos als »Liesl« bezeichnet. Die Polizeidirektion mit ihrem Leiter, dem Doktor Johannes Schober, war hingegen in einem Ringstraßenpalais mit der Adresse Schottenring 11 untergebracht.*

Im Gebäude des Sicherheitsbüros angelangt, meldete Max Mitschek sich bei der Vorzimmerdame seines Chefs, des Hofrates Paul Petzig. Sofort wurde er weitergeschickt, Petzig hatte wohl auf sein Erscheinen gewartet.

Der Hofrat vergaß, Mitschek einen Kaffee anzubieten, und ließ ihm kaum Zeit, über die Ereignisse auf dem Semmering zu berichten, sondern beharrte darauf, dass der Fall Südbahn endlich aufgeklärt werden müsse, und zwar vor dem 26. September. »Sonst hat unser Polizeichef, Herr Doktor Schober, keine Chance. Die Deutschnationalen und der Schutzbund kämpfen gegen ihre eigene Regierung, und nur unser Schober hat das Zeug, die Kastanien aus dem nationalen Feuer zu holen. Denn ihm gegenüber verhalten sich die Führer des Schutzbundes nach unseren Informationen, und die sind

* Dieses Gebäude steht heute nicht mehr. Es wurde nach einem Bombentreffer im Zweiten Weltkrieg nicht mehr aufgebaut, und die Wiener Polizeidirektion bezog ihr neues Quartier ein paar Häuser weiter unten an der Stelle, wo der ebenfalls im Krieg zerstörte Sühnhof gestanden hatte. Der wiederum war nach dem Krieg an der Stelle des abgebrannten Ringtheaters errichtet worden. Die heutige Adresse der Landespolizeidirektion lautet Schottenring 7.

nicht die schlechtesten, loyal. Was sich ändern könnte, wenn die Sozis mit dieser Erpressung oder einem neuerlichen Anschlag davonkommen. Die Polizei muss den Attentäter fassen! Und zwar lieber gestern als morgen!«

Der machte ihm also Dampf, dachte Mitschek in der Sprache der Eisenbahner und verließ Petzig. Er ging in sein Büro im dritten Stock, rannte grußlos an Schimany vorbei und warf sein Sakko über die Sessellehne. Auf seinem Schreibtisch lag fein säuberlich jener Zettel, dessen Text er nunmehr auswendig kannte:

> *... Ich erwarte das Geld am 26. September Punkt 12 Uhr. Und zwar im Mistkübel im Schupfen des Wärterhauses beim Viadukt über die Kalte Rinne. Sollte ich das Geld nicht erhalten oder sollte ich Sicherheitskräfte bei der Kalten Rinne sichten, wird gesprengt. Vielleicht ein Viadukt. Peng!*

Er müsste unbedingt noch einmal mit dem Direktor der Bundesbahnen reden. Sollte dieser verhinderte Erfinder tatsächlich der Erpresser sein? Der kannte sich auf dem Semmering jedenfalls gut aus und könnte von überall zur Kalten Rinne gelangen, nicht nur von seinem Haus aus. Denn dass dieses observiert wurde, davon ging dieser Waxriegel nach Mitscheks Besuch bestimmt aus.

Und was war mit diesem Ernst Winkler? Nein, Mitschek hatte diesen Goldirgendwaskönig nicht vergessen. Zu auffällig war sein Benehmen nach der Detonation im Südbahnhotel gewesen. Aber dieser Unsympathler stand unter dem besonderen Schutz des Polizeipräsidenten, der höchstwahrscheinlich zum Bundeskanzler der Republik avancieren würde. Deshalb musste Mitschek sich bei ihm etwas Besonderes einfallen lassen. Er konnte sich aber schlecht als Füllfederkäufer tarnen. Was also tun mit diesem oder besser gegen diesen Ernst Winkler?

Mitschek brüllte nach Schimany und orderte bei der Sekretärin mit barschen Worten den nächsten Kaffee.

Kaum stand das Häferl auf seinem Schreibtisch, wies der böhmische Schimany darauf hin, dass der Herr Oberinspektor einen äußerst müden und abgekämpften Eindruck mache.

Doch Mitschek ging nicht darauf ein. »Schimany! Was machen unsere Sozis in Neunkirchen?«

Schimany räusperte sich und erzählte, dass die Aktion eine Fehlanzeige gewesen sei. Die Vereine der Sozis hätten sich teilweise aufgelöst, nur nicht der Fußballverein, der bestehe noch immer und verliere gegen die Kicker von Gloggnitz. »Manche von Sozis unterstützen sogar die Deutschnationalen, war früher nicht meglich!«, rief er empört aus. Außerdem berichtete er, dass der deutsche Staatsbürger, den die Gendarmerie verhaftet hatte, die Fabrik habe kaufen wollen. Nach seiner Freilassung habe er gebrüllt wie ein germanischer Höllenhund. »Dieser Höllenhund jetzt sicher nicht kaufen die Fabrik von diesem Schrauben- und Nagelerzeuger, sondern wird machen am Ende gar eine Anzeige gegen …«

»Danke, es reicht, Schimany«, unterbrach Mitschek ihn missmutig. »Wenigstens haben wir etwas Gutes erreicht, wenn die Fabrik nicht verkauft wird und bei den alten Besitzern bleibt.«

»Herr Oberinspektor erinnern sich an Tabaktrafikant mit den Zaubernoten?«, fragte Schimany und erzählte, dass der Trafikant von nichts mehr wisse und dem Loskäufer auch nichts mehr einfalle.

Da scheuchte Max Mitschek ihn mit einer unmissverständlichen Handbewegung aus seinem Büro hinaus. Für dermaßen banale Tatbestände hatte er nun definitiv keine Zeit mehr. Zügig – dabei musste er kurz lächeln, denn andauernd tauchten in seinen Gedanken Züge auf – trank er den Kaffee und blickte auf seine Uhr. Halb elf. Er ließ sich mit dem Direktor der Bundesbahnen verbinden und machte für 13 Uhr einen Termin aus.

Den Weg zur Direktion kannte er, und um halb eins blickte er auf den gleich einem maurischen Koloss dastehenden Nordbahnhof. In seiner Blütezeit während der Monarchie hatten hier in dichter Frequenz die voll beladenen Kohlenzüge gehalten, die das begehrte Heizmaterial aus den schlesischen Kohlengruben in die Haupt- und Residenzstadt gekarrt hatten. Man hatte deshalb sogar an einen vierspurigen Ausbau der Nordbahn gedacht. Der Haupteigentümer der Nordbahn-Aktiengesellschaft, Salomon von Rothschild, hatte über eine Monopolstellung bei der Lieferung von Kohle verfügt. Und nach längeren, auch von antisemitischen Untertönen begleiteten Debatten war die Nordbahn am 3. Juli 1906 in Staatseigentum überführt worden. Nach dem Ende des Großen Krieges hatten sich die Kohlengruben dann auf einmal in einem anderen Land, nämlich der neu geschaffenen Tschechoslowakei, befunden, und es war einige Zeit vergangen, ehe die Tschechoslowakei die kostbare Energie zu relativ günstigen Preisen lieferte. Und im Jahre 1929 herrschte rund um den Bahnhof wieder 24 Stunden lang hektische Betriebsamkeit zwischen Kohlehalden und Wirtshäusern. Und die Bahndirektion hielt zumindest in Ostösterreich die Dampftraktion noch immer für die zukunftsweisende Betriebsart.

Um Punkt 13 Uhr öffnete die Sekretärin die Tür zum Generaldirektor Rudolf Foest-Monshoff und ließ Mitschek eintreten.

Der Direktor rauchte in aller Seelenruhe seine Zigarette zu Ende, putzte sich anschließend die Brille und zeigte dem Besucher demonstrativ seinen Aberwillen gegen dessen neuerliches Erscheinen.

Max Mitschek zwang sich zu höflichen Förmlichkeiten und sprach dann das Thema Lösegeld an. Noch immer hatte der Generaldirektor seine Zustimmung nicht gegeben.

Foest-Monshoff schlug die Hände über dem Kopf zusammen und zündete sich die nächste Zigarette an, sagte jedoch nichts dazu.

Mitschek versuchte es mit einem Entgegenkommen: »Bei der Beschaffung des Geldes könnte den Bundesbahnen diskret geholfen werden.«

Endlich machte Rudolf Foest-Monshoff den Mund auf und ließ sich dazu herab, etwas zu dem in der Hierarchie weit unter ihm stehenden Oberinspektor zu sagen. »Und wer soll Ihrer Meinung nach das Teufelsgeld dort hinbringen? Vielleicht ich selber?«

»Herr Generaldirektor, bitte beruhigen Sie sich. Ich würde mich zur Verfügung stellen und die Scheine zum Bahnwärterhaus an der Kalten Rinne tragen.«

»Wieso wollen Sie sich dieser Gefahr aussetzen?«

»Ich setze mich keiner großen Gefahr aus. Das Bahnwärterhaus ist gesichert, das heißt, wenn das Geld im Schupfen hinterlegt ist, müssen wir, die Gendarmerie, nur warten, bis der Erpresser auftaucht. Und dann schnappt die Falle zu und wir haben ihn und das Geld.«

Foest-Monshoff dämpfte seine Zigarette aus und überlegte kurz. Dann bat er Max Mitschek endlich, auf dem Sessel vor seinem Schreibtisch Platz zu nehmen. Er selbst erhob sich von seinem Direktionsfauteuil und tänzelte drei Schritte nach links, dann drei Schritte nach rechts. »Der Erpresser wird wissen, dass das Bahnwärterhaus umstellt ist. Er wird selbst von geeigneter Position aus alles bespitzeln, und er wird beobachten, wie Sie das Geld deponieren. Dann wird er herausschießen aus der Deckung …«

»Herausschießen? Wir gehen davon aus, dass er keine Waffe besitzt!«

Der Direktor war sichtlich ungehalten über die Unterbrechung. »Das meine ich auch nicht. Er wird herausrennen aus der Tarnung, das Geld mitnehmen und Sie mitnehmen, Herr … Wie heißen Sie?«

»Mitschek, Oberinspektor Max Mitschek.«

Pause.

Dann beugte sich der Direktor zu ihm, indem er sich mit beiden Händen auf seinen Schreibtisch stützte, und stellte klar: »Es wird kein Geld gegeben!«

Max Mitschek hatte mit dieser Antwort gerechnet und wollte mit den Geheimkonten drohen, auf die der Generaldirektor Geld von den öffentlichen Förderungen abzweigte und die den Vorstandsmitgliedern und ihm persönlich zur freien Verwendung dienten. Das Sicherheitsbüro war schließlich kein beschissener Hühnerstall und konnte dann und wann ein Hintertürl öffnen.

Doch Foest-Monshoff kam ihm zuvor. Er setzte sich wieder in seinen Direktionsfauteuil und sagte: »Ich sehe mich gezwungen, Klartext zu sprechen. Wie Ihnen nicht entgangen sein dürfte, bin ich mit dem nächsten Bundeskanzler unserer Republik, also Ihrem derzeitigen Chef, in gutem Kontakt. Und Sie werden doch Ihre Karriere nicht aufs Spiel setzen wollen?«

Daher wehte der Wind! Wozu suchte Mitschek nach verschiedenen Auswegen, wenn ohnehin alles längst über seinen Kopf hinweg entschieden war? Wäre er doch bloß wie sein Vater und sein Großvater zur Bahn gegangen!

»Schober hält Sie übrigens für einen seiner fähigsten Mitarbeiter«, fuhr der Generaldirektor fort. »Und deshalb ist er überzeugt davon, dass Sie den Attentäter auch ohne Lösegeld bei dieser Brücke – wie heißt sie? –schnappen werden.« Er schaute auf die Uhr. »Ich habe noch ein paar Termine. Also, darf ich bitten …«

Max Mitschek stand auf, nahm den Hut vom Ständer und verschwand grußlos, dafür mit einem empörten Huster, aus dem Büro des Sensenfachmannes.

Über die Gleise des Fünfers ging er zum Kiosk beim Denkmal des Admirals Tegetthoff. Grant, Grimm und Grappa, flüsterte er vor sich hin, aber hier gab es keinen Grappa, nur Grant und Grimm. Also bestellte er als Gegenmittel eine Flasche Bier. Nach drei Schlucken überkam ihn eine Hitzeattacke. Er zog sein Sakko aus und spürte, dass sein Hemd am Rücken und unter den Achseln schon ganz nass geschwitzt war. Möglicherweise trug zu dieser Attacke auch seine innere Aufwallung bei. Wie er so dastand und nach etwas suchte, an dem er sein Sakko aufhängen konnte, fiel sein Blick auf die hohe Statue des Admirals mit den drei Schiffsrümpfen, auf denen sich die Siegesgöttin Nike räkelte. Nun verstand er, warum die Wiener munkelten, dass das Denkmal in Wirklichkeit für den Erfinder des Kleiderständers errichtet worden sei.

Weiterhin unklar war ihm jedoch, wen er verhaften sollte. Es gab noch immer zwei Optionen.

Um zur Klärung des Falles zu gelangen, bestellte er die nächste Flasche.

18. KAPITEL
SAMSTAG, 21. SEPTEMBER 1929

*Ernst Winkler bei der Breiten Föhre * Ernst Winkler am Husarentempel * Ernst Winkler mit dem Alibi*

So einfach wollte er sich nicht aus der Geschichte entfernen lassen und seine Hände in Goldfüllerfüllung waschen, der Goldfüllfederkönig Ernst Winkler. Schließlich hatte er Kontakte bis zum demnächst herrschenden Bundeskanzler, da musste er auch weiterhin eine Rolle spielen.

Gestern war er mit der Südbahn nach Mödling gefahren, hatte diesen malerischen Ort durchquert, ehe er mit einem Fiberkoffer in der Hand die »Goldene Stiege« hinaufgekeucht war. Dann war er über Stock und Stein auf einem sich windenden Pfad getappt, bis er sein Ziel, eine kleine Lichtung, erreicht hatte. Eine mächtige Schwarzföhre dominierte diese Lichtung und streckte ihre riesigen Äste meterweit in alle Himmelsrichtungen. Die Lichtung hieß nach diesem weithin bekannten Baum »Die Breite Föhre« und war seit den Tagen von Ludwig van Beethoven und Franz Schubert ein beliebtes Ausflugsziel der Wiener. Am massiven Stamm der Föhre hatte Ernst Winkler mit Reißnägeln seine Sonderbotschaft befestigen wollen, zu ihren Füßen hatte er bereits den Fiberkoffer deponiert. Doch als er dort gewesen war, gefiel ihm die Lichtung nicht mehr besonders. Sie gab weder historisch noch etymologisch und schon gar nicht gravitätisch etwas her. So war Ernst Winkler wieder umgedreht und nach Hause gefahren.

Zwar hatte er mit seinem Füllfederladen am Kohlmarkt wirtschaftliche Erfolge. Doch mit den Rahmenbedingungen, sprich mit den neuen politischen Verhältnissen, war er nicht besonders zufrieden. Seit dem Ende des großen multiethnischen Reiches der Habsburger war der verbliebene Rest – das kleine Österreich – zweigeteilt. Auf der einen Seite das überbordende und für den neuen Kleinstaat viel zu große rote Wien, und auf der anderen Seite, also im Westen des kleinen Landes, die flächenmäßig großen, jedoch eher provinziellen Bergregionen der Alpen. Ernst Winkler war alles andere als ein Roter, passte aber auch nicht in die Bergregionen, er besaß nicht einmal die dafür erforderliche Einheitskleidung wie Knickerbockerhose, karierte Stutzen, Lederschuhe, Flanellhemd und Steirerhut. Doch für sein Vorhaben war die zerklüftete Landschaft mit den unbehausten Bergen förderlich.

Heute nun wollte er zum Husarentempel wandern. Darauf hatte ihn der Oberinspektor neulich gebracht. Ernst Winkler kannte das Bauwerk aber auch von früheren Besuchen, denn der Tempel war ein oft frequentiertes Ziel der städtischen Wiener, auch wenn die Anreise etwas kompliziert war. Vom Südbahnhof fuhr er nach

Mödling, von dort mit der elektrischen Zweiglinie bis zur Meiereiwiese. Vorbei am allseits bekannten Ausflugsgasthof Föhrenhof, erklomm er in sachten Rundungen auf einem ausgetretenen Pfad den Hügel, den sogenannten Kleinen Anninger. Den Fiberkoffer trug er in seiner Rechten.

Nicht weit vom Gipfel, etwa 400 Meter entfernt, stand an einer markanten Aussichtsstelle besagter Husarentempel. Dieser von Weltkriegsveteranen und nationalen Kämpfern gerne besuchte Tempel wurde auf der Ostseite von zwei Säulen gestützt. Von hier aus genoss man einen herrlichen Weitblick, der vom Kahlenberg im Norden bis zum Leithagebirge im Osten reichte. Johann Josef Fürst von Liechtenstein hatte den ursprünglichen Tempel im Jahre 1813 von dem Architekten Joseph Hardtmuth errichten lassen, der sich später mit Bleistiften einen Namen gemacht hatte. Unmittelbarer Anlass war die Schlacht bei Aspern gegen Napoleon gewesen, denn bei dieser Schlacht sollten ihm sieben oder acht oder gar neun Husaren das Leben gerettet haben, die seither – so die Fama – in der Krypta des Tempels begraben liegen würden.

Ernst Winkler stand zwischen den beiden Säulen. Wunderbar, dachte er, hier werde ich anfangen. Er blickte auf die Uhr: kurz vor acht am Abend, heute würde kein patriotischer Weltkriegskämpfer mehr auftauchen. Also schnell ans Werk. Er holte einen bedruckten Zettel aus dem Koffer, legte ihn an den Fuß der einen Säule und beschwerte ihn mit einem der zahlreich herumliegenden Steine. Diesen Vorgang wiederholte er mit einem weiteren Zettel am Fuß der zweiten Säule. Der Wind konnte auf dem ausgesetzten Platz des Husarentempels in der Nacht gefährlich auffrischen, also drückte er vier weitere Zettel mit Reißnägeln in die vier Föhren, die auf der Hinterseite des Tempels einen kleinen Wald bildeten. Und den Koffer stellte er, als würde er einem althergebrachten Ritus folgen, genau in der Mitte des rechteckigen Tempels ab.

Er trat vorsichtig zurück und betrachtete sein Werk mit Zufriedenheit. Der riesige Tempel mit den Schlachtszenen in dem Giebel, die zwei Säulen mit seinen Botschaften, der Fiberkoffer malerisch inmitten der Anlage. Er schaute nach allen Richtungen. Nein, kein Wanderer, der ihn beobachtet hatte, vielleicht ein paar Eichkätzchen. Sonst nur die vielen Raben. Die würden nichts ausplappern. Ernst Winkler verzichtete auf das Rauchen einer Zigarette, denn wer wusste schon, welche Rückschlüsse die Gendarmen aus den Ascheflankerln ableiten würden.

Nach einer meditativen Pause schritt er bedächtig den Weg hinunter zur Meiereiwiese und mied den von Wanderern stark frequentierten Föhrenhof. In der Zwischenzeit war es dunkel geworden. Um nicht erkannt zu werden, wartete er neben der Haltestelle auf die Elektrische und huschte bei ihrer Ankunft schnell durch die Hintertür des letzten Wagens. Selbst wenn ihn jemand gesehen hätte – an seinem Plan würde das nichts mehr ändern.

Jetzt begann nämlich die aufregendere Phase zwei. Eine Kopie seiner Botschaft, er hatte mit Blaupapier an die zehn Exemplare auf seiner Schreibmaschine verfasst – war am Vortag an die Kronenzeitung gegangen.

Und tatsächlich, er konnte sich auf die Medien verlassen. Bereits am Montag war in der »Krone« zu lesen:

> ***Geheimnisvoller Fund am Husarentempel!***
> *Wie unser Reporter in Erfahrung bringen konnte, wurden gestern am Husarentempel in der Nähe von Mödling ein Fiberkoffer sowie mehrere Zettel mit derselben Botschaft gefunden. Diese lautete: »Edgar Graf Henckel Freiherr von Donnersmarck, Fideikommißherr auf Beuthen. Ich gebe bekannt, dass ich hier am Husarentempel aus meinem traurigen und nichtigen Leben geschieden bin. Der Finder meiner Leiche soll 100.000 Goldmark erhalten. Das Geld befindet sich in einem Kuvert in der Innentasche des Sakkos, das ich trage. Gedenket meiner mit Gnade und Mitleid!«*

Die Rechnung des Goldfüllfederkönigs ging auf. Tausende, wenn nicht Zehntausende Wiener und Niederösterreicher stürmten, gleich nachdem sie den Artikel gelesen hatten, den Husarentempel am Kleinen Anninger, Glücksritter und Schaulustige, Abenteurer und Freunde des Spektakels. In der Umgebung des Tempels stritten Naturschützer mit Schatzsuchern, die die Erde aufwühlten, jede Kleingruppe misstraute der anderen und versuchte, sie in die Irre zu schicken. Die Feststellung »Hier ist keine Leiche« konnte ein dreistes Ablenkungsmanöver sein. Auf dem Weg zum nahe gelegenen Matterhörndl kam es zu einer Rauferei, weil ein Eiliger von einer Kleingruppe nicht vorgelassen wurde. Bei dem Handgemenge wurden vier Personen leicht und zwei schwer verletzt. Ein von einem Kletterer losgetretener Stein traf den ihm folgenden Suchtrupp, was zu Platzwunden bei mindestens drei Personen führte. Zwei Gendarmen vom Mödlinger Posten waren seit den frühen Mittagsstunden rund um den Husarentempel postiert und versuchten die Menge zu beruhigen, zumal weder die Zettel noch der Fiberkoffer gesichtet werden konnten. Irgendjemand musste sie gestohlen haben, oder die ganze Geschichte war erstunken und erlogen.

Und hinter einer der Schwarzföhren stand eine Gestalt, die nicht wie ein Wanderer oder Schatzsucher gekleidet war. Mit Genugtuung, jedoch nach außen hin vollkommen gelassen, beobachtete diese Gestalt das Treiben am Husarentempel. Es war Ernst Winkler. Und er hatte ein todsicheres Alibi.

19. KAPITEL
MONTAG, 23. SEPTEMBER 1929

*Max Mitschek liest Zeitung * Max Mitschek im Laden von Ernst Winkler * Max Mitschek kauft Refosco*

Dies Irae, »Tag des Zorns«, dachte Max Mitschek beim Durchblättern der Kronenzeitung. Wie üblich saß er im Margaretenhof und trank den Kaffee an seinem Tischerl mit Blick auf die heilige Margarete. Eigentlich war nicht der Tag, sondern er selber voll des Zorns, aber wie sollte er das in der lateinischen Sprache ausdrücken?

Erneut haderte er mit seiner Berufswahl. Wäre er seinen Vorfahren gefolgt, wäre er jetzt vielleicht Stationsvorstand am Semmering oder in Payerbach oder in Mürzzuschlag. Oder er stünde vorne am Lokomotivstand und führe mit der Dampflokomotive bis zur jugoslawischen Grenze. Aber nein, schon als Jugendlicher hatte er sich eingebildet, unbedingt Polizist werden und dafür auf die Polizeischule gehen zu müssen. Und heute war er Oberinspektor und hatte in der Kronenzeitung gerade vom angeblichen Freitod dieses ominösen Edgar Graf Henckel am Husarentempel gelesen. Der handgeschriebene Zettel war abgelichtet und in die Zeitung aufgenommen worden. Das ist doch die Handschrift dieses Herrn Winkler, war Mitschek sich sicher. Wieso mischte der Gauner sich schon wieder ein? Wollte der die Polizei foppen und in die Irre führen? Oder hatte er sich tatsächlich umgebracht? Wenn jemand die 100.000 Goldmark findet, muss es eine Leiche geben, schlussfolgerte unser Oberinspektor.

Um auf andere Gedanken zu kommen, blätterte er weiter in der Zeitung und brüllte Frau Amalia, die gerade andere Kunden bediente, zu, dass er sofort den nächsten Kaffee benötige.

Doch schon verschlug es ihm erneut die Sprache, denn er las:

> *In der Vorwoche hat ein Mann auf der Rax in der Nähe des Otto-Schutzhauses Selbstmord verübt. Der Selbstmörder hatte sich durch einen Revolverschuß in den Mund getötet. Zwei Erdarbeiter gaben an, daß sie den Mann, der sehr elegant gekleidet war, in Gesellschaft einer Frau gesehen hätten. Die Identität des Toten konnte lange Zeit nicht festgestellt werden. Erst gestern gelang es durch einen telephonischen Anruf eines Dresdner Rechtsanwaltes bei den Behörden in Payerbach-Reichenau, den Namen und die Adresse des Selbstmörders festzustellen. Der Tote ist demnach ein deutscher Rittergutsbesitzer, der an seinen Rechtsanwalt in Dresden einen Abschiedsbrief gerichtet hatte, in dem er seinen Selbstmord ankündigte und zugleich den Rechtsanwalt darauf aufmerksam machte, daß er kurz vor seinem Tode eine Lebens-*

versicherung auf den Betrag von 25.000 Mark abgeschlossen habe. In dem Abschiedsbrief bittet er ferner inständig, daß sein Name nicht in den Zeitungen veröffentlicht werde.

In so einer Welt soll er im Sicherheitsbüro arbeiten? In der sich die grauslichsten Geschichten wiederholen und Menschen von einer Tat, einer Untat faseln, die unumkehrbar war, nämlich von Selbstmord? Und sollte er die zeitlich gesehen erste Tat als Tragödie betrachten, die Wiederholung hingegen als eine Farce? Oder verhält es sich genau umgekehrt? Er zahlte die beiden Kaffees und hetzte zur Stadtbahn. Ab ins Büro.

Dort erwartete ihn Schimany mit der Nachricht, dass dieser Ernst Winkler sich tatsächlich umgebracht habe.

»Was reden Sie für einen Blödsinn?«, entgegnete der Oberinspektor konsterniert.

»Nichts Blödsinn. Bitte schön, schau'n Sie ins Büro. Zettel, no, nichts Zettel, Brief liegt schon auf Tisch, ist an Sie persönlich gerichtet und war heute vor Tür in einem Sackerl versteckt.«

Und Max Mitschek eilte in sein Büro, hin zum Tisch und fand den Brief, gerichtet an Oberinspektor Max Mitschek, mit Angabe des Absenders »Ernst Winkler«. Und Mitschek las:

Ich habe keine Lust, mich mit der österreichischen Justiz und ihren Sicherheitsbeamten noch länger herumzubalgen. Ich lehne Österreich in

Bausch und Bogen als befangen ab. Das einzige Recht, zu dem ich Vertrauen habe, ist das alte römische. Die schlecht gedüngte republikanische Erde ist es nicht wert, die Gebeine eines ehrlichen Bürgers zu bedecken, wohingegen es ein erhabenes Gefühl sein muß, an der Seite uralter kaisertreuer Römer in dem altehrwürdigen Staub Carnuntums zu schimmeln.
Ernst Winkler, Schreibwarenhändler, Carnuntum, 21. September 1929

Was zu viel ist, ist zu viel! Der hört ja nie auf mit seinen Mystifikaktionen, dachte Mitschek empört. Der wird noch seine Kandidatur zur Bundeskanzlerwahl bekannt geben! Auch wenn der Bundeskanzler gar nicht vom Volk gewählt wird, das ist dem völlig egal. Das höchste Vergnügen dieses Lügenbarons ist es, die Arbeit der Polizei mit seinen blöden Ankündigungen zu behindern und lächerlich zu machen. Also werde ich die Fopperei umdrehen und ihn auffordern, mindestens für den Bundespräsidenten zu kandidieren. Jawohl, dieser Gauner soll für das Amt des Bundespräsidenten kandidieren! Ohne Wenn und Aber! Als spezielle Rache dafür, dass ich ihn nicht verhaften darf, weil der kommende Bundeskanzler seine schützende Hand über ihn hält.

Nach zehn Minuten, in denen er von wirren Gedankenschüben beherrscht wurde, hatte Max Mitschek seine unbeugsame Ruhe wiedererlangt.

Er führte ein Ferngespräch mit Carnuntum, wo die

Gendarmerie natürlich keine Leiche gefunden hatte. Auch in den anliegenden Gemeinden waren keine auffälligen Beobachtungen gemeldet worden, und aus der Donau hatte man weder Kleidung noch Leichname geangelt.

»Weitersuchen! Aber eher im Geheimen, ohne viel Aufwand. Das Ganze könnte eine Finte sein, eine Irreführung der Behörden.« Mitschek musste aufpassen, da er nicht befugt war, dem dortigen Postenkommandanten dienstliche Anweisungen zu geben.

Nach dem Gespräch mit Carnuntum ließ er sich mit dem Laden des Goldfüllfederkönigs verbinden, um zu eruieren, ob der angebliche Selbstmörder aufgetaucht war und seiner Arbeit nachging. Ein Angestellter, dessen Namen er sich nicht merkte, gab kund, Herr Winkler sei heute nicht zur Arbeit erschienen, und er habe auch keine Nachricht über seinen Aufenthaltsort hinterlassen.

Selbst diese Aussage könnte ein Schwindel sein, dachte Mitschek. Möglicherweise stand der große Mystifikator in seinem Laden und lachte sich jetzt zusammen mit seinem Angestellten den Buckel voll.

Nun erkundigte sich der Oberinspektor bei seinen Kollegen in Mödling über den aktuellen Stand der Ermittlungen bezüglich des Husarentempels. Der Fiberkoffer war noch immer verschwunden, Geldscheine waren nicht entdeckt worden, aber die Gendarmerie von Mödling musste wegen zahlreicher Raufereien und Unfälle einschreiten. Und einige Schwerverletzte waren bereits umständlich geborgen worden, denn die Rettungsfahrzeuge konnten nur bis zur Meiereiwiese fahren. Von dort mussten die

Sanitäter zu Fuß zum Husarentempel weiter. Einer der Sanitäter war über einen spitzen Stein gestolpert, und …

Mitschek hatte genug gehört und bat, sofort anzurufen, sollten Teile des Koffers oder Geldscheine gefunden werden, denn diese müssten daktyloskopisch untersucht werden. Dann legte er auf, ehe man ihm die Liste aller verletzten Sanitäter übermittelte.

Er hatte noch ein Trumpf im Ärmel, und den wollte er ganz dezent ausspielen. Ein Griff nach seinem Notizblock in der Brusttasche seines Sakkos, dann blätterte er aufmerksam durch die Seiten, die er zur Causa Winkler vollgekritzelt hatte. Anschließend rief er nach Schimany und fragte nach dem Ermittlungsstand im Fall Zaubernote.

»Haben wir gute Lösung gefunden. Haben jetzt alle zwei in Gewahrsam. Tabakverschleißer und Losverkäufer.«

»Sehr gut. Und warum?«

»Hat einer dem anderen in Magengrube getreten, und anderer hat dem einen Haarbüschel ausgerissen. Haarbüschel sind als Beweismittel ebenfalls in Gewahrsam.«

Wie oft sollte er seinem Schimany noch erklären, dass Haarbüschel nicht in Gewahrsam genommen wurden! Nein, nicht aufregen, Selbstkontrolle ist die halbe Miete, im Sicherheitsbüro die ganze. »Sehr gut. Und, Schimany, wenn der Chef, also der Herr Hofrat, anruft, dann sagen Sie, Sie wissen nicht, wo ich bin.«

Darauf Schimany: »Melde gehorsamst, dass ich weiß nicht, wo Sie sind. Wo belieben Sie zu sein?«

»Bevor ich morgen wieder auf den Semmering fahre, muss ich mich noch mit dem Goldfüllfederkönig treffen. Ich glaube nämlich nicht, dass er sich umgebracht hat. Ich habe schon in seinem Geschäft angerufen, und mir wurde mitgeteilt, der Vogel sei ausgeflogen, was ich ebenfalls nicht glaube. Aber keiner soll wissen, dass ich nach ihm suche. Also, Schimany, wo bin ich?«

»Herr Oberinspektor, dort, wo Pfeffer wächst!«

Kurz musste Mitschek über seinen Schimany schmunzeln. Trotz seiner böhmischen Ausfälle war er der Einzige, dem er hier im Sicherheitsbüro blind vertraute.

Er griff nach Notizblock, Sakko und Hut und verabschiedete sich mit einer forschen Handbewegung von Schimany. Vorher hatte er in die unterste Lade seines Schreibtisches gegriffen, dort nach der Steyr M1905 Pieper gelangt und diese samt Magazin in die Tasche seines Sakkos gesteckt, denn heute würde er nicht mehr ins Büro kommen. Wer wusste schon, welche Gefahren dort oben auf dem Semmering auf ihn lauerten.

Jetzt noch schnell zum Herrn Oberst.

Das Vorzimmerfräulein ließ ihn anstandslos passieren. Natürlich wurde ihm kein Kaffee angeboten. Mitschek berichtete Herrn Paul Petzig über seine Pläne betreffs der nächsten Tage und erwartete eine Zustimmung seines Chefs. Nach einem kurzen Abnicken ersuchte Mitschek Petzig außerdem um ein paar telefonische Anordnungen an die Gendarmerie am Semmering, da aufgrund seiner Autorität ein Hofrat sicher mehr Durchschlagskraft entfalten könne als ein einfacher Oberinspektor.

»Vergessen Sie nicht, mir jeden Abend Punkt 17 Uhr Bericht zu erstatten!«

Mitschek nickte kommentarlos.

»Und erledigen Sie alles auf das Beste, damit unser Präsident mit Rückendeckung Bundeskanzler dieser Republik werden kann!«

Mitschek nickte zum zweiten Mal kommentarlos.

»Weil, dann hat die Polizei gleich einen anderen Stellenwert in diesem republikanischen Land. Und jetzt, ab auf den Semmering!«

Mitschek eilte zur Station Rossauer Lände, fuhr mit der Stadtbahn zum Karlsplatz und ging von dort die paar Schritte zum Café Museum. Er benötigte eine Verschnaufpause. Um die Mittagszeit würde ihn dieser böhmische Leo Perutz nicht mit metaphysischen Schaumschlägereien verwirren. Wenn er so darüber nachdachte, waren die Äußerungen dieses Perutz die Widerspiegelung der Mystifikationen dieses Herrn Winkler auf geistiger Ebene.

Richtig, kein Perutz im Museum, wahrscheinlich schlief der Herr Literat noch um diese Zeit. Seiner gastronomischen Zuordnungsphilosophie folgend, bestellte Mitschek im Kaffeehaus einen Kaffee, genauer eine Melange. Dieser Perutz würde sich für die nächsten Tage, solange Mitschek auf dem Semmering weilte, andere Gesprächspartner suchen oder an einem neuen mystischen Roman schreiben müssen. Bei seinem letzten großen Erfolg hatte er über die Wirkung von Mangobäumen berichtet, und Mitschek war nach der 30. Seite in seiner Wohnung im Margaretenhof eingeschlafen.

Um 14.30 Uhr zahlte er und schritt über die Herrengasse zum Michaelerplatz, um dort auf den Kohlmarkt einzubiegen. »Am Kohlmarkt 5« befand sich der Füllfederladen diesen Herrn Winkler. Vorsichtig, um nicht von den Personen im Inneren das Ladens erkannt zu werden, spähte der Oberinspektor auf die Auslagen. Und da hing dieser vermaledeite Zettel:

> *Am 13. September dieses Jahres wurde das allseits bekannte Südbahnhotel auf dem Semmering durch einen Bombenanschlag beinahe zerstört. Da unsere Polizei wie immer unfähig oder unwillens ist, den Spuren tatkräftig nachzugehen, sah sich Ihr Goldfüllfederkönig gemüßigt, die Arbeit der Polizei zu verrichten. Während die Sicherheitstruppe also noch in den Windeln, will sagen, in ihren Bettdecken lag, schaffte es Ihr Goldfüllfederkönig, die üblen Attentäter zu vertreiben. Daher können Sie, verehrte Sommerfrischler, weiterhin sorgenfrei Ihren schönen Semmering besuchen. Und vergessen Sie nicht: Mit einer Goldfüllfeder schreibt sich sogar das Unheil leichter.*
>
> *Gezeichnet: Ihr Ernst Winkler*

Jetzt hieß es: Ruhe bewahren. Mitschek redete sich ein, dass diese Aktion nicht gegen ihn persönlich gerichtet war, sondern auf anonyme Strukturen innerhalb der Polizei zielte. Ließe er, der Oberinspektor vom Sicherheitsbüro, sich durch diese Aktion aus der Contenance reißen, würde er sich angreifbar machen.

Mit lockerem Schritt betrat er den Laden und erblickte hinter der Budel niemand anderen als den Ladeninhaber, der sich eigentlich umgebracht hatte.

Ernst Winkler begrüßte Mitschek süffisant und fragte erst gar nicht, ob er komme, um ihn zu verhaften.

Deshalb konnte Mitschek nicht mit der vorbereiteten Antwort, »Geht ja nicht, weil sie tot sind!«, kontern. Stattdessen sagte er: »Heute möcht ich, bitte schön, einen zweiten Goldfüller kaufen. Für meine geschätzte Zugehfrau.«

»Das ist aber galant von Ihnen, Herr Oberinspektor, dass Sie an Ihre geschätzte Zugehfrau denken. Doch ich glaube Ihnen kein Wort.« Winkler reichte Mitschek ein Exemplar des Goldfüllers in einer Holzschatulle.

Mitschek öffnete sie und nahm den Stift in seine Rechte. »Könnte ich die Feder ausprobieren?«

Winkler legte einen Notizblock auf die Budel. »Funktioniert und schreibt wie ein Wunder, bergauf und bergab, hinüber und herüber!«

Mitschek kritzelte mit dem Goldfüller »12. September« auf den Zettel, zeigte das Resultat seiner Schreibarbeit dem Ladenbesitzer und fragte ihn: »Herr Winkler, was fällt Ihnen dazu ein?«

Winkler blickte auf den Zettel. »Schreibt hervorragend, möcht ich sagen.«

»Blödsinn! Was fällt Ihnen zu diesem Datum ein?«

»Der 12. September ist meines Wissens schon vergangen. Aber ich kann auch auf den Kalender schauen, wenn Sie mir nicht glauben.«

»Sonst haben Sie zu diesem Datum nichts zu sagen? Dann möchte ich mit Ihnen eine kleine historische Debatte führen, wenn es beliebt.«

Winkler schüttelte verständnislos den Kopf und schlug vor, ins Büro zu gehen. Dort könnten sie ungestört reden. In der Zwischenzeit werde sein Angestellter die Kunden bedienen.

Im Büro herrschte im Gegensatz zum aufgeräumten Verkaufsraum eher Chaos. Mitschek blickte auf die Unzahl von Zeitungsberichten, Fotografien und wahrscheinlich von Winkler selbst verfassten Schriften. Auf einem der Fotos erkannte er den Husarentempel, an eine der tragenden Säulen war etwas angelehnt, das man als Fiberkoffer bezeichnen könnte. »Der in den Zeitungen angekündigte Selbstmord des Freiherrn von Donnersmarck – das waren Sie, oder? Sie haben sich wieder einmal dessen Namen angeeignet.«

»Wohin denken Sie? Ich stehe doch leibhaftig vor Ihnen!«

»Und der Brief an mich, dass Sie lieber in Carnuntum verschimmeln, statt Ihre Gebeine mit republikanischer Erde zu bedecken?«

»Das ist meine Ansicht, ja, Was aber nicht heißt, dass ich bereits unter der Erde bin. Also dann zur historischen Debatte«, forderte der Ladenbesitzer ihn auf.

»Herr Winkler, Sie ...« Mitschek hielt inne und schnaufte tief durch. Das brachte doch alles nichts, es ließe sich dem Füllerkönig nichts nachweisen. Schließlich sagte er: »Sie wissen, dass am 12. September 1683 die

Truppen der Verbündeten eine letzte Strategiebesprechung auf dem Leopoldsberg abgehalten haben? Vielleicht war es auch der Kahlenberg, aber das ist in diesem Zusammenhang nicht wichtig.«

Keine Antwort.

Mitschek fuhr fort: »Danach stürmten die Truppen in geballter Stärke die Hänge der Berge hinunter, um sodann die große Streitmacht der Türken zu vertreiben, die Wien seit geraumer Zeit belagert hatte. Seither wird an diesem Tag, am 12. September, oben auf dem Leopoldsberg der Sieg der Kaiserlichen über die Türken gefeiert, mit der Anwesenheit des Wiener Bürgermeisters, aber auch mit Bier- und Weinausschank und dem Auftritt der gerade beliebtesten Musikkapellen.«

Winkler warf einen Blick auf den Zettel, auf dem in goldenen Buchstaben das besagte Datum stand. »Herr Chefkriminalist, werfen Sie mir jetzt den Sieg über die Türken vor?«

»Herr Winkler, wieso denken Sie immer so schlecht von mir? Ich möchte Ihnen nur kurz ein paar historische Ereignisse aus unseren Akten vorlesen. Wie ich Ihnen schon das letzte Mal erklärt habe, sind Sie am 12. September 1924, also vor fünf Jahren, in dem schönen Ort Reichenau an der Rax gesichtet worden. Auf Schloss Wartholz, der ehemaligen Villa des Kaisers Karl, immerhin des letzten Kaisers der Monarchie. Et cetera, et cetera. Und Sie ließen sich zum Juwelier bringen. Diesem überreichten Sie eine Visitenkarte mit folgendem Absender: Edgar Graf Henckel Freiherr von Donnersmarck, Fideikommißherr auf Beuthen. Und Sie ließen sich die wertvollsten Bestände in die Villa des letzten Kaisers unserer großen Monarchie liefern. Haben wir alles bei unserem letzten Treffen besprochen, aber erst jetzt habe ich den tieferen Sinn Ihrer Aktionen erfasst. Stets am 12. September, am Jahrestag des Sieges der Kaiserlichen über die Türken, planen Sie, wenn auch nicht jährlich, einen Coup. Leider gelang er Ihnen 1924 nicht, da der Juwelier wegen Ihrer altertümlichen Maskerade Lunte gerochen und die Gendarmerie verständigt hatte.«

»Herr Oberinspektor, apropos tieferem Sinn. Darf ich Sie mit meinen Geschäftspraktiken ein wenig vertraut machen? Vor über fünf Jahren habe ich eine Kaiserfüllfeder entworfen, und die Feder hat sich im Folgejahr Tausende Male verkauft, weil ich dafür Patronen mit goldener und mit schwarzer Farbe eingesetzt habe. Sie schreibt sozusagen in den unvergessenen Farben der alten Monarchie.«

»Darum geht es jetzt nicht. Ich blättere weiter in den Akten. Fünf Jahre später, am 12. September 1929, bitte beachten Sie die Wahl des Datums, haben Sie sich im Südbahnhotel auf dem Semmering einquartiert. Und suchten nach einem geeigneten Ort, um Ihre mit Ekrasit gefüllten Koffer zu deponieren. Am Folgetag, also am 13. September, stellten Sie den Koffer in die noch leere Postabteilung und zündeten die Drähte. Haben wir auch schon beim letzten Mal besprochen. Stimmt das ungefähr mit Ihren Einschätzungen überein?« Max Mitschek lehnte sich zurück und beobachtete die Reaktion des von ihm beschuldigten Kaufmannes.

Der lächelte ihn an, trocken wie eine ausgequetschte Himbeere. »Was glauben Sie, Herr Oberinspektor Mitschek, warum ich im Südbahnhotel weilte? Ich werde die Südbahnfeder auf den Markt bringen! Schreibt während der gesamten Fahrt auf den Semmering und benötigt keine feste Unterlage, schreibt sozusagen in der Luft. Wo wird man die Südbahnfeder in Konzession kaufen können? No, selbstverständlich im Südbahnhotel.«

»Danke für die Aufklärung. Aber eines interessiert mich doch: Wieso suchen Sie für Ihre Mystifikationen stets solch einen historisch vorbelasteten Termin wie den 12. September aus?«

»Ich darf Sie korrigieren, der Anschlag am Semmering war am 13. September. Und zur Frage: Ich bin der guten alten Zeit eben nicht abgeneigt. Sie doch auch nicht, wie ich aus gut informierten Quellen erfahren habe. Ich bin glücklich, wenn ich es so formulieren darf, dass auch Sie zu dieser Einsicht gekommen sind. In unserer schnöden Republik funktioniert überhaupt nichts, daher muss man antirepublikanische Taten setzen! Und weil ich meine, in Ihnen einen Bruder im Geiste gefunden zu haben, habe ich Ihnen den Brief geschrieben.«

Da dieser Füllerkönig schon wieder diskret auf seine informellen Quellen hingewiesen hatte, wusste Mitschek, dass er ihm keine weiteren Vorwürfe machen durfte. »Dann danke ich für unser Gespräch über wichtige historische Ereignisse. Bleibt nur noch, den Goldfüller für meine Zugehfrau zu bezahlen.«

Winkler strahlte ihn an wie eine aufblühende Pfingstrose. »Heute für Sie ein Geschenk des Hauses!«

Der Oberinspektor drehte sich um, ohne sich zu bedanken, steckte den Notizblock in die Brusttasche seines Sakkos, achtete darauf, dass seine Steyr M1905 Pieper nicht allzu sehr aufdrückte, hob kurz seinen Hut und richtete seine Schritte zur Tür in den Verkaufsraum.

Winkler folgte ihm und fragte ihn von hinten: »Den Zettel von Ihnen mit dem historischen Datum, darf ich den zerreißen oder haben Sie eine weitere Verwendung für ihn?«

»Herr Winkler, ein Tipp von einer historisch interessierten Person zur anderen: Wieso bewerben Sie sich nicht für die Wahl zum Bundespräsidenten?«

Winkler sprang vor und öffnete die Ladentür. »Wie komme ich zu diesem Vorschlag Ihrerseits?«

»Weil es einen König oder einen Kaiser nicht mehr gibt in unserem kleinen Österreich!« Mitschek griff zum zweiten Mal an seinen Hut und verließ das Geschäft. Nach ein paar Schritten drehte er sich um. Die Tür war schon geschlossen, und er betrachtete die Inschrift über dem Schaufenster: »Goldfüllfederkönig Ernst Winkler«. Wobei der »König« in extragroßen Lettern angebracht war. 40 Zentimeter, schätzte Mitschek. Von weit weg zu sehen. Und das, wo doch seit elf Jahren in Österreich eine Republik existierte.

Er ging über die Herrengasse zurück zum Karlsplatz. Während des Fußweges spürte er, wie der Grant ihn übermannte. Dieser Winkler wollte ihn über den Tisch, über den Füllfederladentisch ziehen, das war klar. Doch wie sollte er gegen ihn vorgehen? Kurz blickte er auf die rechte Straßenseite, da befand sich die Hofburg, die alte Kaiserresidenz. Ist es so weit mit den monarchistischen Kräften gekommen, dass sie zu Lug und Trug greifen müssen, um sich Macht und Einfluss zu verschaffen?

Mitscheks Schädel drohte zu bersten, die Gedanken drehten sich im Kreis, und es war kein Ende abzusehen. Vielleicht sollte ich doch den Arzt kontaktieren, der in der Wiener Berggasse ordiniert, überlegte unser Oberinspektor. Schließlich wurde mir berichtet, dass der seinen Urlaub auf dem Semmering verbringt, und zwar ausgerechnet im Südbahnhotel. Schließen sich dort oben alle Kreise?

Am Karlsplatz stieg er in die Straßenbahn H2 und fuhr in den 2. Bezirk. In seiner Lieblingsspezerei in der Weinbergstraße 63 kaufte er drei Flaschen Refosco, die er erst verpackte und dann mit einem kräftigen Griff unter seinem offenen Sakko verbarg.

Wie er den Abend in seiner Wohnung im Margaretenhof ausrichtete, darüber muss nicht berichtet werden. Einmal verließ er seine Wohnung jedoch zu einem speziellen Zweck, aber darüber später.

Wein, so dachte er, ist eben Wein. Und eine instabile Gemütssubstanz kann durch das Beimengen von Wein in explosive oder aggressive Schübe ausbrechen. Eine gefestigte Seelenstruktur hingegen wird sich in ihrer liebenswürdigen und fröhlichen Stimmung konsolidieren.

Nach dem Leeren der ersten Flasche überlegte er: »Bin ich jetzt zerrissen oder bin ich noch ganz?«

20. KAPITEL DIENSTAG, 24. SEPTEMBER 1929

*Mitschek packt * Mitschek bezieht die Zentrale im Südbahnhotel * Mitschek wird überrascht*

Um halb sieben läutete Max Mitscheks Wecker, und ab jetzt hieß es völlig unwienerisch: Volles Tempo! Nach mehreren Kaffees, die er schnell in der Küche getrunken hatte, konzentrierte er sich auf das Packen der wichtigsten Siebenzwetschken: Wanderschuhe, Wanderhose, Wetterhaut. Er verstaute alles in seinem Lederkoffer.

Gestern Abend war er nach dem zweiten Glas Refosco mit der Stadtbahn noch einmal in sein Büro gefahren und hatte alle möglichen Akte, Beweisstücke, Fotos und handgeschriebenen Notizen mitgenommen. All diese Unterlagen packte er nun in einen zweiten Koffer, einen amtlichen Koffer, sozusagen einen Amtskoffer, in dem er auch seine Pieper sowie seinen Feldstecher verstaute.

Um halb acht ließ er sich von einem Mietwagen zum Ghega-Platz chauffieren, kaufte im Empfangsraum des Südbahnhofes die Wiener Zeitung, zwei Kipferl und einen Fahrschein, und um 8.10 Uhr startete der Zug nach Triest mit Max Mitschek samt seinen zwei Koffern und seinem Kipferlhunger.

Um 10.32 Uhr stieg er am Semmering aus. Der Wagen des Hotels wartete bereits auf dem Parkplatz und der Oberinspektor ließ sich vom Chauffeur ins Südbahnhotel bringen. Sein Chef, Herr Hofrat Petzig, hatte gestern fernmündlich mit dem Hoteldirektor alles abgesprochen und ihm ein paar Direktiven für Mitscheks dienstlichen Aufenthalt erteilt.

Nun erhielt unser Oberinspektor ein Zimmer im dritten Stock, das als Kommunikations- und Operationszentrum der nächsten Tage dienen sollte und dementsprechend vorbereitet war. Der Hoteldiener trabte mit dem privaten Koffer hinauf, den Amtskoffer trug der Oberinspektor selbst, den wollte er auf gar keinen Fall einem Fremden anvertrauen.

In gewohnter Zielstrebigkeit betrachtete er sein Zimmer: Bett, Tisch, Kästen mit Spiegeln, eine Chaiselongue. An der Decke ein Lampenschirm mit drei Röhren, an der Wand weitere Lampen. Dazu ein zusätzlicher Schreibtisch mit Stehlampe daneben sowie Papier und Stifte darauf. Mitschek legte die Akte Winkler sowie die Akte Waxriegel auf den Schreibtisch und ordnete daneben alle seine handgeschriebenen Notizen nach einem von ihm erprobten Ordnungssystem.

Jetzt war alles da, nur ein Telefon fehlte. Auf seine Nachfrage diesbezüglich erklärte ihm der Hoteldiener, dass es den Haustechnikern in der kurzen Zeit nicht möglich gewesen sei, eine telefonische Verbindung in sein Zimmer zu installieren. Der Rezeptionist wisse aber Bescheid und habe sich zu absoluter Verschwiegenheit erklärt. Der Oberinspektor könne jederzeit bei ihm telefonieren.

Mitschek eilte daraufhin hinunter, um sich fernmündlich mit der örtlichen Gendarmerie zu besprechen. Ja, die Villa Adlerhorst werde mit Akribie überwacht, sowohl das Tor für die Wagenausfahrt als auch das Haustor. Ja, ein Wagen der Gendarmerie stehe zur Verfolgung bereit. Ja, das Fleischmannviadukt werde ebenfalls observiert. Und selbstverständlich stehe der Schupfen beim Viadukt über die Kalte Rinne unter Beobachtung. Im Bahnwärterhaus habe ein Mitarbeiter mit seinem Fernglas alles im Blick. Mitschek war sich sicher, dass besagter Mitarbeiter auch die Bierflaschen besonders im Blick hatte.

Er ging zurück in sein Zimmer. Die potenziellen Tatorte waren unter Kontrolle, sie waren umstellt und umzingelt. Jetzt musste nur einer kommen und sich aus der Deckung wagen, nämlich der Täter, der Übeltäter, der Attentäter.

Mitschek steckte die Pieper in seinen Hosenbund und schloss sein Sakko. Sicherheit war das halbe Leben, im Sicherheitsbüro sogar das Ganze.

Gegen Abend stieg seine Nervosität kräftig an, er war jedoch zur Untätigkeit und zum Abwarten gezwungen. Deshalb entschied er sich zum Besuch eines der öffentlichen Räume im Hotel. Er ging nicht in den Waldhofsaal, der für feinere Konzerte vorgesehen war, und auch nicht in den Lesesaal, der mit seiner Stille und Kontemplation Mitscheks Nervosität nur noch mehr gesteigert hätte. Er betrat den als »Halle« bezeichnete Eingangsbereich. Die Halle galt als gesellschaftliches Zentrum des exquisiten Hotels. In dem geräumigen Saal waren um viele massive Säulen herum Sitzgruppen angeordnet. Die Gäste konnten hier Zeitungen lesen, Schachpartien austragen, Zigarren rauchen oder indiskrete Gespräche führen. Mitschek setzte sich in einen Fauteuil und griff nach der Wiener Zeitung.

»Herr Oberinspektor, darf ich mich zu Ihnen setzen?«, vernahm er zu seinem Erstaunen eine ihm bekannte Stimme.

Er drehte sich um, und da stand er: der Goldfüllfederkönig Ernst Winkler. Mitschek ließ sich seine Überraschung nicht anmerken, sondern deutete mit einer Handbewegung zum freien Nachbarsessel. »Darf ich Sie fragen, was Sie ins Südbahnhotel führt?«

Winkler ließ sich nieder, zündete sich eine Zigarre an und antwortete: »Erstens wollte ich Ihnen gratulieren.«

»Wozu?«

»Dass Sie den Täter spätestens übermorgen erwischen. Davon bin ich absolut überzeugt.«

Mitschek schaute ihn fragend an. »Wer ist Ihrer Meinung nach der Täter?« Sicherheitshalber öffnete er sein Sakko, um im Falle eines Falles schnell nach seiner Waffe greifen zu können.

»No, wer denn schon. Da die Bundesbahnen mit Gewissheit kein Lösegeld bezahlen, wird der Täter sprengen wollen. Und wer kann sprengen?«

Lösegeld! Sprengung! Woher wusste dieser Füllfederhändler das alles? War sein Kontakt mit dem Polizeichef derart eng? Oder war er doch in die ganze Affäre verwickelt? »Und zweitens?«

»Wieso zweitens?«

»Sie haben ›erstens‹ gesagt, also muss ein ›zweitens‹ folgen!«

Winkler zog genussvoll an seiner Zigarre. »Ah, gut, dass Sie mich erinnern. Nicht zuletzt dank Ihrer Ergreifung des Täters wird unser allseits geliebter Polizeichef Doktor Johannes Schober übermorgen zum neuen Bundeskanzler der Republik ernannt. Er wird sich Ihren Erfolg, Herr Oberinspektor, auf seine Fahnen schreiben und damit avancieren. Und wer weiß, was dann mit erfolgreichen Oberinspektoren passiert!«

Mitschek wollte trotz seiner Nervosität Zeit gewinnen, um die Auskünfte dieses vermeintlich schlauen Fuchses besser einordnen zu können. Wollte dieser Federheini ihn schon wieder foppen und über den Tisch ziehen? »Herr Winkler, es ist spät geworden. Ich verabschiede mich für heute und wünsche Ihnen eine gute Nacht!«

21. KAPITEL
DONNERSTAG, 26. SEPTEMBER 1929

*Floh auf der Wanderung * Floh auf dem Viadukt * Floh mit den Schwefelhölzern*

Der heutige Tag würde über Florian Waxriegels Zukunft entscheiden. Entweder es gelang ihm, das Lösegeld von den Bundesbahnen zu schnappen, wenn es denn im Mistkübel an der Kalten Rinne deponiert worden war. Dann wäre er seine dringlichsten Probleme ein für alle Mal los: die Forderungen der Bank, die Erpressung der Hanna Knofleben, und ein paar Sessel von seinem Jugendfreund könnte er sich als Draufgabe auch noch leisten. Oder, und das sagte ihm sein Bauchgefühl, das sich stets einstellte, wenn er den Inhalt einer Bierflasche im Magen hatte, mit dem Lösegeld wurde es nichts. Dann musste er eine umfangreichere Aktion durchziehen.

Er ahnte, dass die Villa Adlerhorst observiert wurde. Wenig unauffällig parkten zwei Wagen jeweils in der Nähe der zwei Eingänge zur Villa. Hatte am Ende Hanna geplaudert, die noch immer im Haus weilte und sich wahrscheinlich schon als Mitbesitzerin fühlte? Was wusste sie über seine Pläne?

Nach dem Frühstück griff er nach seinem Wanderrucksack und sagte seiner Frau, dass er nach Schottwien hinuntersteigen wolle, um das Gasthaus zu besichtigen, in dem schon der Kaiser der Franzosen auf der Durchreise nach Wien übernachtet hatte. Napoleon hatte dort damals an allen vier Wänden Spiegel anbringen lassen, damit er den gesamten Raum voll im Blick hatte. So groß war seine Angst vor einem Attentäter gewesen.

Floh ging jedoch nicht nach Schottwien, sondern zunächst in seinen Schupfen. Dort füllte er den Rucksack mit mehreren Sprengkapseln und mit ein paar Rollen Zündschnur. In eine verschließbare Holzkassette legte er vorsichtig ein paar Stangen mit dem gelblichen Ekrasitpulver, die er in einer mit einem Eisenriegel verschließbaren Kiste in der Kredenz aufbewahrt hatte.

Vorne bei der Haustür durfte er nicht starten, an der Einfahrt auch nicht. Also kletterte er über den Zaun und bahnte sich fortan seinen Weg durch unwegsames Gelände.

Er war nun als braver Wanderer getarnt, der, ohne Auffallen zu erregen, unbehelligt neben der Trasse der Südbahn seines pfiffigen Weges schritt. Mit einem Wagen hätte er sowieso nicht zur Kalten Rinne fahren können; die dort mit Sicherheit lauernden Beamten wären durch das Motorengeräusch auf ihn aufmerksam geworden.

Er wandte sich nicht auf dem ausgetretenen Wanderweg zur Doppelreiterwarte, sondern hielt sich westlich, erst auf der Straße zu den Adlitzgräben, und ab der Wäscherei des Südbahnhotels benutzte er den Fußweg, der ihn zum Fleischmannviadukt führte. Dann erklomm er den gegenüberliegenden Hügel, bis er, gedeckt durch den dichten Fichtenwald, das Viadukt über die Kalte Rinne erspähte. Für diese Hatscherei hatte er über vier Stunden benötigt, und die Riemen des Rucksackes drückten inzwischen sehr schmerzhaft auf seine Schultern.

Er hatte die Aktion gut vorbereitet. Bei seinen angeblichen Wanderungen hatte er das Terrain oberhalb des Bahnwärterhauses sorgfältig sondiert. Hier wurde die Bahntrasse bergseitig von einem etwa fünf Meter hohen Felsen abgegrenzt, und oberhalb des unzugänglichen Felsens hatte er mit einer Kohlenschaufel und einer Vierkantstange einen Felsbrocken gelockert. Ohne auf den Fahrplan und auf mögliche vorbeidampfende Züge zu achten, stemmte er sich nun gegen das einen halben Meter hohe Steinstück und stieß es hinab, sodass es mit Gekrach und Getöse auf die Trasse ein Stück vom Viadukt entfernt hinunterkollerte und ein paar kleinere Steinbrocken mitriss. Schnell kroch er hinter eine Fichte, wo er den Rucksack aufbewahrt hatte, und beobachtete, was weiter unten auf der Trasse nun geschah.

Sein Plan ging vorerst in Erfüllung. Der vom Geräusch alarmierte Streckenwärter sprang von Sprosse zu Sprosse, hinter ihm der Gendarm, und beide waren die nächste Zeit mit dem vermeintlichen Steinschlag und der Räumung der Trasse abseits des Viadukts beschäftigt.

Zeit, die Floh für sein weiteres Vorgehen unbehelligt nutzen konnte. Er schlich von Fichte zu Fichte bis zur Höhe des Bahnwärterhauses. Unterhalb des unverputzten Steinbaus führte ein nicht mehr benutzter Zugang direkt zu den Gleisen. Der Zugang war so angelegt, dass man ihn vom Bahnwärterhaus kaum kontrollieren konnte.

Jetzt soll die Geschichte ein wenig an Fahrt aufnehmen wie der Express aus Graz, der kurz vor 16 Uhr hier vorbeidampfen würde. Zugegeben, der Vergleich hinkt ein bisschen, weil die bergab fahrenden Züge sich bremsend an die Höchstgeschwindigkeit von 30 Stundenkilometern halten mussten, um bei Gefahr rechtzeitig zum Stehen zu kommen.

Floh drückte den Rucksack an die Böschung des Hügels, rannte zum Schupfen, öffnete die Tür und schaute in den geflochtenen Abfallkübel. Und dort erblickte er das, was er erwartet hatte. Nämlich nichts. Kein Lösegeld der Bundesbahnen, das ihn von der Ausführung seines Attentates entbunden hätte. Kein einziger Groschen auf dem Grund des Kübels, nur zerquetschte Zigarettenstummel und ein paar Kronkorken. Somit musste der zweite Teil seines Planes durchgeführt werden.

Floh holte seinen Rucksack und trat auf das zu Tale führende Gleis. Nach ein paar Schritten befand er sich auf dem Viadukt. Er hielt an einer Stelle, an der zwei Schienen ineinandergefügt waren. Mit einem Krampen löste er vorsichtig den Schotter unter der Schiene und häufelte ihn seitlich an. Er holte eine Stange mit Ekrasit aus seinem Rucksack und vergrub sie in der freigeschaufelten Vertiefung. In das noch hervorschauende Ende der Stange steckte er eine der kleinen Sprengkapseln. Nun fehlte nur noch die Zündschnur. Ein Blick zum Bahnwärterhaus – niemand regte sich dort. Ein Blick gen Himmel – Regen war keiner zu erwarten, der hätte sein Vorhaben zunichte gemacht. Hoffentlich näherte sich kein aus irgendwelchen Gründen eingeschobener Güterzug, dann wäre er zur Improvisation genötigt.

Also weiter mit der Zündschnur. Er nahm die Schutzhülle ab und befestigte – »würgte« heißt das in der Sprache der Sprenger – sie an der Sprengkapsel. Dann rollte er die Schnur aus und verlegte sie neben der Schiene. Teils versteckte er sie unter den Schotterbrocken, teils mischte er das vom Hügel abgemähte Gras über die Schnur. Als er bei dem Zugang unterhalb des Bahnwärterhäuschens angelangt war, entrollte er sie zwischen Böschung und Zugang, bis er das Ende der Zündschnur in seinen von den Schotterbrocken verschmutzten Händen hielt. Dieses fixierte er mit einem mittelgroßen Stein. Gut zehn Zentimeter schlängelten sich nach der Fixierung unterhalb des Steines heraus.

Floh beobachtete die Umgebung. Vom Bahnwärter und vom Gendarmen keine Spur, niemandem dürfte sein Vorgehen also aufgefallen sein. Er wischte sich den Schweiß von der Stirn und bemerkte, dass auch sein Rücken nass war. Er kauerte sich an die Böschung, schnaufte einige Male durch und holte die Schachtel mit den Schwefelzündern aus seinem Rucksack.

Ein Blick auf die Uhr sagte ihm, dass er ganz schön lange für die Vorbereitung gebraucht hatte, der 16-Uhr-Zug war längst vorbeigerollt, die Strecke provisorisch vom Steinschlag geräumt. Mittlerweile war es sieben, doch noch immer blieb genug Zeit, denn der Zug aus Wien sollte erst um 20.40 Uhr aus dem Pollerostunnel herausdampfen und dann über das Viadukt fahren. Sobald der Zug aus dem Tunnel auftauchen würde, müsste er zünden, damit die Explosion die Lokomotive erwischen würde. Wenn er Pech hatte, würde einer der Personenwagen draufgehen. Was er nicht hoffte, aber auch nicht ausschließen konnte mangels Erprobung in der Fabrik in Marienthal. Ebenfalls unklar war, ob die Steinbögen des Viadukts der Explosion an den Schienen standhalten oder ob sie bersten würden. Das wäre fatal, denn dann würde der Zug oder zumindest Teile des Zuges in die Kalte Rinne stürzen und es gäbe eine Unzahl von toten Passagieren. Floh rechnete mit etwa 20 pro Waggon.

Still und starr harrte er der Dinge, die da kommen würden. Hätte die Bahngesellschaft doch einfach das Lösegeld in den Kübel gelegt …

22. KAPITEL DONNERSTAG, 26. SEPTEMBER 1929

*Auf dem Viadukt * Der schwarze Teufel kommt * Alles wird dunkel*

Der gestrige Tag war vergangen, ohne dass etwas geschehen war. Heute nun war der Tag der Tage, für heute hatte der Erpresser das Lösegeld gefordert.

Max Mitschek saß in der Halle des Südbahnhotels, als der Hoteldiener heraneilte.

»Oberinspektor Mitschek zum Telefon, Oberinspektor Mitschek zur Rezeption ans Telefon!«

Mitschek hüpfte aus seinem Fauteuil, nickte dem Hoteldiener zu und rannte um mehrere Sitzgruppen herum zur Rezeption. Dort lag der Fernsprecher auf dem Pult. »Was ist los?«, brüllte der Oberinspektor hinein.

Der Postenkommandant war dran. »Der Waxriegel hat die Villa verlassen!«

»Was? Wiederholen Sie!«

»Der Florian Waxriegel ist weg. Wir haben die beiden Tore bewacht, doch er ist südseitig über den Zaun geklettert und im Wald untergetaucht. Dort konnten wir ihn mit dem Automobil nicht verfolgen.«

»Ihr alpenländischen Schlafochsen! Wisst ihr sonst noch etwas?«

»Ja, seine Frau Berta Waxriegel verhielt sich sehr kooperativ. Ihrer Aussage nach ist ihr Mann mit einem Rucksack verschwunden. Mit einem vollbepackten Rucksack!«

»Weiß sie, wohin?«

»Sie sagte nur, wahrscheinlich zu einer Wanderung. Herr Oberinspektor, wir können nicht den ganzen Wald überwachen, wir …«

»Ist schon gut. Sie ziehen Ihre Leute ab von der Villa und schicken mir einen Wagen ins Südbahnhotel. Sofort!«

Mitschek reichte den Fernsprecher dem Rezeptionisten zurück. Die Nachricht vom Verschwinden des vermeintlichen Attentäters hatte auch etwas Gutes, sie löste den Druck in Mitscheks Innerem, der sich gewaltig zusammengeballt hatte. Die Warterei hatte ein Ende, und nun begann das Wettrennen.

Zurück in seinem Zimmer steckte er die Pieper in seinen Hosenbund und griff nach dem Feldstecher. Ein Blick auf die Uhr: halb vier. In einer Viertelstunde holte ihn der Wagen der Gendarmerie ab.

Oberinspektor Mitschek trieb den Gendarmen vom Posten Semmering, der den angeforderten Wagen lenkte, zur Eile an. Der Fahrer wusste Bescheid über das Ziel: die Kalte Rinne.

Auf einmal änderte Mitschek jedoch seinen Plan. »Fahren Sie zum Fleischmannviadukt. Kennen Sie den

Weg?« Denn wenn der Wagen vor der Kalten Rinne gehalten hätte oder einen Kilometer davor und er wäre zu Fuß weiter zum Viadukt gehatscht, wäre er dem Attentäter mit Sicherheit aufgefallen, zumal er nicht wie ein Wanderer adjustiert war.

Der Fahrer nickte. Die Straße zur Kalten Rinne führte sowieso beim Fleischmannviadukt vorbei.

»Kennen Sie einen Fußweg, der von dort zur Kalten Rinne führt?«

Wieder nickte der Fahrer, der in dieser Gegend aufgewachsen war. Ihm waren die Wege, die von einem Bahnwärterhaus zum nächsten führten, durchaus vertraut.

Beim Fleischmannviadukt sprach Mitschek kurz mit dem dort postierten Gendarmen und wollte wissen, ob ihm etwas aufgefallen sei.

Nein, nur ein eiliger Wanderer sei mit einem vollgepackten Rucksack vorbeigekommen.

Aha. Ein eiliger Wanderer also. Kurz nach dem Viererzug, der soeben von Graz nach Wien gedampft war, machten sich die beiden auf den Weg und bogen nach zwei Häusern von der Straße ab. Der Gendarm kletterte auf allen vieren einen kaum erkennbaren Pfad an einem Felsen hinauf, und hinter ihm kroch im Schweiße seines Angesichtes Max Mitschek, den hin und her pendelnden Fernstecher mit einem Riemen um den Hals, die Pieper im Hosenbund. Der Pfad folgte der etwa fünf Meter unter ihnen führenden Trasse der Südbahn, und nach einigen Minuten der Kraxelei erreichten sie eine passable Forststraße.

Kurz vor dem Bahnwärterhaus hielten die beiden an jener Stelle, wo der Bahnwärter und der Gendarm den Damm von den Resten des vermeintlichen Steinschlages säuberten. Die Gleise hatten sie provisorisch freigeräumt gehabt, als der Viererzug jene Stelle passiert hatte. Nun waren sie mit dem vollständigen Abtragen des Gerölls beschäftigt.

Mitschek stand etwa drei Meter oberhalb der Trasse und ließ sich vom Malheur berichten. Er war sich sicher, dass der gejagte Florian Waxriegel hier seine erste Spur hinterlassen hatte und sich bereits in der Gegend der Kalten Rinne aufhielt. Er schickte mit kurz gefassten Befehlen den Bahnwärter und den hiesigen Gendarmen über die Bahntrasse zum Wärterhaus, schärfte ihnen ein, sich dort zu verschanzen und mit Genauigkeit und Sorgfältigkeit das Terrain um das Viadukt herum zu beobachten. Dann deutete er seinem Gendarmen an, dass auch er den Fußmarsch fortsetzen wollte.

Kurz vor sieben erreichten die beiden das Bahnwärterhaus. Auf gleicher Höhe schlichen auf den Bahnschienen der Eisenbahner und der Gendarm. Mitschek wies sie an, jeden Lärm zu vermeiden, also weder zu husten noch auf morsche Hölzer zu treten. Außerdem sollten sie auf weitere Anweisungen warten.

Er selber ging mit seinem Gendarmen Schritt für Schritt zu einer Fichte mit weit herabhängenden Ästen, hinter der er vorerst Stellung bezog. Sein Gendarm versteckte sich hinter einer zweiten Fichte. Mitschek musterte das Terrain. Blöderweise verhinderte ein steiler

Hügel den Blick auf einen breiteren Weg, der direkt zur Bahntrasse führte. Mit dem Feldstecher nahm er die auf der anderen Seite liegende Ausfahrt aus dem Tunnel der Polleroswand unter die Lupe. Auch besah er sich das Viadukt, die Löcher oberhalb der zweiten Bogenreihe, in die im Fall eines Krieges der Sprengstoff hätte gelagert werden sollen, die Straße, die im Tale unter dem Viadukt durchführte, zwei Kühe, die unaufgeregt neben der Straße weideten, das Bahnwärterhaus, in dem der Eisenbahner seine Petroleumlampe herrichtete und dazu eine Bierflasche leerte, den Schupfen mit dem leeren Abfallkübel und jene Stelle, an der der Fußweg auf die Bahntrasse führte. Dort blieb sein Blick an etwas hängen, das wie eine weggeworfene Zigarettenschachtel aussah. Er stellte seinen Feldstecher noch schärfer. Nein, das war kein Zigarettenpackerl, das war eine Verpackung für Drähte oder Kabel. Für Drähte oder Kabel? Zündschnur vielleicht? Er fuhr mit seinem Weitblick an den Gleisen entlang, konnte jedoch keine Zündschnur erkennen. Dafür mehrere Schotterbrocken auf dem Damm, die eine hellere Färbung aufwiesen als der restliche Schotter.

Mitschek wusste jetzt, dass der Attentäter hier war und mit seiner Sprengung auf den nächsten Zug wartete, denn er hatte den Sprengstoff am Gleis angebracht, oder zumindest dort die Zündschnur verlegt. Er setzte seinen Feldstecher ab und griff nach der Pieper. Seinen Kollegen im Wärterhaus deutete er mit der freien Hand, sie mögen herauskommen und sich dem Viadukt nähern, aber nur ein paar Meter, was er mit Daumen und Zeigefinger zum Ausdruck brachte. Dann wagte er sich aus der Deckung der Fichte und schlich hinunter zum Fußweg, hinter ihm der Gendarm, der die entsicherte Dienstwaffe bereits im Anschlag hielt.

Floh lehnte noch immer geduckt an der Böschung. Noch hatte er Zeit, der Zug sollte erst um 20.40 Uhr kommen. Es war bereits dämmrig, aber er konnte das Viadukt und die steile Wand des Pollerosfelsens noch gut erkennen.

Er spitzte die Ohren. Hatte er nicht vom hinteren Zugang her Schritte gehört? Er blickte in diese Richtung und meinte, eine Gestalt auszumachen, die geradewegs auf ihn zuschlich. Hielt die Gestalt eine Pistole in der Hand?

Panik stieg in Floh auf und er versuchte nachzudenken, doch in solchen Momenten führten Denkprozesse gewöhnlich zu keinen ergiebigen Lösungen. Also dachte er nicht mehr nach, sondern handelte. Schnell wischte er mit dem Zündkopf eines Schwefelholzes über die Reibfläche, um mit dem brennenden Holzstäbchen die Zündschnur zu entflammen. Doch was passierte? Der Wind – woher kam ausgerechnet jetzt solch ein Wind? –, der vermaledeite Wind löschte die Flamme.

Da rief ihm die Gestalt mit der Pistole zu: »Waxriegel, gib auf, oder ich werde schießen!«

Aufgegeben wird nicht, höchstens ein Brief, sagte sich Floh und zündete ein zweites Schwefelholz. Sprengte er eben nur das Gleis. Wozu benötigte er überhaupt den Zug? So kämen wenigstens keine Personen zu Schaden. Das zerstörte Gleis würde hoffentlich auch seine Zwecke erfüllen. Die Zündschnur brannte. Jetzt musste er nur ein paar Augenblicke warten, bis das Feuer vorne an der Sprengkapsel ankam. Doch der vermaledeite Wind löschte keinen Meter vor ihm die brennende Zündschnur.

»Waxriegel, tu das nicht, oder ich schieß auf dich!«, hörte Floh den Pistolenmann brüllen.

Er hatte sich gerade erhoben und nach der Zündschnur gegriffen, um sie erneut anzuzünden. Doch er ließ sie fallen und rannte auf die Trasse der Eisenbahn, da ihm der Fußweg durch den Pistolenmann versperrt war. Von oben, vom Wärterhaus her, näherten sich ihm zwei Männer. Der eine, offenbar ein Eisenbahner, schwenkte eine Petroleumlampe, obwohl man noch gut sehen konnte, der zweite hielt ebenfalls eine Pistole in der Hand.

Floh konstatierte, dass ihm nur mehr die Flucht auf das Viadukt übrig blieb, und er rannte, sprang von Sprosse zu Sprosse, blickte auf die Zündschnur, die er hier unter den Schotterbrocken versteckt hatte, und sah, dass er keine Chance hatte, zu entkommen. Einen Sprung 60 Meter tief in die Kalte Rinne würde er nicht überleben. Und bevor er die andere Seite erreicht hätte, würde der Zug, der demnächst andampfen müsste, ihn überrollen.

»Waxriegel! Es ist noch nichts passiert, also komm her, komm doch her!«

Floh blieb stehen und drehte sich um. Nun erkannte er den Pistolenmann. Es war der Krimineser, der ihn vor ein paar Tagen in der Villa besucht hatte. »Was passiert dann mit mir?«, wollte er wissen.

»Wenn du dich stellst, Waxriegel, nicht viel!«

»Wie viel ist nicht viel?«

»Das hängt von dir ab.«

»Wieso von mir?«

»Weil du kein Mörder bist, Waxriegel! Also, gib auf und komm her!«

»Und wenn ich nicht komme?«

»Dann rennst du in dein Unglück!«

Floh machte sich langsam auf den Rückweg und war schon an der Schotterhalde angekommen, an der das Viadukt endete, als er hinter seinem Rücken das Stampfen des Zuges hörte, der soeben den Pollerosfelsen verließ. Sehen konnte er das schwarze, zylinderförmige Ungeheuer mit den drei Lichtern nicht, auch nicht den Qualm, der dem Schlot der Lokomotive entstieg. Erneut blieb er stehen.

»Waxriegel, spring zur Seite, spring, verdammt noch einmal!«

Jetzt drehte Floh sich um und blickte in das schwarze Gesicht des Teufels, der seine drei Augen auf ihn gerichtet hatte. Die Augen waren sehr hell, viel heller als die Augen des Siebenschläfers in der Villa Adlerhorst. Nun stieß der Teufel einen schrillen Pfiff aus und gab damit seine unheilvolle Annäherung bekannt.

»Spring, Waxriegel, spring!«, brüllte der Krimineser erneut.

Doch Floh hörte ihn nicht. Er starrte wie hypnotisiert in die hellen Augen des Teufels.

»Waxriegel!«

Floh kam wieder zu sich und machte einen Schritt zur Seite. Dabei stolperte er und fiel auf das Gleis. Sein Kopf prallte auf die Kante der Schiene. Mit letzter Kraft stemmte er sich hoch, doch da waren die Augen direkt vor ihm. Und plötzlich wurde alles schwarz, schwarz wie der Qualm der Dampfeisenbahn.

23. KAPITEL
SAMSTAG, 28. SEPTEMBER 1929

*Mitschek in der Südbahn * Mitschek in Triest * Mitscheks Schädel explodiert*

Zwei Tage nach dem Zugunglück stieg Max Mitschek am Wiener Südbahnhof in den Zug nach Triest, der Start erfolgte pünktlich um 8.10 Uhr.

Vorgestern hatte er noch gegen 23 Uhr seinen Chef, Herrn Oberst Paul Petzig, fernmündlich vom Südbahnhotel aus informiert. Dieser war äußerst aufgeregt gewesen, da er zur vereinbarten Zeit keine Nachricht erhalten hatte. Der Oberinspektor hatte ihm die Ursache seines Versäumnisses erklärt und ihm in kurzer, aber genauer Form die Chronologie der Ereignisse geschildert. Weil sein Chef mit dem Resultat recht zufrieden gewesen war, hatte Mitschek um ein paar Tage Urlaub gebeten. Oberst Paul Petzig hatte sie genehmigt.

Im Zug las Max Mitschek die Schlagzeilen der Wiener Zeitung von gestern. Auf Seite eins wurde groß berichtet, dass der bisherige Polizeichef der Bundeshauptstadt, Doktor Johannes Schober, zum neuen Bundeskanzler der Republik Österreich nominiert worden war. Und Ernst von Streeruwitz war zurückgetreten.

Mitschek bemerkte, dass sie gerade den Ort Breitenstein passierten, also nicht mehr weit weg waren vom Ort des grausamen Geschehens vorgestern. Er sah den Bahnhofsvorstand, der die Weiterfahrt auf dem freigegebenen Gleis ordnete, das andere Gleis war wegen des Unglücks noch gesperrt.

Jetzt passierte die Bahn das Viadukt über die Kalte Rinne, und Mitschek hielt sich die Augen zu. Doch die furchtbaren Bilder, wie der Körper des unglücklichen Erfinders Florian Waxriegel von der Dampflok zerrissen und zermalmt worden war, bekam er trotzdem nicht aus dem Kopf.

Bald darauf hielt der Zug an der Station Semmering. Unser Oberinspektor dachte an das gestrige Gespräch mit der Assicurazione Centrale, deren Mitarbeiter ihm berichtet hatte, dass die Villa Adlerhorst nun der Versicherung gehöre und diese an einem Käufer sehr interessiert sei. Frau Hanna Knofleben, die Drogenbaronin, war bereits gestern in die Meidlinger Eichenstraße in ihr im Schweizerstil errichtetes Haus zurückgezogen und hatte die verwitwete Berta Waxriegel als Putz- und Aufräumfrau angeworben.

Viele Stunden später ratterte der Zug über das Viadukt von Borovnica, unter dem sich das von Drachen gesäuberte Laibacher Moor ausbreitete. Mitschek hoffte, dass dieses herrliche Viadukt noch lange halten würde.

In Triest an der Endstation Trieste Centrale angekommen, verließ er den Zug und spazierte mit seinem

Lederkoffer zur Piazza Oberdan, wo er endlich einmal wieder seine geschätzte Albergo Posta aufsuchte, bei der er fernmündlich von seinem Büro in Wien aus ein Zimmer bestellt hatte.

Eine halbe Stunde später saß er in der Bar Tivoli und nippte an einem Refosco. Auch wenn er in Triest und weit weg vom vorgestrigen Geschehen war, konnte er sein Hirn nicht abschalten, auch nach dem dritten Glas Grappa und den ersten Schlucken Refosco nicht. Hoffentlich machte Petzig ihm keine Vorwürfe, dass er schon wieder den Falschen verdächtigt hatte. Nämlich diesen Ernst Winkler. Immerhin hatte er den wahren Täter dieses Mal auch auf dem Schirm gehabt, aber zugetraut hätte er es bis zuletzt diesem Füllerkönig.

Vielleicht würde dieser Winkler jetzt, wo Doktor Schober Bundeskanzler war, der neue Polizeidirektor werden? Oder Minister für wirtschaftliche Angelegenheiten? Oder Eisenbahnminister? No, Mahlzeit, oder besser Prost.

Nach dem werweißwievielten Refosco hörte Mitschek einen lauten Knall. Er drehte sich um, doch da war nichts. Es musste sein Schädel, also er selbst sein, der einen Knall hatte. Mit beiden Händen fasste er sich an den Kopf.

Verrückte Welt, dachte er. Sein Schädel drohte in Triest zu explodieren, während das Viadukt über die Kalte Rinne am Semmering unversehrt geblieben war.

NACHWORT

Südbahn

Lange Zeit konnten die Bewohner Wiens ihre Stadt mit der Südbahn, der Ostbahn, der Westbahn, der Nordbahn, der Nordwestbahn sowie der Franz-Josefs-Bahn verlassen. Für den Personenverkehr am attraktivsten war wohl die Südbahn: Mit ihren Zügen erreichte man die Weingegend südlich von Wien, den Semmering und schlussendlich die Hafenstadt Triest, die bis 1918 zum Habsburgerreich gehörte.

Die Südbahn wurde ursprünglich projektiert vom zweitreichsten Mann der Monarchie, von Georg Freiherr von Sina (1783–1856), einem griechischen Zuwanderer. Der reichste war Salomon Mayer Freiherr von Rothschild (1774–1855), dieser hatte mit der Nordbahn bereits vorgelegt. Freiherr von Sina wollte eine Eisenbahnverbindung von der Hauptstadt des Reiches über die Wiener Neustadt und Ödenburg (Sopron) für die Kohlentransporte schaffen – und gewann dafür den genialen Konstrukteur Mathias Schönerer (1807–1881). Dessen Sohn Georg Schönerer wurde später ein radikaler Deutschnationaler und Antisemit, Adolf Hitler zählte ihn zu seinen großen Vorbildern. Aber zurück zur Bahn: Die Verbindung über den Semmering und weiter in den Süden war anfangs nur eine Sekundärvariante. Im Jahr 1841 fuhren die ersten Züge von Wien nach Mödling, im Folgejahr erreichten sie die Stadt Gloggnitz. Deshalb wurde für diese Strecke zunächst die Bezeichnung »Gloggnitzer Linie« verwendet.

Die Pläne änderten sich rasch. Bald stand die Trassierung über den Semmering, somit die Überschienung der Alpen, und die Weiterführung der Strecke bis zum österreichischen Freihafen in Triest im Vordergrund. Der Staat musste einspringen, um die von vielen Ingenieuren als nicht durchführbar geltende Überwindung des Semmerings zu finanzieren, und man gewann den venezianischen Konstrukteur Carl von Ghega (1802–1860) für diese Herausforderung. Dieser startete im Jahre 1848 mit seinem Vorhaben, obwohl es zur damaligen Zeit keine Lokomotiven gab, die die von ihm projektierten Steigungen bewältigen konnten. Für die 42 Kilometer lange Strecke benötigte er 14 Tunnel, 16 Viadukte und über 100 gewölbte steinerne Brücken. Sein Motto lautete: Wenn ich eine Trasse durch die Berge baue, dann verwende ich ausschließlich Stein und Ziegel als Material und verzichte auf (die damals modernen) Eisen- und Stahlkonstruktionen.

Die Bauten wurden von etwa 20.000 Arbeitern, darunter über 6.000 Frauen, in sechs Jahren errichtet, die in Baracken und Notunterkünften in der Nähe der jeweiligen Baustelle, zumeist fernab von Siedlungen, untergebracht waren. 89 Menschen starben bei Arbeitsunfällen, mehrere Hundert an Infektionskrankheiten wie der Cholera, die in den Lagern ausbrachen.

Nach einem im Jahr 1850 durchgeführten Wettbewerb für Gebirgslokomotiven wurde konstatiert: Alle vier vorgestellten Lokomotiven (Bavaria, Vindobona, Wiener Neustadt und Seraing) erfüllten entgegen den Befürchtungen die Anforderungen und waren für die Semmeringtrasse geeignet.

Am 23. Oktober 1853 war es so weit: Die erste Dampflokomotive pfauchte in einem Probelauf über die Strecke Mürzzuschlag–Semmering–Payerbach. Und ein paar Monate später, am 16. Mai 1854, befuhr Kaiser Franz Joseph mit Carl von Ghega zusammen die Semmeringtrasse, die Strecke war somit eröffnet. Die allererste Alpenüberquerung mit der Normalspur war zur großen Verblüffung der Fachwelt gelungen.

Die Südbahn wurde im Zeitalter des sich schnell expandierenden Kapitalismus privatisiert und gehörte von nun an der »Südbahngesellschaft«. Diese ließ am Wiedner Gürtel – beim heute nicht mehr existierenden Ghega-Platz an der Kreuzung Wiedner Gürtel/Prinz-Eugen-Straße – den neuen Südbahnhof errichten. Dafür zuständig war der Hochbauspezialist der Südbahn, Wilhelm von Flattich (1826–1900).

Die klassische Route der Südbahn führte über Graz, Laibach/Ljubljana, Adelsberg/Postojna nach Triest. Weiters gehörten zur Südbahn auch viele ungarische Strecken sowie die Brenner- und die Pustertalbahn.

Wie auch andere Bahngesellschaften setzte die Südbahngesellschaft ihren Chefarchitekten bei allen wichtigen Bahnhofsbauten ihrer Linie ein. Das Baubüro von Wilhelm von Flattich sorgte so für eine einheitliche Gestaltung und geschlossene Wirkung aller Bahnhöfe der Südbahn.

Wilhelm von Flattich – nebst dem Wiener Südbahnhof auch der Errichter des zweiten Kopfbahnhofes der Südbahn, des Bahnhofes in Triest – hatte für die Strecken der Südbahn Typenprojekte in fünf verschiedenen Größen geplant. Die Bahngesellschaft suchte nach Bedarf am jeweiligen Ort die geeignete Typengröße aus.

Der französische Direktor der Südbahngesellschaft, Eugène Bontoux (1820–1904), zeigte wie die großen Vorbilder des Eisenbahnbaus auch wirtschaftliche Ambitionen. Im Jahr 1881 vereinigte er die sechs wichtigsten an der Südbahn liegenden Eisen- und Stahlwerke der Steiermark zur »Österreichisch-Alpinen Montangesellschaft«. Wer damals größere Aktienpakete der »Alpin-Montan« kaufte, brauchte sich finanziell keine großen Sorgen mehr zu machen. 1881 hatte eine Aktie einen Nennwert von 55 Gulden, in der neuen Währung 110 Kronen. Im Jahr 1912 erreichte sie schließlich einen Kurs von 1.110 Kronen.

Die Südbahngesellschaft profitierte – abgesehen vom Gütertransport vom Freihafen Triest nach Wien und umgekehrt – sehr stark vom individuellen Reiseverkehr. So war es folgerichtig, dass die Direktion auch im sich gerade entwickelnden Tourismus ein repräsentatives Standbein aufbaute. 1878 errichtete sie in Toblach das heutige »Grand Hotel«, 1882 folgte auf dem Semmering das »Südbahnhotel«, 1883 kam in der istrischen Hafenstadt Abbazia/Opatija das »Grandhotel Kvarner« dazu. Alle drei Hotels waren mit der Südbahn zu erreichen. Um etwa zur Stadt an der istrischen Riviera zu gelangen, musste man in Matulji kurz vor Rijeka/Fiuma aussteigen. Von Matulji gab es viele Pferdegespänne und später eine heute nicht mehr existierende Straßenbahn nach Opatija/Abbazia.

Das Ende kam nach dem Ersten Weltkrieg. Auf einmal fuhr die zum damaligen Zeitpunkt hoch verschuldete Südbahn durch drei Staaten: Österreich, das südslawische Königreich und Italien. Bei den Friedensverhandlungen im März 1919 in Saint-Germain scheiterte die Variante, die Südbahn zu internationalisieren und dadurch in der Gesamtstrecke zu erhalten. Eine Kommission der drei Staaten sollte die Hoheitsrechte ausüben. Nach dem Scheitern dieser Pläne wurde der Besitz der Bahn sowie deren Schulden auf die drei Staaten aufgeteilt. Doch war in Österreich die Situation rechtlich nicht vollends geklärt, da einerseits der Betrieb der Südbahn von den Bundesbahnen übernommen wurde, die Südbahngesellschaft jedoch als Rechtskörper bis in die 1990er-Jahre bestehen blieb.

Im Sprachgebrauch findet sich die Südbahn noch immer. Heute noch fährt man mit der Südbahn aus Wien hinaus, auch wenn der alte Südbahnhof im Jahr 2009 geschleift wurde und dem neuen Hauptbahnhof weichen musste.

Und bereits elf Jahre früher, im Jahr 1998, wurde die Semmeringbahn als Teilabschnitt der Südbahn zum

UNESCO-Weltkulturerbe erklärt. Die Begründung lautete: Die Bahnstrecke repräsentiere »eine herausragende technische Lösung eines großen physikalischen Problems in der Konstruktion früherer Eisenbahnen«. Trotz des Basistunnels durch den Semmering – Fertigstellung ungewiss – bleibt die Gebirgsstrecke somit erhalten.

*

Panhans

Freilich war der alte Vinzenz Panhans ein Tscheche, der Herr Hans, der *pan* Hans eben, zuerst gelernt im Hotel Sacher, dann im Südbahnhotel, dann ließ er von den etablierten Theaterarchitekten Fellner und Helmer sein eigenes Hotel errichten. Allerdings eher im Stil eines Schweizer Sanatoriums oder im theatralischen Riviera-Stil. Um die Jahrhundertwende war es das modernste Hotel weit und breit und nah und fern, bevölkert einerseits von den Akteuren der Belle Époque, andererseits saßen an den Tischen ihnen direkt gegenüber die härtesten Kritiker der Belle Époque: Karl Kraus und Adolf Loos und Peter Altenberg und Arthur Schnitzler.

In der Zwischenkriegszeit gehörte das Panhans nach wechselnden Eigentümern ab 1930 einem gewissen William Zimdin, einem Balten jüdischer Herkunft, der es noch einmal schaffte, mit einem maurischen Bad und einem Casino die Hautevolee anzulocken. Er glänzte schon damals mit »Megaevents«, luxuriöse Tanzabende wechselten ab mit Auftritten der Opernsänger Jan Kiepura und Leo Slezak. Nach der Okkupation durch die Nazis im März 1938 flüchtete William Zimdin nach Santa Monica in die Vereinigten Staaten, das Panhans wurde von den »Gau-Elektrowerken« sofort »arisiert« und blieb als »Gauhotel Semmering« den Spitzenkräften der Nazis vorbehalten. Gerne weilte hier Reichsmarschall Hermann Göring; von seiner Luxussuite im Panhans aus überblickte er ab April 1941 bequem die Luftoperationen der Nazis beim Überfall auf Jugoslawien.

Nach dem Zweiten Weltkrieg begann der Abstieg der riesigen Hotelanlage, da eine große Klientel nicht mehr existierte – die reichen »Ostjuden« waren entweder ermordet worden oder in ferne Länder ausgewandert. Einheimische und Flüchtlinge plünderten, was nicht niet- und nagelfest war, sodann nutzten die Truppen der Roten Armee das Hotelgebäude als Militärcasino. Vom ehemaligen Glanz blieb nur mehr der Schatten.

Unter der Regie der Baufirma Kallinger wurde das Panhans restauriert und in den heutigen Zustand gebracht. Problematische und wechselnde Besitzverhältnisse – unter anderem hatte auch eine ukrainische Investorengruppe die Hand im Spiel gehabt – verhinderten eine prosperierende Entwicklung nach der Jahrtausendwende. Seit 2022 dient das Hotel als Spielstätte des »Kultursommers Semmering«.

Dereinst betrat ich selbst das Panhans. Und ich sichtete das uralte Kochbuch der Frau Maria Panhans. Und ich las: »Frösche gebacken«, ich blätterte weiter, »Schildkröte«, ich blätterte weiter, »Froschkoteletts«, ich blätterte weiter. In den Besucherlisten fand ich gekrönte Häupter wie Kaiser Franz Joseph sowie Kaiser Karl und ungekrönte wie Peter Altenberg, Oskar Kokoschka und Adolf Loos. Ich besuchte das Restaurant. An den Wänden die unterzeichneten Konterfeis vom kürzlich verstorbenen Aktionskünstler Hermann Nitsch, vom ehemaligen Landeshauptmann Niederösterreichs Erwin Pröll und von einem sich als »Waterloo« bezeichnenden Schnulzensänger. Ich hatte genug gesehen und verließ das Panhans.

*

Südbahnhotel

Die nächste repräsentative Kulisse der Belle Époque heißt Südbahnhotel. Dereinst im Jahre 1881/82 vom Generaldirektor der Südbahngesellschaft Friedrich Schüler gegründet, als rundherum nur Wald und Wiese das Gemüt des Großstädters erfreuten. Bald folgten um den Kern des Südbahnhotels zusätzliche Villen, sodass man von einem »Südbahnkomplex« sprechen kann, der sich auf der ursprünglichen Meran-Wiese ausgebreitet hatte. Laut damaligem Konzept, das vom Hofbildhauer Franz Schönthaler stammte, wollte man eine elitäre und abgesonderte Villenkolonie schaffen, den bestirnten Himmel auf nackter Erde, bewacht von Engeln mit flammenden Schwertern. Kaiserin Elisabeth weilte hier auf der Suche nach Zerstreuung, nebst ihr weitere gekrönte und ungekrönte Häupter.

Dieser Friedrich Schüler, der Südbahn-Generaldirektor, mied jedoch das Südbahnhotel – die Vereinigung von Hotel/Fremdenverkehr und kommerzieller Nutzung passte nicht in sein elitäres Ursprungskonzept – und verbrachte die Sommerfrische in seiner eigenen Villa, der »Villa Schüler«, einer Art Dependance des Südbahnhotels.

Die alle paar Jahre erfolgten baulichen Erweiterungen am Südbahnhotel schadeten dem Gesamtensemble, das in mehrere stilistisch unterschiedliche Einzelteile zerfiel. Nach kleineren An- und Umbauten 1908 kam 1912/13 ein von den Architekten Wildhack und Morpurgo geplanter Restaurationstrakt hinzu, der »Trakt der großen Säle«: Dazu zählten der Speisesaal, der Grüne Salon, der Gelbe Salon, die Bibliothek, der Waldhofsaal, das Bierstüberl und der Kinosaal.

Nach dem Zweiten Weltkrieg wurde das Südbahnhotel zum Lazarett der Roten Armee, sodann begann die Ära des Verfalles sowie der Spekulation. Viele Jahre strichen ungenutzt vorüber, dann hieß es, ein deutscher Staatsbürger könne den Komplex retten und zu einem Nobelsanatorium umbauen. Da der sich jedoch mit den österreichischen Krankenkassen nicht einigen konnte, blieb es beim oben verwendeten Konjunktiv.

Am 5. November 2021 wurde über den Verkauf des Südbahnhotels an eine der Christian Zeller Privatstiftung zurechenbare Gesellschaft berichtet. Nun soll eine

Revitalisierung des Hotels erfolgen, die mit einem imposanten Kulturprogramm verknüpft ist.

Schließen möchte ich das Kapitel über das Südbahnhotel mit einem Zitat des steirischen Schriftstellers Peter Rosegger aus der Festschrift zur 50-Jahr-Feier der Südbahn beenden: »Hier ist es den armen Reichen, die manchmal nicht wissen, für was sie sich entscheiden sollen, möglich, Salon und Kuhstall, Seide und Loden, Sekt und Ziegenmilch nebeneinander zu genießen.«

*

Für Anregungen, Hinweise und Zuwendungen möchte ich mich bedanken bei:

Peter Glanninger
Andreas Gremmel
Thomas Kohlwein
Norbert Ostermann
Eva Pappenscheller

Speziellen Dank für die Aufnahme als artist in residence bei:

Anneliese Paulhart
Egon Kordik

Alle Bücher von Beppo Beyerl:

Max Mitschek ermittelt:

1. Fall: Mord im Lainzer Tiergarten

ISBN 978-3-8392-0176-3

2. Fall: Abgründe am Semmering

ISBN 978-3-8392-0554-9

€ 25,–

[illegible]